KB058049

비곗덩어리

세계문학의 숲 051

Boule de Suif

비곗덩어리

기 드 모파상 지음

정혜용 옮김

시공사

일러두기

1. 이 책은 기 드 모파상(Guy de Maupassant)의 중단편 중 최고봉으로 꼽히는 〈비곗덩어리(Boule de Suif)〉(1880)를 비롯한 총 13편의 단편들을 우리말로 옮긴 것이다. 300여 편에 달하는 모파상의 중단편 중 가능한 한 그의 작품세계가 지닌 다채로움을 담아낼 수 있도록 선별했으며, 수록 순서는 발표 연도를 따랐다.
2. 번역은 갈리마르 출판사의 〈플레이아드 총서(Bibliothèque de la Pléiade)〉에 들어 있는 1974년 판《모파상 중단편 전집(Maupassant: Contes et nouvelles)》(전 2권)을 저본으로 삼았다.
3. 본문의 주는 모두 옮긴이 주이다.

차례

비곗덩어리
(1880)

패주하는 군대가 갈가리 나뉘어 연이어 며칠 동안 도시를 가로
질러갔다. 군대의 행색이 아니라 그저 뿔뿔이 흩어진 무리였
다. 사람들은 수염이 길게 자랐고 더러웠으며, 누더기 군복을
걸치고는 터벅터벅 앞으로 나아갔고, 군대 깃발도 대오도 없었
다. 모두들 축 처지고 기진맥진해서 생각이나 결정이 가능하지
않은 터라 그저 습관처럼 걸음을 옮기는 걸로 보였으며, 멈춰
섰다하면 피로로 무릎이 푹 꺾일 지경이었다. 특히 소총 무게
로 등이 휜 소집병들이 눈에 띄었는데, 유순한 성품에 연금을
타서 조용히 생활하던 이들이었다. 그리고 쉽게 겁을 먹다가도
순식간에 열광하며 도주만큼이나 공격에도 재바른 어린 유격
대원들도 보였다. 또, 그들 한가운데에 꼭두서니 빛깔 바지 차
림의 병사 몇 명이 보였는데, 대규모 전투에서 박살이 난 사단

의 패잔병들이었다. 이들 각양각색의 보병과 함께 어두운 색조의 군복을 입은 포병들이 줄맞춰 지나갔다. 어쩌다가, 번쩍이는 투구를 쓴 용기병이 한 명씩 무거운 발걸음을 떼어놓으며 최전방 보병대원들의 보다 가벼운 행군을 힘겹게 따라갔다.

이번에는 "패배를 되갚는 용사들", "무덤의 시민들", "죽음을 불사하는 사람들" 등의 영웅적 명칭으로 불리는 비정규군들이 산적 같은 모습으로 지나갔다.

그들의 지휘관은 포목상이나 곡물상 혹은 유지나 비누를 팔던 장사꾼이었으나, 상황에 떠밀려 군인이 된 뒤 돈이 많아서 혹은 수염이 길어서 장교로 임명된 사람들이었다. 이들은 무기와 플란넬 군복과 계급장으로 휘감고서 쩌렁대는 목소리로 야전작전에 대해 떠들어댔고, 생명이 꺼져가는 프랑스를 오직 자기네만이 그 허세 가득한 어깨로 떠받치고 있다고 주장했다. 그러면서도 정작 휘하의 부하들은 두려워했으니, 이들 부하들은 가끔씩 극악무도한 짓도 서슴지 않았고 용맹이 지나친 경우가 잦았으며 약탈과 방탕을 일삼아서였다.

프로이센군이 루앙으로 들어올 거라는 소문이 돌았다.

2개월 전부터 근처 숲속에서 아주 신중하게 정찰을 해왔고, 가끔씩은 아군 보초병에게 총질을 하며, 토끼 한 마리가 덤불 밑에서 움직거리기라도 할라치면 전투태세를 갖추던 국민위병들은 각자 자기 집으로 돌아가버렸다. 최근까지도 사방 3리외까지 뻗어 있는 국도의 경계석들에게나 공포감을 불러일으키던 그들의 무기, 제복, 그 모든 살인 도구 일습이 삽시간에 꽁무니를 감춰버렸다.

패잔병 대열의 끝물인 프랑스 병사들이 마침내, 생스베르와 부르아샤르를 거쳐 퐁토드메르로 가기 위해 막 센 강을 건넜다. 그리고 그들 모두의 뒤에서 장군이 걷고 있었다. 장군은 이런 오합지졸들을 데리고는 아무것도 해볼 수가 없어서 절망을 느꼈고, 승전에 익숙한 민족의 대대적 패주에 휩쓸려 그자신도 어쩔 줄을 몰랐으며, 그 전설적 무훈에도 불구하고 처참하게 패배한 터라 부관 두 명의 부축을 받으며 자신의 두 발로 걸어갔다.

그러고 나자 깊은 적요가, 공포와 침묵이 도사린 기다림이 도시 위를 떠돌았다. 장사를 하느라 수컷다움이 무뎌진 배불뚝이 부르주아들은 초조하게 정복자들을 기다리며, 구이용 꼬치나 부엌용 대형 식칼이 혹여 무기로 보일까봐 불안에 떨었다.

삶이 멈춘 듯했다. 상점들은 문을 닫아걸었고 거리는 말소리를 잃었다. 가끔, 이런 침묵에 잔뜩 움츠러든 주민 한 명이 담장에 붙듯이 하여 쏜살같이 지나갔다.

기다림에 지친 불안한 마음은 차라리 적이 어서 오기를 바랐다.

프랑스 군대가 떠난 그다음 날 오후에 어디 있다가 나왔을까 싶은 프로이센 창기병 몇이 재빨리 도심을 질러갔다. 그러더니 잠시 뒤, 검은 색 무리가 생트카트린 쪽에서 내려왔고, 다르네탈로 가는 길과 부아기욤으로 가는 길 두 방향을 통해 쏟아져 들어온 또 다른 침략군들이 모습을 드러냈다. 정확히 동시에, 세 개 부대의 전위대가 시청 광장에서 합류했다. 그러더니 근처의 길이란 길마다에서 독일 군대가 나타나 딱딱 맞아떨어지는 절도 있는 발걸음으로 길바닥을 울리며 부대들을 산개했다.

목구멍을 긁어대는 낯선 소리로 외치는 구령들이 인기척 없는 텅 빈 듯한 집들을 따라 솟구쳐 오르는 동안, 닫혀 있는 덧문 뒤에는 '교전권'*에 의해 재산과 생명의 주인이, 마을의 주인이 된 이 개선군사들을 지켜보는 눈들이 있었다. 그 어떤 지혜도 그 어떤 힘도 무력하게 만들어버리는 천재지변이나 치명적인 대규모 지진과 맞닥뜨리면 그리되듯이, 주민들은 어두컴컴한 방 안에서 완전히 얼이 빠져버렸다. 이와 동일한 감정은 사물의 기존 이치가 뒤집어질 때마다, 더는 안전이란 존재하지 않을 때마다, 인간의 법과 자연의 법의 보호를 받던 그 모든 것이 무분별하고 사나운 폭력에 따라 좌우될 때마다 나타나기 마련이다. 무너져 내리는 가옥들로 주민 전체를 깔아뭉개는 지진, 소의 시체와 지붕에서 뽑혀 나온 대들보들과 뒤섞여 물에 빠져 나뒹구는 농부들을 뒤흔드는 범람하는 강, 혹은 자기 방어에 나선 사람들을 살육하고 남은 자들을 포로로 데려가며 검

---

*국제법상에서 인정되는 '교전자'의 권리. 포로를 억류하거나 적국의 무기를 수송하는 제3국 선박을 나포할 권리, 점령 행정 등에 관한 권리를 말한다.

의 이름으로 약탈하고 대포 소리에 맞춰 신에게 감사드리는 영광스러운 군대, 이것들 역시 무시무시한 재앙들에 버금가는 것들로, 교육받은 대로 하늘의 보호와 인간의 이성에 대해 지니고 있던 신뢰와 영원한 정의에 대한 믿음을 모조리 좌절시킨다.

소규모의 분견대들이 집집이 문을 두드렸고 그러더니 집 안으로 사라졌다. 침략이 지나간 뒤에는 점령이었다. 정복당한 자들이 정복자들에 대해 상냥함을 내보일 의무가 시작되었다.

얼마의 시간이 흘러 일단 공포가 사라지고 나자 새로운 종류의 고요가 찾아들었다. 수많은 가정에서 프로이센 장교와 함께 식사를 했다. 교육을 제대로 받은 장교가 가끔 있었고, 그 경우 그는 예의바르게 프랑스의 처지를 안타까워하며, 이번 전쟁에 참여는 하지만 마음이 내키는 것은 아님을 토로했다. 사람들은 그러한 감정에 대해 그에게 감사를 표했다. 게다가 이제고 저제고 간에 그의 보호가 필요해질 수도 있는 일이었다. 그의 기분을 맞춰줌으로써 어쩌면 식사를 제공해야 할 사람 수를 조금 줄일 수도 있을 것이다. 왜 우리의 삶이 전적으로 달려 있는 그 누군가의 기분을 상하게 하겠는가? 그렇게 처신하는 것은 용맹보다는 무모함에 더 가까우리라. 루앙의 부르주아들에게서 이제 이런 '무모함'이란 단점은 보이지 않는다. 그들의 도시가 영웅적인 방어로 그 이름을 빛냈던 시절은 이미 멀어져 버렸다. 사람들은, 아마도 프랑스 특유의 세련됨이 끌어낸 최고의 구실일 텐데, 남들이 보는 앞에서 이국의 병사와 친밀한 모습을 보이지만 않는다면 집 안에서는 예의바르게 대해도 괜찮다고 생각하고 말았다. 바깥에서는 서로 아는 척을 하지 않았지만 집 안에서는 기꺼이 이야기를 나눴고, 독일 군인이 불을 쬐느라 거실의 난로 앞에 머무는 시간도 매일 저녁 조금씩 더 길어졌다.

도시마저도 차츰차츰 평소의 모습을 되찾아갔다. 프랑스인들은 여전히 바깥출입을 삼갔지만 거리는 프로이센 병사들로 우글거렸다. 푸른색 제복의 경기병 장교들은 오만한 표정으로 거창한 살인 무기를 바닥에 끌며 돌아다녔지만, 이들이 일반 시민들에 대한 경멸하는 마음을 작년에 같은 카페에 앉아서 음료를 마셨던 엽기병 장교들보다 훨씬 더 많이 품은 것 같지는 않았다.

그럼에도 공기 중에 무언가가, 미묘하고 이전에 겪어본 적 없는 그 무언가가, 견디기 힘든 야릇한 분위기가 사방으로 퍼진 냄새처럼 떠돌았다. 바로 침략의 냄새였다. 그 냄새가 가옥과 공공장소를 채우고 음식 맛을 달라지게 하며 아주 멀리 떨어진 곳을, 야만스럽고 위험한 부족들이 사는 곳을 여행 중이라는 느낌을 줬다.

정복자들은 돈을, 많은 돈을 요구했다. 주민들은 늘 돈을 내줬다. 이들은 부유하기까지 했다. 하지만 노르망디의 상인이란 부유하면 부유할수록, 자신의 재산이 조금이라도 다른 사람의 손으로 넘어가는 것을 지켜보는 일에 대해, 그 어떤 종류의 손해든 손해 보는 것에 대해 괴로워하기 마련이다.

어쨌든 강물의 흐름을 따라서 크루아세, 디에프달 혹은 비에사르를 향해 도시 아래쪽으로 2, 3리외 쯤 내려가면, 뱃사람과 어부들이 강바닥에서 독일인의 시체를 몇 구 끌어올리는 일이 잦았다. 퉁퉁 불은 독일인들은 군복 차림이었고, 돌에 맞아 머리가 깨졌거나 다리 위에서 떠밀려 강물에 떨어진 거였다. 강바닥의 진흙은 이런 식의 복수들을 묻어두었는데, 이는 어둠을 틈타 벌어지는 야만스러우면서도 정당한 복수, 무명의 영웅적 행위이자 백주 대낮에 치르는 전투보다 훨씬 더 위험하고 되돌아올 영예도 없는 무언의 공격이었다.

용감한 사람들 몇 정도는 늘, 이방인에 대한 증오심으로 이념을 위해 죽음도 불사하기 마련이니까.

침략자들이 비록 도시 전체를 그들의 엄격한 규율로 옭아매긴 했지만 개선의 행군을 해오는 내내 소문으로만 무성했던 그들의 잔학 행위들 가운데 그 어떤 것도 저지르지 않았기에, 마침내 사람들은 대담해졌고, 장사의 욕구가 다시금 그 고장 장사꾼들의 마음을 들쑤셔댔다. 몇 명은 프랑스 군대가 점령하고 있는 르아브르에 엄청난 이권이 걸린 투자를 해놓고 있기도 했다. 그래서 이들은 육로로 디에프까지 간 뒤, 그곳에서 배를 타고 그 항구도시로 가볼 생각이었다.

사람들은 친분을 터났던 독일 장교들의 영향력을 이용했고 총사령관으로부터 출발 허가가 떨어졌다.

그리하여, 네 마리 말이 끄는 커다란 승합마차가 이 여행을 위해 준비되고 열 명의 승객이 미리 승객 명부에 이름을 올리자, 조금이라도 사람들이 모여드는 일을 피하기 위해 화요일 아침, 동트기 전에 출발하기로 결정이 났다.

얼마 전부터 이미 기온이 내려가면서 땅이 단단하게 얼어붙더니, 월요일 3시쯤에는 북쪽에서 밀려오는 커다란 먹구름이 눈을 몰고 왔고, 저녁 내내, 그리고 밤새도록 끊임없이 눈이 쏟아졌다.

새벽 4시 반이 되자, 탑승 장소로 정해진 노르망디 호텔 앞뜰에 사람들이 모였다.

아직도 잠이 한가득인 이들은 모포를 두른 채 추워서 덜덜 떨어댔다. 어두워서 서로의 모습이 분간되지 않았다. 게다가 두툼한 겨울옷들을 잔뜩 껴입어서 모두들 그 몸태가 기다란 수단을 걸친 뚱뚱한 신부들처럼 보였다. 하지만 두 남자가 서로를 알아봤고, 세 번째 남자가 그들에게 다가왔고, 대화가 시작되었다. 한 명이 말했다. "난 아내를 데려갑니다." "나도 그래요." "나도요." 대화를 시작했던 인물이 덧붙였다. "루앙으로 다시 돌아오지는 않을 거예요. 프로이센군이 르아브르 근처까지 오게 되면 영국으로 뜨려고요." 모두들 기질이 비슷하니 같은 계획을 품고 있었다.

하지만 마차에 아직 말을 매달지 않은 상태였다. 마부가 들

고 있는 자그마한 등불이 때때로 어두컴컴한 한쪽 문에서부
터 나와서 곧장 다른 쪽 문으로 사라지곤 했다. 말들이 발굽으
로 땅바닥을 차댔지만 퇴비에 묻혀서 약하게 들려왔고, 가축들
에게 말반 욕반 던지는 남자 목소리가 건물 저 안쪽에서 들려
왔다. 은은한 방울 소리로 미뤄 마구를 다루고 있는 듯했다. 이
희미한 소리는 곧, 가끔씩 멈췄다가 바닥을 차는 편자의 무딘
소리와 함께 다시 돌발적인 행동을 하는 동물의 움직임에 박자
를 맞춰 또렷하고 지속적인 소리로 바뀌었다.

문이 갑작스레 닫혔다. 모든 소리가 멈췄다. 꽁꽁 얼은 부르
주아들은 입을 다물었다. 그들은 뻣뻣하게 굳어 꼼짝 않고 있
었다.

그치지 않고 내려오는 새하얀 눈의 장막이 지상을 향해 펼
쳐지며 끊임없이 어른거렸다. 그것은 형체를 지워버리고 사물
을 얼음 거품으로 뒤덮었다. 겨울에 파묻힌 고요한 도시는 적
막에 휩싸였고, 그 가운데 들리는 소리라고는 하늘에서 쏟아지
는 눈송이들이 허공에서 서로 스치며 내는 뭐라 표현할 길 없
는 어렴풋한 소리뿐이었으니, 그것은 소리라기보다는 차라리
느낌, 천지를 메우고 온 세상을 내려덮을 것만 같은 가뿐한 미
립자들의 뒤엉킴이었다.

등불을 든 남자가 선뜻 나오려고 하지 않는 울적한 말 한 마
리를 고삐를 당겨 끌어내면서 다시 나타났다. 그는 말을 채에
바싹 붙여 세우고 줄을 묶고 마구를 확인하기 위해 한참을 말

주위를 돌았는데, 한 손에 등불을 들고 있어서 나머지 한 손밖에 쓸 수가 없어서였다. 그는 두 번째 말을 데리러 가려다가 이미 새하얗게 눈을 뒤집어쓰고서도 모조리 꼼짝 않고 서 있는 승객들이 눈에 들어오자 그들에게 말했다. "마차 안에 들어가 계시지들 그러실까. 적어도 눈은 피할 수 있을 텐데요."

그들은 그 생각은 못 했는지, 분주하게 움직였다. 세 명의 남자들은 각지의 배우자를 안쪽에 먼서 앉히고 나서 올라탔다. 그러자 이번에는 윤곽이 흐릿하고 불분명한 또 다른 형체들이 서로 말 한 마디 나누지 않고서 끝자리 좌석들을 차지했다.

바닥이 짚으로 덮여 있어서 발이 푹 파묻혔다. 석탄 연료를 담아 사용하는 작은 구리 화로를 챙겨 온 부인네들은 발의 보온을 위해 화로에 불을 붙였고, 잠시 동안 나지막한 목소리로 이미 오래전부터 자신들이 알고 있는 것들을 서로에게 되뇌면서 휴대용 화로의 이점들을 늘어놓았다.

마차의 운행이 보다 힘들어졌기 때문에 네 마리의 말 대신 여섯 마리의 말을 매고나자, 드디어 바깥에서 어떤 목소리가 물어왔다. "다 타신 거죠?" 안에서 어떤 목소리가 대답했다. "그렇소." 그러고 나서 출발했다.

마차는 느릿느릿, 아주 좁은 보폭으로 나아갔다. 바퀴가 눈 속에 파묻혔다. 온 차체가 둔탁한 소리로 삐걱대며 신음했다. 말들은 미끄러지고, 헐떡거리고, 허연 김을 피워 올렸다. 그리고 마부의 거대한 채찍이 쉼 없이 찰싹대며 사방으로 날아갔는데, 마치 가느다란 뱀처럼 감겼다 풀렸다하면서 투실투실한 말 엉덩이를 갑작스럽게 후려갈겼고, 그러면 근육이 보다 격렬하게 기운을 쓰느라 팽팽하게 긴장했다.

그런데 날이 시나브로 환해지고 있었다. 루앙 토박이인 승객 한 명이 흩날리는 목화솜에 견줬던 그 가벼운 눈송이들이 어느 샌가 날리지 않고 있었다. 때로는 서리로 뒤덮인 커다란 나무들이 줄지어 나타나고 때로는 초가집이 눈 덮인 두건 모양 지붕을 이고 서 있는 들판은 백색 천지였고, 그 백색의 눈부심을 보다 두드러지게 만드는 묵직하고 거대한 먹구름들 사이로 칙칙한 빛줄기가 뚫고 나오고 있었다.

마차 안에서는 침울한 빛이 감도는 이 새벽 어스름 속에서 서로를 호기심 어린 눈길로 바라봤다.

제일 안쪽의 가장 좋은 자리에는 그랑퐁 가(街)에서 포도주 도매업을 하는 루아조 부부가 서로를 마주한 채 졸고 있었다.

점원으로 일하던 상점의 주인이 사업에 실패하자 영업권을 사들인 뒤 한 재산을 모은 인물이었다. 그는 질 나쁜 포도주를 시골의 소매상들에게 저가에 팔아넘겼고, 그를 아는 사람들과 친구들 사이에서는 교활한 장사치, 잔꾀와 쾌활함이 넘치는 진정한 노르망디인으로 통했다.

사기꾼으로서의 그의 명성이 얼마나 확고했던지 어느 날 저녁, 여러 편의 우화와 노래를 지어냈으며 신랄하고 명민한 정신의 소유자이자 그 고장의 영예로 대우받는 투르넬 씨가 도청에서 베푼 연회에서 부인네들이 살짝 졸려하는 것을 보고서 루아조 볼 게임을 제안했고, "루아조 볼(Loiseau vole)"이라는 그 말이 '새가 난다'와 '루아조가 훔친다'는 이중 의미를 갖는 통에 멀리 날아간 것은 그 게임의 명칭 자체로, 도청의 연회장을 뚫고 날아올라 도시에서 벌어지는 연회장마다에 가서 내려앉는 바람에 근 한 달간 그 고장 사람들은 턱이 떨어져라 웃어댔다.

게다가 루이조는 종류를 기리지 않는 짓궂은 익살과 유쾌함과 고약함을 오가는 농담으로도 유명했다. 그의 인물평을 하는 사람이라면 누구나 즉각 이런 말을 덧붙이곤 했다. "정말 별나지, 그 루아조라는 친구."

왜소한 체구에 배만 공처럼 불룩 튀어나왔고, 그 위에 자리 잡은 불그스름한 얼굴 양 옆으로는 잿빛이 감도는 구레나룻이 늘어져 있었다.

키가 크고 억세고 과단성이 있는 그의 아내는 커다란 목청과 빠른 판단으로 그의 유쾌한 활약이 활력을 불어넣는 상점에서 질서와 계산을 도맡았다.

그들 옆에는 보다 품격 있고 상위 계층에 속하는 카레라마동 씨가 자리 잡고 있었는데, 존경받는 인물로서 면직제조업계에서 안정적인 위치를 누리며 방적 공장 세 개를 소유하고 있고, 레지옹 도뇌르 수훈자이자 도의회 의원이기도 했다. 그는 제2 제정기 내내 말랑한 야당의 당수 노릇을 했는데, 이는 오로지, 그의 표현을 따르자면, 자신이 반박하던 대의명분에 가담한 것에 대해 예의바른 무기를 동원해 보다 비싼 값을 받아내기 위해서였다. 카레라마동 부인은 남편보다 훨씬 젊었고, 루앙의 주둔지로 파견된 명문가의 장교들에게는 위안이 되는 존재였다.

그녀 또한 남편과 마주보고 있었고, 아주 자그마하고 몹시 귀엽고 매우 예뻤으며, 모피 속에 몸을 웅크리고 앉아 형편없는 마차 내부를 유감스러운 눈길로 바라봤다.

그 옆에는 위베르 드 브레빌 백작 부부가 자리 잡았다. 그들의 가문은 노르망디에서 가장 유서 깊고 가장 고귀한 가문 중하나였다. 백작은 당당한 풍채의 노신사로, 몸단장의 기교를 발휘해서 앙리 4세와 자신과의 닮은 점을 부각시키려고 애를 썼는데, 그 가문으로서는 영광인 전설에 따르자면, 앙리 4세가 브레빌 가문의 여인을 수태시켰고, 그 바람에 여인의 남편이 백작이자 지방총독이 되었다고 한다.

카레라마동 씨처럼 도의회의원인 위베르 백작은 그 도의 오를레앙 당을 대표했다. 그가 낭트의 별 볼 일 없는 선주의 딸과 결혼한 이야기는 여전히 수수께끼인 채로 남아 있었다. 하지만 백작부인은 기품이 있었고, 그 누구보다도 능숙하게 손님 접대를 해냈고, 루이 필립의 아들들 중 하나의 구애를 받았다는 이야기까지 떠돌아서, 귀족계급 전체가 그녀를 앞다퉈 받아들였다. 그녀의 살롱은 그 고장에서 으뜸이었고, 예전의 우아한 예법이 유일하게 고스란히 남아 있었으며, 그곳에 출입하기란 쉽지 않았다.

브레빌 가문의 재산은 모두 부동산으로, 연간 수입이 50만 리브르에 달한다는 소문이 돌았다.

마차의 안쪽 자리를 차지한 이 여섯 명이 연금과 평온과 권세를 누리는 상류사회를, 종교와 도덕적 규범을 지닌 영향력 있는 성실한 사람들 편을 이루었다.

야릇한 우연으로, 여자들은 모두 같은 쪽 좌석에 앉게 되었다. 백작부인 옆으로 두 명의 수녀가 앉아서 기다란 묵주를 한 알 한 알 넘기면서 주의 기도와 성모송을 중얼대고 있었다. 한 수녀는 나이가 들었고 가까운 거리에서 얼굴 한복판에 일제 산탄 공격이라도 당한 듯 천연두로 얽은 얼굴이었다. 다른 한 수녀는 매우 허약해 보였고, 순교자와 광신자를 양산하는 그 불타는 신앙심에 갉아 먹혀 결핵에 걸린 가슴 위로 예쁘장하고 병색이 짙은 얼굴이 자리 잡고 있었다.

그 두 명의 수녀 앞에 있는 남자 한 명과 여자 한 명이 모두의 시선을 끌어당겼다.

남자는 잘 알려진 인물로, 점잖은 사람들의 공포인 민주투사 코르뉘데였다. 20년 전부터 그는 민주주의자들이 죽치고 있는 카페마다에서 자신의 무성한 적갈색 턱수염을 맥주잔에 담가댔다. 그는 형제니 친우니 해대는 동지들과 함께 당과제조업자였던 아버지에게서 물려받은 상당한 재산을 먹어치운 터라, 어서 공화정이 들어서서 그토록 엄청난 양의 혁명적 음료 소비에 걸맞을 자리를 하나 꿰찰 날이 오기를 바랐다. 9월 4일*, 어쩌면 장난에 넘어간 걸 텐데, 그는 자신이 도지사로 임명받았다고 철석같이 믿고서 취임하려 했다. 하지만 사무실의 유일한 주인으로 남아 있던 말단 직원들이 그를 도지사로 인정하기를 거부했고, 그는 어쩔 수 없이 퇴각해야했다. 썩 선량한 사내, 적어도 남에게 해를 끼치는 법 없이 도와주기를 좋아하는 성품인 그는 비길 데 없는 열성으로 방어시설 구축에 열중했다. 그는 들판에 구덩이를 파고 이웃한 숲속에 자라고 있는 어린 나무들을 전부 베어 눕게 했으며, 도로마다 수많은 함정을 파 놓고는, 적군이 가까워오자 자신의 대비에 흡족해하며 재빨리 도시로 후퇴했더랬다. 이제 그는 자신의 존재가 새로운 참호들이 필요하게 될 르아브르에서 보다 유용하리라고 생각하고 있었다.

여자는 화류계의 여자로서, 일찌감치 살이 오른 걸로 유명했고, 덕분에 비곗덩어리라는 별명을 얻었다. 자그마하고, 구석구석 포실하고 흐벅지며, 통통한 손가락이 마디마다 움쑥움쑥 들어간 모양이 마치 짤막한 소시지들을 묶주 엮듯 엮어 놓은 것 같았다. 윤이 나고 팽팽한 피부에 드레스 아래로 불룩 솟아오른 풍만한 젖가슴을 가진 그녀는 어쨌든 먹음직스러워 보였고, 그 싱싱함이 보기에 즐거운 터라 인기가 많았다. 얼굴은

*1870년 제2 제정이 무너지고 제3 공화국이 선포된 날.

빨간 사과, 이제 막 꽃을 피우려는 작약 송이였다. 그리고 그 윗부분에, 안쪽에 그늘을 드리우는 기다랗고 촘촘한 속눈썹에 가려진 두 개의 근사한 검은 눈이 활짝 열려 있었다. 아래쪽에는 매혹적이고 얄팍하며 입맞춤을 부르는 촉촉한 입술이 자리 잡고 있었고, 반짝이는 자그마한 이들이 엿보였다.

소문에 의하면, 그녀는 그것 말고도 이루 헤아릴 수 없는 값진 자질들로 가득했다.

그녀가 누군지 알아보자마자 곧 점잖은 부인네들 사이에서 속살거림이 퍼져나갔고, "창녀", "공공의 수치"라는 말 등이 크게 튀자 여자가 고개를 쳐들었다. 그러고는 어찌나 도발적이고 대담한 눈길로 이웃들을 훑어봤던지 곧 엄청난 침묵이 좌중을 짓눌렀고 모두가 눈을 내리 깔았지만, 루아조만은 예외여서 잔뜩 흥분한 태도로 그녀를 염탐했다.

하지만 곧 이 여자의 존재 덕분에 갑자기 친구가, 심지어 속내를 주고받는 사이가 되어버린 세 명의 부인들 사이에서 대화가 다시 시작되었다. 이 뻔뻔한 매춘부 앞에서 정식 배우자로서의 자신들의 품격을 한 다발인 양 모아야 한다는 생각인 듯했다. 합법적 사랑은 자유분방한 자신의 동료에게 늘 거만하게 굴기 마련이니까.

세 명의 남자들 역시, 코르뉘데의 모습에 자극받은 보수당원의 본능으로 가까워져서, 가난한 사람들에 대한 경멸이 묻어나는 어조로 돈 이야기를 주고받았다. 위베르 백작은 프로이센인들 때문에 자신이 입어야 했던 손해, 도둑맞은 가축과 망쳐 버린 수확에서 비롯된 손실에 대해 고귀한 백작이라기보다는, 그러한 피해로 인한 곤란이 1년도 채 안 갈 엄청난 백만장자의 자신감이 가득한 어조로 이야기했다. 면직산업계에서 산전수 전 다 겪은 카레라마동 씨는 미리 신경을 써서 영국에 60만 프 랑을 송금해놓았는데, 이는 언제든지 목마를 때 꺼내어 먹을 수 있는 배를 마련해둔 것이었다. 루아조 씨로 말할 것 같으면, 그는 지하실에 쟁여놓았던 싸구려 포도주들을 몽땅 프랑스군 병참부에 넘기도록 손을 써뒀고, 그래서 국가가 그에게 빚지게 된 엄청난 액수의 금액을 르아브르에 가면 챙기게 될 터였다.

그러더니 세 명의 남자들은 재빨리 우호적인 시선들을 주고 받았다. 상황이야 제각각일지언정, 그들은 돈을 매개로 형제애 를, 재물을 소유하고 바지 주머니에 손을 넣었을 때 금화 짤랑 거리는 소리가 들리는 사람들끼리의 동지의식을 느꼈다.

마차가 하도 느리게 나아가서 아침 10시가 되었는데도 미처 4리외를 나가지 못했다. 남자들은 세 차례나 마차에서 내려 언 덕을 걸어서 올랐다. 슬슬 걱정이 되기 시작했다. 토트에서 점 심을 들기로 예정되어 있었지만 이제는 밤이 되기 전에 그곳에 당도하기란 이미 글러먹은 터였다. 승합마차가 눈구덩이에 빠 져버리자 저마다 길 가에 선술집이라도 보이지 않을까 훑어댔 고, 마차를 끄집어내는 데만 두 시간이 걸렸다.

배고픔이 점점 심해져 마음들이 어수선했다. 프로이센 군대가 가까워오고 굶주린 프랑스 부대가 지나가는 통에 겁을 집어먹고 전부 생업을 접은 바람에, 싸구려 식당도 포도주 장수도 어느 것 하나 나타나지 않았다. 신사 양반들이 먹을 것을 구하려고 길가 농가로 달려갔지만 빵 한 조각 발견하지 못했다. 불신에 찬 농부들이 씹어 넘길 것이 아무것도 없어서 발견하는 족족 무력으로 빼앗는 병사들에게 약탈당할까봐 겁이 나서, 비축해둔 식품을 숨겨버린 터였다.

오후 1시쯤, 루아조가 정말이지 배 속이 텅텅 비었노라고 알려왔다. 모두가 오래전부터 그와 마찬가지로 고통을 느끼고 있었다. 먹고자 하는 격렬한 욕구가 계속해서 증가하더니 대화마저 잡아먹고 말았다.

가끔씩 누군가 하품을 했다. 거의 동시에 또 다른 누군가가 따라했다. 저마다 돌아가면서 각자의 성격과 매너와 사회적 지위에 따라서 턱뼈가 떨어져나가라 입을 쩌억 혹은 얌전하게 벌렸다가는, 허연 김을 내뿜는 벌어진 구덩이 앞에 재빨리 손을 갖다 댔다.

비곗덩어리는 여러 번 겹겹의 속치마 밑에서 뭔가를 찾기라도 하듯 몸을 굽혔다. 잠시 망설이더니 이웃들을 바라보다가 조용히 몸을 바로 세웠다. 이웃한 얼굴들은 창백했고 굳어 있었다. 루아조가 햄 한 조각에 천 프랑이라도 내겠노라고 장담했다. 그의 아내가 항의하려는 것처럼 손짓을 하더니 잠잠해졌다. 돈 낭비에 관한 이야기를 들으면 늘 고통스러웠고 이 문제에 있어서는 농담조차 이해할 수 없었다. "사실 몸이 좋질 않군. 왜 먹을 걸 가져올 생각을 못 했을까?" 백작이 말했다. 다들 똑같이 자책하던 참이었다.

하지만 코르뉘데는 럼주로 가득 채운 수통을 갖고 있었다. 그가 럼주를 권했지만 차갑게 거절당했다. 루아조만이 두 모금 마시고 수통을 돌려주면서 감사를 표했다. "어쨌든 좋군요, 몸이 더워지니까. 배고픔도 달래주고." 술기운에 기분이 좋아진 그는 노래에 나오는 작은 배에서처럼 하자고, 그러니까 승객 중 가장 살찐 이를 잡아먹자고 제안했다. 간접적으로 비곗덩어리를 암시하는 이런 발언은 점잖은 사람들에게 충격을 주었다. 대답하는 사람이 없었다. 코르뉘데 홀로 미소를 지었다. 두 명의 수녀는 중얼중얼 묵주기도 올리기는 이미 그만둔 뒤라, 커다란 소맷자락 안에 두 손을 집어넣은 채 꼼짝 않고 앉아서는 고집스럽게 눈을 내리뜨고 있는 품이, 아마도 코르뉘데가 안겨준 고통을 하늘에 바치는 모양이었다.

마침내 3시쯤, 마을이라고는 그림자도 보이지 않는 끝없이 펼쳐진 평원 한가운데를 지날 때, 비곗덩어리가 재빨리 몸을 굽히더니 좌석 밑에서 새하얀 냅킨으로 덮인 커다란 바구니를 꺼냈다.

그녀는 우선 자그마한 도자기 접시와 은제 잔을, 그 다음에는 아주 넓적한 질그릇 단지를 꺼냈는데, 그 안에는 요리된 닭 두 마리가 온전히, 먹기 좋게 잘린 채 차게 굳힌 육즙에 덮여 있었다. 바구니 안에는 고기파이, 과일, 사탕과자 등 또 다른 맛있는 것들이 포장이 된 채 들어 있었는데, 여인숙 음식에는 손을 대지 않으려고 3일짜리 여행에 필요한 음식들을 준비해 온 터였다. 음식물 꾸러미들 사이로 술병 주둥이 네 개가 삐죽 나와 있었다. 그녀는 닭 날개를 하나 들더니 솜씨 좋게, 노르망디 지역에서는 "레장스"라고 부르는 작은 빵 하나를 곁들여 먹기 시작했다.

모든 눈길이 그녀를 향했다. 음식 냄새가 퍼져나가자 콧구멍들이 벌름거렸고, 귀 아래 턱관절이 고통스러울 정도로 앙다물리며 입안에 침이 잔뜩 고이고 말았다. 이 여자에 대한 부인네들의 경멸이 어찌나 사나웠던지, 거의 그녀를 죽이거나 마차 바깥 눈 더미 속에 그녀와 그녀의 은잔과 바구니와 음식물들을 한꺼번에 내다버리고 싶을 정도였다.

하지만 루아조는 닭요리를 집어삼킬 듯 바라봤다. 그가 말했다. "그러니까 부인은 우리보다 훨씬 준비성이 좋았군요. 늘 뭐든지 생각해두는 사람들이 있다니까." 그녀가 그를 향해 고개를 들었다. "좀 드시겠어요? 아침부터 내리 굶는 건 힘들죠." 그가 반색을 했다. "물론, 솔직히 거절하지 않으렵니다. 더는 못 참겠군요. 전장에서는 전장에서답게 굴어야죠, 그렇지 않습니까, 부인?" 그러더니 한 바퀴 돌아보면서 덧붙였다. "이런 순간에는 도움을 베푸는 사람들을 만나면 정말 기쁘지요." 그는 바지를 더럽히지 않으려고 갖고 있던 신문을 펴더니, 주머니 속에 늘 지니고 다니는 칼을 꺼내어 온통 육즙으로 번들거리는 닭 넓적다리를 칼끝으로 들어 올렸고, 이로 잘라 어찌나 노골적으로 흡족해하며 씹어대던지 마차 안에 고뇌의 큰 한숨이 흘렀다.

그런데 비계덩어리가 겸손하고 다정한 목소리로 수녀 두 명에게 자신의 음식을 함께 나누자고 제안했다. 수녀들은 둘 다 즉각 제안을 받아들였고, 눈도 들지 않고서 어물어물 감사의 말을 하고는 재빨리 먹기 시작했다. 코르뉘데 역시 이웃한 여인의 제안을 거절하지 않았고, 그리하여 신문을 무릎 위에 펼쳐놓음으로써 수녀들까지 포함해서 다 함께 일종의 식탁을 차린 꼴이 되었다.

입들이 끊임없이 열렸다 닫히고, 삼키고 씹으며, 게걸스럽게 먹어댔다. 루아조는 제 자리에 앉아서 열성적으로 입을 놀리다가 낮은 목소리로 아내에게 자기의 본을 따르라고 권했다. 루아조의 아내는 오랫동안 버티다가 위장에 경련이 일자 굴복하고 말았다. 그러자 그 남편이 자신의 작은 조각을 루아조 부인에게 나눠줘도 되겠냐고 유순한 말로 "매혹적인 길동무"에게 물었다. 그녀가 "물론이죠. 그럼요"라고 상냥한 미소를 띠며 답하더니 질그릇 단지를 내밀었다.

보르도 포도주 첫 병을 딸 때 난처한 순간이 찾아들었다. 잔이 은제 잔 하나뿐이었다. 사용한 뒤 잔을 닦아서 돌렸다. 코르뉘데만이 여성에 대한 친절로 그랬겠지만 여전히 축축한 이웃 여인의 입술이 닿았던 자리에 자신의 입술을 갖다 대었다.

그러자 음식을 먹는 사람들에 둘러싸이고 음식물에서 흘러나오는 냄새에 숨이 막힌 브레빌 백작 부부와 카레라마동 부부는 탄탈로스*라는 이름에 걸맞은 이 끔찍한 형벌에 고통스러워했다. 갑자기 공장주의 젊은 아내가 한숨을 내쉬었고, 사람들이 돌아봤다. 그 얼굴이 바깥에 쌓인 눈만큼이나 창백했다. 눈이 감겼고, 고개가 푹 떨어졌다. 의식을 잃은 것이었다. 남편이 깜짝 놀라서 모두에게 도움을 간청했다. 다들 제정신이 아니었지만, 수녀 둘 중에 나이든 축이 환자의 머리를 받치고 입술 사이로 비곗덩어리의 은잔을 기울여 포도주 몇 방울을 넘기게 했다. 예쁘장한 부인이 움찔거리다가 눈을 뜨고 미소를 짓더니 죽어가는 목소리로 이젠 정말 괜찮다고 말했다. 하지만 수녀는 이런 일이 다시 벌어지지 않게 억지로 포도주 한 잔을 다 마시게 하고 나서 이런 말을 덧붙였다. "배가 고파서 그래요, 다른 게 아니라."

비곗덩어리가 얼굴을 붉히고 당황스러워하면서 굶고 앉아 있는 네 명의 승객들을 바라보며 더듬거렸다. "어쩌나, 제가 이 신사숙녀 분들에게 감히 권해도 되는지……" 그러더니, 모욕으로 받아들여질까 겁이 나서 입을 다물고 말았다. 루아조가

---

*그리스 신화에 나오는 탄탈로스 일족의 조상. 제우스의 아들로 신들의 총애를 받았으나 천상의 음식을 훔쳐서 인간에게 주었기 때문에 타르타로스에 떨어져 영원한 굶주림과 갈증의 형벌을 받았다.

입을 열었다. "아무렴, 이런 경우에는 모두가 형제고 서로 도와야하는 겁니다. 자, 자, 부인들께서는 격식을 차리지 말고 받아들이세요, 좀! 밤을 보낼 수 있는 집을 찾을 수나 있을지도 모를 판 아닙니까? 지금 나아가는 속도라면 내일 정오 전에 토트에 도착하지 못할 겁니다." 그 누구도 "그렇죠"라는 긍정의 책임을 선뜻 지려고 하지 않아서 모두가 머뭇댔다.

그러자 백작이 나서서 문제를 정리했다. 주눅이 든 흐벅진 여인을 향해 몸을 돌려 신사답게 점잖은 태도로 말했다. "부인, 감사히 받지요."

첫걸음을 떼기가 힘들었을 뿐이다. 일단 루비콘 강을 건너자 거리낌 없이 먹어치웠다. 바구니가 헐렁해졌다. 거위 간 파테, 종달새 고기 파테, 훈제 소 혀 한 조각, 크라산 배, 퐁레베크 치즈 한 덩어리, 쿠키, 그리고 오이와 양파 초절임 한 병은 아직 남아 있었다. 비곗덩어리도 다른 여자들과 마찬가지로 생야채를 좋아했다.

이 여자에게 말을 걸지 않고서 그녀의 음식을 먹을 수는 없는 일이었다. 그래서 대화를 나눴는데, 처음에는 조심스럽게, 그러다가 비곗덩어리가 아주 처신을 잘하자 대화가 더욱 활기를 띠었다. 처세술이 뛰어난 브레빌 부인과 카레라마동 부인은 세련된 우아함을 보여줬다. 백작부인은 특히 그 어떤 접촉으로도 더러워질 수 없는 아주 고귀한 부인들 특유의 다정한 관대함을 보여줬고 상냥했다. 하지만 여장부의 기질을 타고난 억센 루아조 부인은 무뚝뚝했고 말은 거의 하지 않고 먹기는 많이 먹었다.

대화는 자연스럽게 전쟁 이야기로 흘렀다. 프로이센군의 만행과 프랑스인들의 용맹스러운 행위에 대한 이야기가 오갔다. 도피 길에 오른 이 사람들 모두 타인의 용기에는 경의를 표했다. 곧 개인의 이야기가 시작되었고, 비곗덩어리는 꾸밈 없는 격정을 표현할 때 여자들에게서 때로 보이는 열기 어린 말로, 진정한 감정을 담아서 자신이 어떻게 루앙을 떠나게 되었는지를 이야기했다. "전 처음에는 남아 있을 수 있을 거라고 믿었어요." 그녀가 말했다. "집에 비상식량도 잔뜩 쟁여놓았겠다, 어딘지도 모를 낯선 곳으로 살러 가느니 병사 몇 정도를 먹이는 게 더 낫겠다는 생각이었죠. 하지만 그들, 그 프로이센 군인들을 보자, 저도 어쩔 수 없더군요! 그들을 보니 분노로 피가 거꾸로 솟더라고요. 하루 종일 수치스러워서 울었답니다. 오! 내가 남자로 태어났더라면, 그냥! 전 제 방 창문에서 그놈들을, 뾰족한 철모를 쓴 그 뚱돼지들을 지켜봤고, 제가 그놈들 등짝에 가구를 집어던질까봐 하녀가 제 손을 붙잡고 있었어요. 그러더니 그놈들이 제 집에 묵겠다고 찾아왔고 전 첫 번째 놈 목을 노리고 달려들었죠. 다른 자들보다 그놈들 목 조르는 일이 더 어려울 건 없잖아요! 사람들이 제 머리끄덩이를 잡아당기지 않았더라면 그놈을 결딴냈을 텐데. 그 일이 있고 나서 전 숨어야만 했답니다. 마침내 기회가 왔고 전 떠나왔죠. 그래서 지금 여기 있는 거고요."

모두들 칭찬을 해댔다. 그렇게까지 무모하지 못했던 여행 동무들이 그녀에게 보내는 존경심이 더욱 커졌다. 코르뉘데는 그녀의 말을 듣는 내내, 사제가 지을 법한 지지와 선의가 담긴 미소를 띠었다. 주님의 사도가 독실한 신자가 신에게 바치는 찬양을 듣는 거나 마찬가지인 것이, 수염을 길게 기른 민주주의자들은 수단을 입은 사람들이 종교를 독점하듯 애국심을 독점하기 마련이니까. 이번에는 그가 교조적 어투로, 매일 벽에 나붙는 선언문에서 배운 대로 마구 과장을 섞어 말을 하더니 비범한 솜씨로 그 "비열한 바댕게 녀석"*을 신랄하게 비난하는 일종의 웅변으로 말을 맺었다.

하지만 비곗덩어리가 즉각 성을 냈는데, 보나파르트파를 지지했기 때문이었다. 그녀는 버찌보다도 더 새빨개져서는 화가 나서 더듬거렸다. "여러분이 그분 입장이셨더라면 어땠을지 보고 싶군요. 참 볼만했을 텐데! 그분을 배신했던 건 바로 이런 분이죠! 이분 같은 부랑아들이 나라를 다스리게 된다면 우리야 프랑스를 떠날 수밖에 없겠죠!" 코르뉘데는 흔들림 없는 표정으로 오만하고 깔보는 듯한 미소를 띠고는 있었으나 곧 험한 말들이 튀어나올 분위기였다. 때맞춰 끼어든 백작이 진지한 의견들은 모두 존중받을 가치가 있음을 위압적으로 단정함으로

*나폴레옹 3세(루이 나폴레옹 보나파르트)의 별명.

써 흥분한 여자를 간신히 진정시켰다. 하지만 백작부인과 공장주의 부인은, 점잖은 사람들이 그러듯이 공화정에 대한 비이성적 증오와, 전제적이며 거창한 장식으로 휘감은 정부에 대해 모든 여성들이 품기 마련인 그 본능적 애정을 갖고 있었기에, 자신들도 모르는 새 자존감으로 충만하고 자신들과 무척 흡사한 감정을 내보인 이 매춘부에게 마음이 끌렸다.

바구니가 비었다. 열 명이서 바구니가 더 크지 않은 것을 아쉬워하며 별 어려움 없이 싹 다 비워버린 것이다. 음식을 다 먹고 나서도 대화가 잠시 지속되었지만 흥은 살짝 식어버렸다.

밤이 내리덮이면서 어둠이 차츰차츰 깊어졌고, 소화를 시키는 동안 보다 뚜렷해진 추위에 비곗덩어리가 살집에도 불구하고 몸을 덜덜 떨었다, 그러자 브레빌 부인이 아침부터 여러 번 연료를 새로 갈아준 발 난로를 권했고, 발이 얼어오는 걸 느끼고 있던 상대방은 냉큼 받아들였다. 카레라마동 부인과 루아조 부인은 자신들이 쓰던 걸 수녀들에게로 넘겼다.

마부는 이미 등잔에 불을 밝혀놓았다. 등잔의 환한 불빛에, 두 번째 줄에 있는 말들의 땀에 젖은 엉덩이에서 피어오르는 김이 보였고, 흔들리는 반사광 아래 눈길이 양옆으로 펼쳐지고 있었다.

마차 안에서는 이제 아무것도 분간이 되지 않았다. 하지만 갑자기 비곗덩어리와 코르뉘데 사이에서 움직임이 감지되었다. 루아조는 어둠 속을 훑다가 수염을 길게 기른 남자가 소리

없는 일격을 받기라도 한 듯 재빨리 비켜 앉는 것을 본 듯했다.

작은 점처럼 보이는 불빛들이 전방에 나타났다. 토트였다. 열한 시간을 달려왔고, 말에게 귀리를 먹이고 숨을 고르게 하느라 네 차례에 걸쳐 두 시간 동안 휴식을 취했으니 도합 열네 시간이었다.* 읍내로 들어서서 코메르스 호텔 앞에서 멈췄다.

마차 문이 열렸다! 익히 알고 있는 소리에 승객들 모두가 진저리를 쳤다. 검집이 바닥에 닿는 소리였다. 곧 독일인의 목소리가 뭐라고 소리쳤다.

승합마차가 완전히 멈춰 섰지만 그 누구도 내릴 생각을 안 했다. 마치 나가자마자 그자리에서 학살당할 거라고 생각하는 듯했다. 그때, 마부가 손에 예의 그 등불 중 하나를 들고 나타났고, 마차 구석까지 갑자기 환해진 바람에 두 줄로 늘어선 겁에 질린 얼굴들, 헤 벌어진 입들, 놀라움과 공포로 크게 벌어진 눈들이 드러났다.

마부 옆에는 환한 불빛을 받으면서 독일 장교가 한 명 서 있었다. 금발에 엄청 마르고 키가 훌쩍 큰 젊은이로, 코르셋을 조인 여자처럼 군복 허리를 바싹 졸라매고 납작하고 밀랍을 먹인 군모를 비딱하게 쓰고 있어서 영국의 호텔 종업원처럼 보였다. 길고 곧게 뻗어나가며 한없이 가늘어지다가 단 한 가닥의, 너무나 가늘어서 그 끝이 보이지 않는 단 한 가닥의 금빛 터럭으

---

*모파상의 계산 착오로 보인다.

로 끝이 나는 거대한 콧수염이 양옆으로 늘어지며 입가를 짓누르는 듯했고, 뺨을 팽팽히 잡아당겨 입술이 아래로 처진 주름처럼 보였다.

그는 억센 어조의 알자스 지방 프랑스어로 승객들에게 내리라고 청했다. "신사숙녀 여러분, 하차하십시오."

가장 먼저 수녀 두 명이 온갖 복종에 익숙한 성직자의 고분고분함으로 명령에 따랐다.

그 다음으로 백작 부처가 모습을 드러냈고, 그 뒤를 공장주와 그의 아내가 따랐고, 그 다음으로 루아조가 덩치 큰 자신의 반쪽을 밀어대면서 내렸다. 루아조는 땅에 발을 내리면서 장교에게 말을 건넸다. "안녕하십니까, 장교님." 예의범절이라기보다는 미리 조심하는 마음에서였다. 상대방은 막강한 권력자가 그러듯 오만하게, 대꾸도 없이 그를 내려다봤다.

문 가까이에 있었음에도, 비곗덩어리와 코르뉘데는 가장 마지막으로, 적이 보는 앞에서 엄숙하고 도도한 태도로 내려섰다. 피둥피둥 살이 오른 여자는 자제하려고, 침착해 보이려고 애를 썼다. 민주투사는 서글프게도 살짝 떨리는 한 손으로 불그스름한 긴 수염을 자꾸 못살게 굴었다. 그 둘은 이런 만남에서 저마다 조금은 자기 나라를 대표한다고 생각하여 자존심을 지켜내려고 했다. 또한 여자는 길동무들의 고분고분함에 반발심이 생겨서 이웃한 여인들, 정숙한 여인들보다 더 도도해 보이려고 애썼고, 그런가 하면 남자는 자신이 모범이 되어야 한

34

다고 생각하여 길에 구덩이를 팔 때부터 시작되었던 항거의 의무를 자신의 태도로 계속 보여줬다.

다 같이 여인숙의 넓은 식당으로 들어갔고, 그 독일인은 사령관이 서명하고 각 여행객의 이름과 인상착의, 그리고 직업이 명기된 출발 허가증을 제시하라고 하더니 승객들과 기재된 사항을 일일이 맞춰보면서 오랫동안 사람들을 한 명 한 명 찬찬히 바라봤다.

그러더니 느닷없이 억센 억양으로 말했다. "됐습니다." 그러고는 사라졌다.

다들 숨을 몰아쉬었다. 아직도 배가 고팠다. 저녁 식사를 주문했다. 준비에 반시간쯤 걸릴 모양이었다. 두 명의 하녀가 준비를 하는 기색을 보이자, 모두 침실을 보러 갔다. 침실들은 전부 다 기다란 복도를 따라 배치되어 있었고, 복도 맨 끝에는 화장실임을 암시하는 숫자가 적혀 있는 유리문이 있었다.

드디어 사람들이 식탁에 가서 자리를 잡자 여인숙 주인이 직접 모습을 드러냈다. 그는 전직 말 장수에 천식을 앓는 뚱뚱한 남자였는데, 늘 씩씩거리는 숨소리에 목소리는 쉬었고, 목구멍에서는 가래 끓는 소리가 났다. 그의 아버지는 그에게 폴랑비*라는 이름을 물려줬다.

그가 물었다.

*'광적 욕구'라는 의미이다.

"엘리자베트 루세 양? 어느 분이신가요?"

비곗덩어리가 소스라쳐 뒤를 돌아봤다.

"저예요."

"프로이센 장교가 지금 당장 할 얘기가 있답니다."

"제게요?"

"예. 엘리자베트 루세 양이 맞는다면요."

그녀는 당황했고, 잠깐 생각에 잠겼다가 단호하게 대답했다.

"그럴 수야 있지만 가지는 않겠어요."

그녀 주위로 동요가 일었다. 각자 이러쿵저러쿵 그 명령의 원인을 짚어댔다. 백작이 다가왔다.

"그건 잘못하는 겁니다, 부인. 거절을 하면 심각한 곤란을 초래할 수 있어요. 부인에게 뿐만 아니라 부인의 길동무들에게 까지도요. 가장 힘이 센 사람들에게 결코 저항해서는 안 됩니다. 정말이지 이번 조치에는 아무런 위험도 있을 수가 없어요. 뭔가 형식적인 절차가 누락됐나 봅니다."

모두가 그에게 합세하여 그녀에게 간청하고 압력을 넣고 훈계를 해댄 끝에 마침내 그녀가 넘어가고 말았다. 모두들 그녀의 즉흥적인 결정이 상황을 복잡하게 꼬아놓을까봐 두려워했다. 마침내 그녀가 이렇게 말했다.

"이런 일을 하는 건 바로 여러분을 위해서예요!"

백작부인이 그녀의 손을 쥐었다.

"우리 모두 정말 감사해요."

그녀가 나갔다. 모두들 식탁에 앉아 그녀가 돌아오기를 기다렸다.

저마다 그다지도 격렬하고 성마른 그 여자 대신 자신이 불려가지 않은 것을 유감스러워하면서 혹시 다음에 자신이 불려갈 것에 대비해 무난한 말들을 준비했다.

하지만 10분 뒤 여자가 다시 나타났는데, 거친 숨을 몰아쉬고 숨쉬기가 힘든 듯 얼굴이 시뻘게져서 화를 터뜨렸다.

"오! 비열한 놈! 비열한 놈!"

모두 무슨 일인지 알고 싶어 설쳐댔지만 여자는 아무런 말도 하지 않았다. 백작이 집요하게 캐묻자 위엄이 가득한 태도로 대답했다. "여러분과는 아무 상관 없는 일이에요. 말씀 드릴 수가 없군요."

그래서 모두들 양배추 냄새가 솔솔 풍겨 나오는 높다란 수프 그릇 주위에 둘러앉았다. 이런 아슬아슬한 상황에서도 저녁 식사는 즐거웠고 능금주는 맛있었다. 루아조 부부와 수녀 둘은 돈을 아끼느라 능금주를 마셨고, 나머지 사람들은 포도주를 주문했다. 코르뉘데는 맥주를 달라고 했다. 그는 병마개를 따고 거품이 일게 따른 뒤, 잔을 기울여 잔에 담긴 액체를 보다가, 잔을 불빛을 향해 눈앞에 들어 올려 색깔을 음미하는 독특한 행동을 했다. 그가 맥주를 마실 때면 좋아하는 음료의 색조를 띤 풍성한 수염마저 애정에 겨워 부르르 떠는 듯했다. 맥주잔을 시야에서 잠시도 놓지 않느라고 두 눈은 사시가 되었고, 그가 태어난 이유가 되는 유일한 기능을 수행하는 것 같았다. 그의 평생을 사로잡은 두 가지 커다란 열정, 그러니까 페일 에일과 혁명 사이에 친화력이라도 있다는 듯, 머릿속에서는 두 열정을 서로 나란히 놓았다. 당연히, 다른 하나에 대해 생각하지 않고서 나머지 하나를 음미할 수 없었다.

폴랑비 부부는 식탁 끝자리에서 식사를 했다. 폭발 직전의 기관차처럼 헐떡거리는 남자는 호흡이 가빠서 먹으면서 말을 할 수 없었지만 여자는 잠시도 입을 다물지 않았다. 주인여자는 프로이센 군대가 도착해서 받은 인상을, 그들이 한 행동과 그들이 한 말들을 미주알고주알 이야기하며 자기는 그들이 몹시 싫은데, 그 이유는 우선, 그들 때문에 돈이 나가서이고, 그 다음으로는 아들 둘이 군대에 가 있어서라고 했다. 주인여자는 특히 귀부인과 대화한다는 사실에 한껏 들떠서 백작부인을 상대로 말을 했다.

그러더니 미묘한 이야기를 하느라고 목소리를 낮추었고, 가끔씩 그녀의 남편이 그녀의 말을 끊었다. "입 다무는 게 좋지 않을까, 폴랑비 부인." 하지만 그녀는 전혀 개의치 않고서 말을 이어갔다.

"그럼요, 부인. 그 작자들, 놈들은 그저 먹기만 하더라고요. 감자와 돼지고기를, 그리고 또 돼지고기와 감자를. 그리고 놈들이 깨끗하다고 생각하면 절대 안 돼요. 오, 천만에요! 죄송한 말이지만, 사방에 일을 보고 다니더라고요. 놈들이 몇 시간이고 몇 날이고 훈련하는 모습을 보셔야 하는데. 놈들은 모두 들판에 모이죠. 그러고는 앞으로 가, 뒤로 가, 이리로 돌아, 저리로 돌아, 이런답니다. 밭이라도 갈든가 자기네 나라에서 길이라도 내든가 할 일이지! 하지만 천만에요, 부인, 이 군인들, 이것들은 그 누구에게도 도움이 안 돼요! 사람 때려죽이는 일이나 배우라고 우리 가난뱅이 서민들이 놈들을 먹여 살려야 하다니! 난 제대로 배우지 못한 노인네일 뿐이지만 말이죠, 놈들이 아침부터 저녁까지 그렇게 한 자리에서 걷느라고 생고생을 하는 꼴을 보면 이런 생각이 절로 들죠. 도움이 되는 발명들을 수없이 하는 사람들이 있는가 하면, 또 다른 사람들은 남에게 해나 끼치려고 저다지도 애를 써대야 하는구나! 정말이지, 프로이센 사람이든 영국인이든 폴란드인이든 혹은 프랑스인이든 간에, 사람들을 죽인다는 건 끔찍한 일이 아닌가요? 자신에게 해코지를 한 자에게 복수한다 쳐요. 그건 나쁜 거죠. 왜냐하면 처벌을 받으니까. 하지만 우리 아이들이 사냥감인 양 몽땅 총으로 쏴 죽인다면 그건 좋은 거죠. 가장 많이 해친 사람에게 훈장을 주잖아요? 정말이지 이거야말로 나로선 전혀 이해가 안 갈 일이랍니다!"

코르뉘데가 목청을 키웠다.

"전쟁이란 평화로운 이웃을 공격할 때면 야만스런 짓이죠. 조국을 방어할 때면 성스러운 의무지만요."

노인네가 고개를 떨궜다.

"그렇죠. 스스로를 방어하는 거라면 다른 문제죠. 그런데 차라리 자신들의 즐거움을 위해 그런 짓을 하는 왕들을 모조리 죽여야 하는 게 아닐까요?"

코르뉘데의 눈에 불길이 일었다.

"훌륭하군, 여성 동지!" 그가 말했다.

카레라마동 씨는 깊은 생각에 잠겼다. 비록 그가 명장(名將)이라면 환장하기는 하지만 이 촌 아낙의 상식에 접하자, 그토록 많은 놀고 있는 손들, 그래서 결과적으로 막대한 손실을 초래하는 손들, 생산적인 일을 못 하게 묶어놓은 그토록 많은 힘들을 완성하는 데 수 세기가 걸릴 대규모 공장 일에 사용할 경우, 그것들이 한 나라에 가져다줄 수 있을 풍요를 생각하게 됐다.

하지만 루아조는 자기의 자리를 떠나 여인숙 주인에게 다가가더니 낮은 목소리로 이야기를 나눴다. 그 뚱뚱한 남자는 웃다가 사레가 들려 가래를 뱉어댔다. 거대한 배가 농담을 듣고 즐거워 출렁댔고, 결국 그는 프로이센군이 떠나가면 봄철에 사용할 요량으로 루아조에게서 보르도 포도주 여섯 통을 구매했다.

저녁 식사가 끝나자마자 피로로 너덜너덜해진 사람들은 잠자리에 들었다.

하지만 유심히 상황을 지켜봤던 루아조는 아내를 잠자리로 들여보내고는 열쇠 구멍에 귀를 대봤다 눈을 대봤다 하면서 그가 '복도의 비밀'이라고 이름 붙인 것에 대해 알아내려고 애썼다.

한 시간쯤 뒤에 그의 귀에 천 스치는 소리가 들려와 재빨리 내다보니, 흰색 레이스로 가장자리를 장식한 푸른색 캐시미어 가운을 걸쳐서 더욱 포동포동해 보이는 비곗덩어리가 눈에 들어왔다. 한 손에 초를 들고 복도 끝의 화장실을 향해 가고 있었다. 그런데 그 옆쪽 침실 문이 빠끔히 열렸고, 몇 분 뒤 그녀가 되돌아 나오자 셔츠 바람의 코르뉘데가 그 뒤를 따라갔다. 두 사람은 나지막하게 말을 주고받다가 멈춰 섰다. 비곗덩어리는 자기 방의 입구를 애써 막고 있는 것 같았다. 애석하게도 무슨 말을 나누는지 들리지 않았지만 막판에 두 사람이 언성을 높였기에 몇 마디는 주워들을 수 있었다. 코르뉘데가 기운차게 졸라댔다. 그가 말했다.

"이봐요, 멍청하기는, 그게 당신이랑 무슨 상관인데?"

그녀가 분개한 표정으로 받아쳤다.

"안 돼요, 그런 일에도 때가 있는 법이죠. 지금 여기에서라면, 그건 수치스런 일이라고요."

아마도 그는 전혀 이해가 가지 않는 모양이었고, 그 이유를 물었다. 그러자 그녀가 발칵 화를 내면 더욱 목청을 키웠다.

"왜라니요? 왜인지 모르겠어요? 이 집 안에, 옆방에 프로이센 군인들이 있을지도 모르는데요?"

그는 말문이 막혔다. 창녀의 수줍음이 적이 가까이에 있는 상황에서는 절대로 남자 품에 안기지 않으려는 애국심에서 비롯된 것을 보고 그의 마음속에서 시들어가던 자존심이 깨어난 모양이었다. 그저 한번 껴안아보더니, 살금살금 걸어서 자기 방으로 돌아갔으니까.

잔뜩 달아오른 루아조가 열쇠 구멍을 떠나오며 펄쩍 뛰어 허공에서 두 발을 맞부딪치고는 수면용 머릿수건을 두르더니 늘어진 반려의 억센 몸뚱어리를 덮고 있는 시트를 들췄고, 키스로 잠을 깨우며 이렇게 중얼댔다. "날 사랑해, 여보?"

이제 온 집 안이 조용해졌다. 하지만 곧 어디에선가, 다락 쪽인가 싶으면 지하실 쪽인 것도 같은 어디인지 모를 방향에서, 힘차고 단조롭고 규칙적인 코고는 소리가 치솟았는데, 묵직하고 길게 이어지는 소리로, 증기압 때문에 덜덜거리는 보일러의 진동을 담고 있었다. 폴랑비 씨가 잠이 든 것이다.

다음 날 8시에 출발하기로 결정했기 때문에 모두 부엌에 모여들었다. 하지만 마차는 덮개 위에 흰 눈 지붕을 인 채, 말도 마부도 없이 마당 한가운데에 홀로 서 있었다. 마구간으로, 사료 창고로, 차고로 마부를 찾아다녔지만 헛수고였다. 그러자 남자들이 전부 다 나가서 마을을 뒤지기로 결정을 내리고, 모두 바깥으로 나갔다. 광장에 가보니, 저 안쪽으로는 성당과 양 옆으로는 낮은 가옥들이 보였는데, 집 안에서 프로이센 군인들이 움직이는 것이 보였다. 그들 눈에 띈 첫 번째 군인은 감자 껍질을 벗기고 있었다. 더 멀리 보이는 두 번째 병사는 이발소를 물로 청소하고 있었다. 눈가에서부터 수염이 무성한 다른 병사는 울고 있는 어린아이를 안아 무릎 위에 앉히고 살살 흔들며 달래주고 있었다. 남편이 "전시 군대"에 징집당해 간 뚱뚱한 시골 아낙들이 고분고분한 정복자들에게 손짓을 해가며 그들이 해야 할 일을 알려줬다. 장작 패기, 딱딱한 빵 수프로 적시기, 커피 갈기. 그들 가운데 한 명은 손을 못 쓰는 할머니인 주인집 여자의 속옷까지 빨고 있었다.

백작이 놀라서 사제관에서 나오는 성당지기에게 물었다. 그 늙은 교회쥐가 그에게 대답했다.

"오! 나쁜 사람들이 아니에요. 사람들 얘기가 프로이센인들이 아니라네요. 더 먼 곳에서 왔답니다. 어딘지는 잘 모르겠고요. 모두 고향에 처자식을 두고 왔지요. 저들도 전쟁이 즐겁지가 않겠죠! 거기에서도 떠나간 남자들 때문에 눈물을 흘릴 겁니다. 이쪽이나 마찬가지로 그쪽에서도 전쟁 때문에 이 지독한 빈곤을 겪고 있겠죠. 여긴 아직까진 당장 너무나 불행한 건 아니니까요. 저 사람들이 해코지를 하는 것도 아니겠다, 게다가 자기 집인 양 일을 해주잖아요. 보시다시피, 가난한 사람들끼리는 서로 도와야죠……. 전쟁이야 높으신 분들이 일으키는 거고."

정복자와 피정복자 사이에 형성된 화목한 분위기에 격분한 코르뉘데는 숙소에 처박혀 있는 쪽이 더 낫겠다 싶어 물러났다. 루아조는 우스갯소리를 했다. "이주자들을 정착시키는 중이로군." 카레라마동은 엄숙하게 말했다. "저들은 사죄하는 거요." 하지만 마부는 보이지 않았다. 마침내 마을 카페에, 장교의 당번병과 함께 사이좋게 탁자를 앞에 두고 앉아 있는 모습이 발견됐다. 백작이 설명을 요구했다.

"8시 예정으로 말을 매어두라는 명령을 받지 않았소?"

"물론 그랬죠. 하지만 그 뒤로 다른 명령이 내려왔답니다."

"어떤?"

"절대로 말을 매면 안 된다는 명령이죠."

"누가 그런 명령을 내렸소?"

"거야, 프로이센 지휘관이죠."

"어째서?"

"저야 전혀 모르죠. 그분께 직접 물어보셔야죠. 말을 매는 걸 금지하니 저야 말을 매지 않는 겁니다. 그런 거랍니다."

"그런 말을 직접 들었소?"

"아닙니다, 백작님. 여인숙 주인이 그의 명령이라면서 제게 전달했지요."

남자 셋은 몹시 불안한 마음을 안고 여인숙으로 돌아갔다.

폴랑비 씨를 보자고 청했다. 하지만 하녀는 주인님은 천식 때문에 10시 전에는 자리에서 일어나는 법이 없다고 대답했다. 불이 난 경우가 아니라면 그보다 일찍 깨우는 것을 단호하게 금지하기까지 했단다.

사람들은 장교를 만나고 싶었지만, 같은 여인숙에 묵고 있다 해도 그건 절대 불가능했다. 폴랑비 씨만이 유일하게 민간인 관련 문제로 그에게 말을 꺼내도 된다는 허락을 받은 터였다. 그래서 다들 기다렸다. 여자들은 각자 방으로 다시 올라갔고 쓸데없는 일들로 시간을 보냈다.

코르뉘데는 커다란 불길이 타오르고 있는 부엌의 높다란 벽난로 밑에 자리를 잡았다. 그는 그곳으로 카페용 작은 탁자 하나와 맥주 한 병을 가져오라고 한 뒤, 코르뉘데에게 봉사하는 것이 조국에 봉사하는 것이기나 한 듯 민주주의자들 사이에서 자신과 버금가는 존경을 누리고 있는 파이프 담배를 빨아댔다. 최상품 해포석 파이프로, 놀라울 정도로 담뱃진이 진하게 배어 주인의 치아만큼이나 거무스레했지만, 담배 향이 스며 나오고 끝은 우아한 곡선으로 마무리되었고 윤기가 흐르며, 그의 손에 길들여져서 그의 겉모습을 완성하는 필수품이었다. 그는 꼼짝 않고 앉아서 때로 벽난로의 불꽃을, 때로 맥주잔 가를 빙 돌아 생겨난 거품을 응시했다. 그는 맥주를 넘길 때마다 만족스러운 표정으로 기름진 기다란 머리카락을 마르고 긴 손가락으로 쓸어 넘기고 수염에 붙은 맥주 거품을 빨아먹었다.

루아조는 뻣뻣해진 다리를 푼다는 구실로 마을의 주류 소매상들에게 포도주를 판매하러 나갔다. 백작과 공장주는 정치에 대한 이야기를 나누기 시작했다. 두 사람은 프랑스의 미래를 전망했다. 한 명은 오를레앙파를 믿었고, 다른 한 명은 미지의 구원자, 모든 것이 절망적이 되면 모습을 드러낼 영웅을 믿었다. 어쩌면 게클랭*이나 잔다르크 같은 인물? 혹은 또 다른 나폴레옹 1세? 아! 황태자가 그렇게 어리지만 않아도! 코르뉘데는 둘의 이야기를 들으면서 국운에 관한 예언을 알고 있는 사람처럼 미소를 띠었다. 그의 파이프에서 흘러나온 담뱃내가 부엌에 넘실댔다.

10시를 알리는 소리와 함께 폴랑비 씨가 나타났다. 사람들이 급하게 그에게 질문을 쏟아냈다. 하지만 그로서는 두세 번, 조금도 바꾸지 않고 다음과 같은 말을 되풀이할 수 있을 뿐이었다.

"장교가 이렇게 말했지요. '폴랑비 씨, 내일 이 여행객들이 마차에 말을 매지 못하게 금지하시오. 내 명령 없이 그들이 떠나서는 안 됩니다. 알아들었으니 됐소.'"

그래서 사람들은 장교를 만나려고 했다. 카레라마동 씨가 본인 이름과 본인이 맡은 직위들을 백작의 명함에 전부 다 적어 넣자, 백작이 그 명함을 장교에게 보냈다. 프로이센 장교는 자신이 점심 식사를 마친 뒤, 그러니까 1시경에 그 두 남자와의 면담을 허락한다고 답을 보내왔다.

부인들이 다시 나타나자 모두 불안했지만 조금이나마 식사를 했다. 비곗덩어리는 몸이 불편한 듯했고 몹시 불안정해 보

*베르트랑 뒤 게스클랭. 백년 전쟁 당시 프랑스군을 이끈 영웅이다.

46

였다.

사람들이 커피를 다 마셔갈 때쯤 당번병이 그 두 신사를 찾으러 왔다.

루아조가 앞의 두 사람에게 합류했다. 그들의 교섭에 좀 더 장중함을 부여하고자 코르뉘데를 끌어들이려고 했지만, 그는 독일인들과는 그 어떤 관계도 절대 맺지 않겠노라 자랑스럽게 선언했다. 그는 다시 벽난로 자리로 돌아갔고 맥주 한 병을 더 청했다.

세 남자는 올라가서 여인숙에서 가장 아름다운 방으로 안내되었다. 장교는 안락의자에 몸을 누이다시피 한 자세로 두 발은 벽난로 위에 올린 채 기다란 도기 파이프를 피우면서 사람들을 맞았는데, 고약한 취향의 어떤 부르주아가 버리고 달아난 가옥에서 훔쳤을 법한 번쩍거리는 실내복을 걸치고 있었다. 그는 일어나지 않았고, 그들에게 인사를 건네지도 않았고, 쳐다보지도 않았다. 그는 자고로 승전국 군인이 그러듯이 버르장머리 없는 태도의 근사한 표본을 보여줬다.

잠시 후 마침내 그가 입을 열었다.

"뭘 원합니까?"

백작이 말을 받았다. "출발하고 싶습니다."

"안 됩니다."

"거절의 이유를 물어도 되겠습니까?"

"내가 원하지 않습니다."

"장교님, 사령관께서 우리에게 디에프 행 출발 허가증을 내주셨다는 점에 유의해주셨으면 합니다. 그리고 우리가 이런 가혹한 조처를 받을 만한 그 어떤 행위를 했다고는 생각지 않습니다만."

"내가 원하지 않습니다…… 그게 전부요. 그만 내려들 가도록."

세 사람은 모두 허리를 굽힌 뒤 물러났다.

오후 나절은 몹시도 울적했다. 사람들은 독일인의 그런 변덕스러움이 전혀 이해가 되지 않았다. 아주 별스런 생각들로 머릿속이 어지러웠다. 모두 부엌에 모여 끝없이 갑론을박하며 있을 법 하지 않은 일들을 상상했다. 그들을 인질로 잡고 싶은 걸까? 하지만 무슨 목적으로? 아니면 포로로 데려가려는 건가? 아니, 차라리 엄청난 몸값을 요구하려고? 여기에 생각이 미치자 거센 공포에 사로잡혔다. 가장 부유한 사람들이 가장 두려워했고, 목숨 값을 치르기 위해 금화가 가득 든 자루들을 이 오만한 군인의 손에 넘겨야만 하는 처지가 된 자신들의 모습이 벌써 눈앞에 어른거렸다. 그들은 그럴듯한 거짓말을 꾸며내어 부유함을 감추고 가난한, 아주 가난한 사람들로 보이게 하려고 머리를 쥐어짰다. 루아조는 시곗줄을 풀어 주머니에 감췄다. 저녁이 내리덮이자 불안감이 더욱 부풀어 올랐다. 등잔에 불이 켜졌고, 식사 시간까지는 아직도 두 시간이 남았기 때문에 루아조 부인이 31게임을 제안했다. 기분 전환이 될 터이다. 모두가 찬성했다. 코르뉘데마저도 예의를 지켜 파이프를 끄더니 끼어들었다.

백작이 카드를 섞고, 나눠주고, 비곗덩어리가 단박에 31점을 만들었다. 곧 게임에 대한 관심이 사람들 머릿속을 떠나지 않는 두려움을 가라앉혔다. 하지만 코르뉘데가 루아조 부부가 한통속이 되어 속임수를 쓰고 있음을 알아차렸다.

사람들이 식탁에 자리 잡으려 할 때쯤 폴랑비 씨가 나타났다. 그 걸걸거리는 목소리로 그가 말했다. "프로이센 장교가 엘리자베트 루세 양에게 아직도 생각이 바뀌지 않았는지 물어보랍니다."

비곗덩어리는 하얗게 질린 얼굴로 가만히 서 있었다. 그러다가 갑작스레 새빨개지더니 숨이 막힐 정도로 격렬한 분노로 말문을 열지 못했다. 마침내 폭발하고 말았다. "그 비열한 놈에게, 그 더러운 놈에게, 그 프로이센의 망종에게 전하세요. 그럴 일 절대 없다고. 알아들었죠. 절대, 절대, 절대!"

뚱뚱한 여인숙 주인이 나갔다. 그러자 곧 사람들이 몰려들어 둘러싸고 물어대며 장교와의 면담에서 있었던 비밀을 밝히라고 요청했다. 그녀는 처음에는 버텼다. 하지만 너무 화가 나서 곧 털어놓고 말았다. "그가 원하는 거요? ……그가 원하는 거? 나랑 자고 싶대요!" 그녀가 소리를 빽 질렀다. 그 말에 충격을 받은 사람은 아무도 없었는데, 다들 분노가 시퍼랬기 때문이었다. 코르뉘데는 식탁에 맥주병을 거세게 내려놓는 바람에 병을 깨뜨렸다. 그것은 그 상스럽고 난폭한 군인에 대한 비난의 아우성, 분노의 폭풍, 마치 그녀가 요구받은 희생의 일부를 자신들 각자가 요구받기라도 한 양 항거하고자 떨쳐 일어난 모두의 하나 됨이었다. 백작은 역겨워하며 그 인간들은 고대의 야만인들처럼 행동한다고 주장했다. 여자들은 더더욱 비곗덩어리에게 열렬하고 다정한 동정을 드러냈다. 식사 시간에만 모습을 드러내는 수녀들은 고개를 숙인 채 아무런 말도 하지 않았다.

처음의 격렬했던 분노가 진정이 되고나자 어쨌든 저녁 식사를 했다. 하지만 거의 말이 없었고 생각에 잠긴 모습들이었다.

부인들은 일찌감치 물러났다. 남자들은 담배를 피워대면서 에카르테 게임판을 벌여 폴랑비 씨에게 함께 하자고 권했는데, 프로이센 장교의 억지를 꺾기 위해 동원할 수 있는 방법들에 대해 여인숙 주인에게 교묘하게 질문하려는 의도가 있어서였다. 하지만 그는 자기의 패에만 신경을 쓰며, 아무런 이야기도 듣지 않고 아무런 대답도 하지 않았다. 그러고는 끝없이 이 말만 되뇌었다. "게임에 집중하죠, 여러분, 게임에." 어찌나 집중을 했는지 그만 가래를 뱉는 일을 잊는 바람에 가슴에서 가끔씩 오르간 파이프에 바람이 지나가는 듯한 소리가 났다. 낮고 깊은 음계에서부터 홰를 쳐보려고 애쓰는 어린 수탉의 날카로운 구구거림까지, 그의 쉭쉭거리는 허파는 천식의 모든 경지를 보여주었다.

여인숙 주인은 잠이 쏟아져서 자신을 찾으러 온 아내를 내치기까지 했다. 그러자 그녀는 혼자 자러갔다. 어차피 그녀는 늘 태양과 함께 일어나는 "아침형"이지만 남자는 늘 친구들과 어울려 밤을 보낼 태세를 갖춘 "저녁형"이었기 때문이다. 그가 아내에게 소리를 질렀다. "레 드 풀* 한 잔 만들어서 불 앞에 놔 둬줘." 그러고는 다시 게임으로 돌아갔다. 그로부터 아무것도 끝어낼 수 없으리란 게 훤히 보이자 사람들은 이제 자러갈 때라고 말하고는 각자 잠자리에 들었다.

사람들은 막연한 희망과 떠나고 싶다는 보다 큰 욕망과 이 끔찍스러운 작은 여인숙에서 하루를 또 보내야 한다는 두려움을 안고서 다음 날 아침에도 제법 일찍 일어났다.

어쩌나! 말들은 여전히 마구간에 들어 있고 마부는 보이지 않았다. 사람들은 하릴없이 마차 주위를 한 바퀴 돌러 갔다.

아침 식사 시간은 아주 울적했다. 비곗덩어리에 대한 냉담함이 느껴지는 분위기였는데, 밤이 충고를 가져다준다더니 밤 사이 살짝 판단이 달라졌던 것이다. 이제 사람들은 그 여자가 아침에 일어났을 때 길동무들에게 기분 좋은 놀라움을 안겨주기 위해 남몰래 그 프로이센 군인을 만나러 가지 않았다고 거의 원망할 정도였다. 그보다 더 간단한 게 뭐가 있겠는가? 게다가 누가 그걸 알겠는가 말이다. 길동무들이 불안해하는 게

---

*데운 우유에 계란 노른자를 풀고 설탕을 첨가한 음료.

불쌍해서 마음을 바꿨노라고 하면 체면을 구기지 않을 수도 있는데. 그녀에게 그건 정말이지 하찮은 일이지 않은가!

하지만 그 누구도 아직은 그런 생각을 입 밖에 내지 않았다.

오후에 들어서자, 죽을 지경으로 지겨웠기에 백작이 마을 주변을 한 바퀴 돌아보자고 제안했다. 이 소규모 일행은 저마다 신경 써서 몸을 감싸고 난 뒤 길을 나섰지만, 불 옆에 남아 있는 것이 더 좋은 코르뉘데와 하루 종일 성당이나 사제관에서 보내는 수녀들은 빠졌다.

하루하루 더욱 더 강력해지는 추위에 코와 귀가 에였다. 발의 통증이 얼마나 심한지 내딛는 걸음걸음이 고통이었다. 들판이 펼쳐지는 곳에 이르렀지만 끝없는 백색으로 뒤덮인 들판이 어찌나 끔찍할 정도로 음울해 보였던지 모두 곧장 얼어붙은 영혼과 조여드는 마음을 안고 돌아 나왔다.

여자 넷이 앞장서 걸었고, 남자 셋이 조금 뒤에서 따라왔다.

상황 파악이 끝난 루아조가 갑자기, 그 "매춘부 계집애"가 우리를 아직도 한참을 더 이런 장소에 머무르게 할 셈일까를 물었다. 늘 정중한 백작은 여자에게 그렇게 고통스러운 희생을 요구할 수는 없으며 스스로 결심이 서야 하는 일이라고 말했다. 카레라마동 씨는 논의가 있었다시피 프랑스군이 디에프를 경유하여 반격에 나선다면 바로 이곳 토트에서 충돌이 일어날 수밖에 없음을 지적했다. 이러한 예상은 나머지 두 남자를 근심에 잠기게 했다. "걸어서 달아나면 어떨까요?" 루아조가 말했다. 백작이 어깨를 으쓱했다. "그런 생각을 하다니. 이런 눈을 뚫고 말입니까? 여자들을 데리고? 달아난다 해도 곧 추격이 들어올 테고, 10분도 안 되어 잡힐 테고, 군인들의 손에 운명이 달린 포로가 되겠죠." 그건 사실이었다. 모두들 입을 다물었다.

부인네들은 치장에 관한 이야기를 나누고 있었다. 하지만 뭔가 거북한 분위기가 그녀들을 흩어놓는 것 같았다.

갑자기 길 끝에 프로이센 장교가 나타났다. 지평선까지 펼쳐진 눈을 배경으로 허리가 잘록한 제복을 입은 그의 훤칠한 체격이 뚜렷이 드러났다. 그는 무릎을 벌리고 걸었는데, 정성스럽게 광을 낸 군화에 조금의 얼룩도 튀지 않게 하려고 신경을 쓸 때 나오는 군인들 특유의 동작이었다.

그는 부인네들 옆을 지나가면서는 가볍게 고개를 숙였고, 루아조가 모자를 벗을 듯이 손을 들썩이긴 했지만 최소한 모자를 벗지 않을 정도의 자존심을 갖고 있는 남자들은 깔보듯 내려다봤다.

비곗덩어리는 귀까지 빨개졌다. 유부녀 세 명은 그 장교가 그토록 무례하게 다뤘던 여자와 함께 있을 때 이런 식으로 스치게 된 것에 대해 커다란 모욕감을 느꼈다.

그러자 그에 대한, 그의 풍채와 얼굴에 대한 이야기가 오갔다. 많은 장교들을 겪었기에 전문가 입장에서 그들을 판단하는 카레라마동 부인은 그가 썩 훌륭하다고 생각했다. 심지어 그가 프랑스인이 아닌 것이 유감이었는데, 여자들이 전부 다 홀딱 반할 게 틀림없는 아주 근사한 경기병이 될 만하기 때문이었다.

일단 여인숙 안으로 들어서자 무엇을 해야 할지 더는 알 수 없었다. 별것 아닌 일에도 날카로운 말들이 오가기까지 했다. 저녁 식사는 침묵 속에서 금방 끝났고, 각자 잠이 들어 시간을 죽일 수 있기를 원하면서 자러 올라갔다.

다음 날 아침 사람들은 피곤한 얼굴과 화가 난 마음으로 내려왔다. 여자들은 비곗덩어리하고는 거의 말을 섞지 않았다.

종이 울렸다. 영세를 알리는 종이었다. 비곗덩어리에게는 이브토의 농가에 맡겨 키우고 있는 아이가 한 명 있었다. 그녀는 아이를 1년에 한 번도 채 못 봤고 아이 생각은 하는 법이 없었다. 하지만 이제 곧 영세를 받게 될 아이를 생각하자 자기 아이에 대한 갑작스럽고 격렬한 애정이 마음속에 솟구쳤고, 영세식에 꼭 참석하고 싶어졌다.

그녀가 출발하자마자 사람들이 서로 눈길을 주고받더니 의자들을 끌어당겨 서로 바싹 붙어 앉았다. 결국에는 뭔가 결정을 해야만 한다고 느끼고 있었기 때문이다. 루아조에게 좋은 생각이 떠올랐다. 프로이센 장교에게 비곗덩어리만 남겨놓고 다른 사람들은 출발할 수 있게 해달라고 제안하자는 의견이었다.

폴랑비 씨가 한 번 더 심부름을 맡았지만 곧장 되돌다시피 내려왔다. 인간의 천성을 잘 알고 있는 독일인은 그를 문간에서 내쳤다. 그는 자신의 욕망이 채워지지 않는 한 모든 사람들을 붙잡아 두겠노라 단언했다.

그러자 루아조 부인의 상스러운 기질이 폭발하고 말았다. "어쨌든 여기서 늙어 죽을 수는 없잖아요. 아무 남자하고나 그짓을 하는 게 그 계집, 그 매춘부 직업이잖아요. 왜 이자는 되고 저자는 안 된다며 거절을 한답니까? 놀랍지 않나요. 그 물건이 루앙에서 닥치는 대로 아무 놈하고나, 심지어 마부들하고도 그 짓을 했답니다! 그래요, 부인, 도청의 마부하고도요! 그 작자는 잘 알아요, 제가. 우리 집에서 포도주를 사거든요. 이제 우리를 곤경에서 빼내줘야 하는데, 그 건방진 계집애가 새침이나 떨어대고 있다니요! ……그 사람은 처신이 썩 괜찮아요, 그 장교말예요. 어쩌면 오래전부터 여자를 가까이 하지 못했을 수도 있어요. 어쩌면 그 장교는 우리 셋이 더 마음에 있었을 수도 있어요. 하지만 모든 남자의 것인 그 계집으로 만족하는 거잖아요. 유부녀들을 존중하는 거죠. 그러니 생각들을 좀 해보세요. 그 장교가 지배자라고요. 그는 '이걸 원해'라고 말만 하면 되는 거죠. 군인들을 동원해서 힘으로 우리를 덮칠 수도 있었다고요."

나머지 두 여자는 살짝 몸서리를 쳤다. 어여쁜 카레라마동 부인의 두 눈이 반짝였고 얼굴에서는 살짝 핏기가 가셨는데, 그 장교가 강제로 자신을 욕보이는 느낌이 벌써 드는 모양이었다.

따로 떨어져서 논의 중이던 남자들이 다가왔다. 잔뜩 화가 난 루아조는 "그 하찮은 계집"의 두 손과 두 발을 꽁꽁 묶어서 적에게 넘기고 싶어했다. 하지만 3대에 걸쳐서 대사들을 배출한 가문 출신이고 외교관의 풍채를 타고난 백작은 교묘한 술책을 지지하는 입장이었다. "스스로 결심하게 해야 합니다." 그가 말했다.

그래서 다들 음모를 꾸미기 시작했다.

여자들은 서로 바싹 다가앉아 어조를 낮췄고, 저마다 자신의 의견을 개진하는 전체적인 토론이었다. 적어도 몹시 예의발랐다. 특히나 이 부인네들은 가장 외설적인 내용을 담아내기 위해 표현 방식의 미묘함과 매혹적 표현의 섬세함을 찾아냈다. 어찌나 철저하게 조심스러운 언어를 사용했던지 외부인이라면 아무것도 이해하지 못했으리라. 사교계의 여인들 전부가 한 겹 펴 바른 그 얄팍한 정숙함이 표면을 겨우 가리고 있는 만큼, 여자들은 이 음란한 사건을 맞아 활짝 피어난 얼굴로 속으로 미칠 듯이 즐기며, 자신들에게 익숙한 분야라고 느꼈고 식도락가 요리사가 다른 사람을 위한 저녁을 차릴 때 맛보는 관능으로 사랑을 마구 주물러댔다.

유쾌함이 절로 생겨났는데, 이야기가 결국에는 무척 우습게 여겨졌기 때문이었다. 백작은 살짝 아슬아슬한 농담들을 시도했지만 그것들이 어찌나 요령 있게 표현됐던지 미소를 자아냈다. 이번에는 루아조가 조금 더 노골적으로 외설적인 말들을 뱉었지만 그 누구도 기분을 상하지 않았다. 그의 아내가 거칠게 표현한 생각이 모두의 머릿속을 지배했다. "그게 그 계집, 그 매춘부의 직업이잖아요. 왜 이자는 되고 저자는 안 된다며 거절을 한답니까?" 상냥한 카레라마동 부인은 자신이 그 여자 입장이라면 다른 사내보다는 이 사내를 거절할 생각이 덜 들 거라고 생각하는 것처럼 보이기까지 했다.

사람들은 포위된 요새를 공략하듯 오랫동안 철저한 봉쇄를 준비했다. 저마다 자신이 수행해야 할 역할과 근거가 되어줄 논리, 수행해야 할 작전을 챙겼다. 이 살아 있는 성채가 적을 안으로 들여놓도록, 공격 계획과 사용할 계략과 기습작전을 결정했다.

하지만 코르뉘데는 이 일에 전혀 끼지 않고 따로 떨어져 있었다.

바짝 긴장해서 완전히 정신을 팔고 있는 바람에 비곗덩어리가 들어오는 소리를 아예 듣지 못했다. 하지만 백작이 "쉿" 하며 살짝 신호를 보내자 모두들 눈길을 들어올렸다. 그녀가 거기 있었다. 모두들 갑자기 입을 다문 통에 처음에는 살짝 당혹스러워서 그녀에게 말을 걸지 못했다. 사교 살롱의 이중성에 대해 다른 사람들보다 훨씬 더 유연한 백작부인이 그녀에게 물었다. "재밌었어요, 영세는?"

여전히 감동이 가시지 않은 비곗덩어리는 온갖 이야기를, 참석한 사람들, 행동거지, 교회의 모습에 대해서까지 늘어놨다. 그리고 이렇게 덧붙였다. "가끔 기도를 올리는 건 아주 유익하네요."

하지만 부인네들은 자신들이 건넬 충고에 대한 그녀의 신뢰와 고분고분함을 증폭시키기 위해 점심때까지는 그녀를 상냥하게 대하는 선에서 그쳤다.

식탁에 자리를 잡자마자 곧 공략이 시작되었다. 헌신에 관한 모호한 대화로 시작을 했다. 고대의 예들이 인용됐다. 유디트와 홀로페르네스, 그리고는 아무 맥락도 없는 루크레티아와 섹스투스, 그리고 적장들 모두와 잠자리를 한 뒤 노예처럼 복종하게 만든 클레오파트라를 들먹였다. 그러더니, 로마의 여인들이 카푸로 가서 한니발, 그리고 그와 더불어 그의 부관들과 용병으로 구성된 보병들마저 자신들의 품에서 잠들게 했다는 둥, 이 갑부들이 상상 속에서 만들어낸 말도 안 되는 이야기들이 펼쳐졌다. 정복자들을 멈춰 세운 뒤 자신들의 육체를 전장이자 지배 수단이자 무기로 삼고, 추악하고 혐오스러운 존재들을 자신들의 영웅적인 애무로 정복하고, 자신들의 정절을 복수와 헌신을 위해 희생한 여인들을 전부다 끌어다댔다.

그러고도 어떤 훌륭한 가문의 영국 여인이 일부러 끔직한 전염병에 감염된 뒤 그 병을 보나파르트에게 전염시키려고 했지만, 갑자기 몸이 불편해진 보나파르트는 그 여인과의 치명적 밀회에 제시간에 나가지 못하게 되었고, 그 바람에 기적적으로 목숨을 건질 수 있었다는 이야기를 모호한 말로 주절댔다.

이 모든 이야기들은 적절하고 온건한 방식으로 행해졌지만 호승심을 자극하기에 적절한 열광적 반응을 간간이 고의적으로 터뜨려줬다.

종국엔, 이곳 이승에서 여인의 유일한 역할은 자기 몸뚱어리를 끝없이 희생하고 병사들의 변덕에 한정 없이 놀아나는 것이라고 믿을 판이었다.

수녀 두 명은 깊은 생각에 빠져있느라 아무런 말도 들리지 않는 것 같았고, 비곗덩어리는 한 마디도 하지 않았다.

오후 내내 혼자서 생각해보게끔 아무도 그녀를 건드리지 않았다. 하지만 그때까지 그래왔듯이 그녀를 정중하게 "부인"이라고 부르는 대신 그저 "아가씨"라고 불렀는데, 그 누구도 그 정확한 이유는 몰랐지만 마치 한 단계 격상시켜줬던 존중심을 다시 끌어내리고 그녀의 수치스러운 처지를 느끼게 해주려는 듯했다.

포타주를 내올 때 폴랑비 씨가 다시 등장하여 전날 전했던 말을 되풀이 했다. "프로이센 장교가 엘리자베트 루세 양이 여전히 생각이 바뀌지 않았는지를 물어보랍니다."

비곗덩어리가 쌀쌀맞게 대꾸했다. "전혀요."

그런데 저녁 식사에서는 동맹이 약해졌다. 루아조는 그다지 성공적이지 못한 말을 세 문장 정도 이어갔다. 각자 새로운 예들을 찾아내느라 머리를 쥐어짰지만 아무것도 찾아내지 못하고 있을 때, 백작부인이, 어쩌면 미리 의도한 게 아니었겠지만,

종교에 대한 경의를 표하고 싶다는 막연한 생각에서 두 수녀 가운데 나이 많은 쪽에게 성인들의 위대한 삶의 행적에 대해 물었다. 그런데, 많은 사람들이 우리 눈에는 범죄로 보이는 행위들을 저지르지 않는가. 하지만 하느님의 영광을 위해, 혹은 이웃의 행복을 위해 그 행위들이 완수되었다면 교회에서는 그런 중죄를 어렵지 않게 사해준다. 이것은 강력한 논거였고 백작부인은 그것을 이용했다. 그러자, 나이 든 수녀가 이들이 꾸민 음모에 놀라운 논거를 제공해줬다. 성직자의 옷을 걸친 자라면 그 누구라도 이런 암묵적 공모와 은근한 아첨에서 뛰어나기 마련이어서인지, 아니면 그저 우연히 몰지성과 도움이 되고자 하는 어리석음이 맞아떨어져서인지는 알 수 없었다. 모두들 그 나이 든 수녀가 수줍어한다고 생각했는데 알고 보니 담대하고 장황한데다 과격했다. 그녀는 결의론(決疑論)에 입각한 모색으로 흔들리는 일 따위는 없었다. 그녀의 교리는 쇠몽둥이 같았다. 그녀의 신앙은 주저하는 법이 없었다. 그녀의 양심은 가책 따위는 몰랐다. 그녀는 아브라함의 희생을 너무나 당연한 것으로 여겼다. 자신은 하늘이 내린 명령이라면 부모라도 서슴없이 죽였을 터이니까. 그녀의 의견대로라면, 의도가 찬양할 만한 거면 그 무엇도 주님의 마음에 들지 않을 수 없었다. 백작부인은 기대하지 않았던 공모자의 성스러운 권위를 활용하여 "목적이 수단을 정당화한다"는 그 윤리적 격언을 주제로 장황하게 설교 비슷한 것을 하도록 유도했다.

"그러니까, 수녀님, 수녀님은 하느님이 모든 방도들을 용납하시고 동기가 순수하면 행위를 용서하신다고 생각하시는 거죠?"

"누가 그에 대해 의심할 수 있을까요, 부인. 그자체로는 비난받을 행동이지만 그 행동을 낳은 생각에 의해 종종 칭송받을 만한 것으로 바뀐답니다."

그러더니 두 여자는 이런 식의 얘기를 계속 늘어놓으면서, 신의 의지를 드러내고, 신의 결정을 미리 내다보고, 정말이지 신과는 거의 상관이 없는 것들과 신을 연관시켜댔다.

이 모든 것은 모호하고, 교묘하고, 은밀했다. 하지만 고깔모자를 쓴 성스러운 여자의 한마디 한마디는 매춘부의 분노로 얼룩진 저항에 균열을 일으켰다. 그러더니 대화가 살짝 옆길로 새면서 묵주를 건 여자는 자신이 속한 수도회 소속 수녀원들과 자신의 상급수녀, 자기 자신과 자신과 함께 움직이는 예쁘장한 수녀 생니세포르에 대한 이야기를 했다. 르아브르의 병원에서 천연두에 걸린 수백 명의 병사들을 돌보기 위해 두 사람에게 와달라고 했다. 그녀는 그들, 그 가여운 사람들을 묘사했고 그들의 병에 대해 자세히 늘어놓았다. 이 프로이센 장교의 변덕 때문에 도중에 발이 묶여 있는 동안 수많은 프랑스 군인들이 죽어나갈지도 모른다. 어쩌면 두 수녀가 살려냈을 수도 있었는데! 군인들을 간호하는 것이 바로 그녀의 특기였다. 크리미아와 이탈리아, 오스트리아에 갔었단다. 어떤 수녀들은 북소리와

나팔소리가 울려 퍼지는 가운데 전장을 따라다니며 전투의 혼
란 속에서 부상병들을 거둬들이고 규율이 잡히지 않은 덩치 큰
난폭한 군인들을 대장보다 더 능숙하게 한 마디 말로 복종시키
기 위해 태어난 듯 보이는데, 늙은 수녀가 자신의 종군기를 털
어놓자 갑자기 그런 수녀들 가운데 한 명으로 보였다. 진정 군
국주의의 기치를 따르는 수녀로서, 수도 없이 패이고 얽은 그
얼굴이 바로 전쟁이 남긴 황폐함인 듯했다.

수녀의 말이 낳은 효과가 어찌나 대단해 보이든지, 그 뒤로
는 아무도 입을 열지 않았다.

식사가 끝나자마자 다들 재빨리 방으로 올라가서 다음 날
제법 늦은 아침이 되어서야 내려왔다.

점심 식사는 조용히 지나갔다. 전날 뿌려둔 씨앗이 싹을 틔
우고 열매를 맺을 시간을 주려는 거였다.

백작부인은 오후에 산책을 하러 가자고 제안했다. 그러자
백작이 자기들끼리 합의해둔 대로 비곗덩어리와 팔짱을 끼고
서 다른 사람들보다 뒤로 처졌다.

그는 사려 깊은 남자들이 여자들을 상대할 때 "어린 아가
씨"라고 부르고 자신의 사회적 지위와 명백한 명망을 앞세워
아랫사람 취급을 하면서 사용하는 특유의 어조, 친숙하고 아버
지답고 살짝 내려다보는 그런 어조로 비곗덩어리에게 이야기
를 건넸다. 그는 즉각 문제의 핵심으로 파고들었다.

"살아오면서 그렇게 자주 야합을 했었는데 이번에 한 번 더

그리 해주지 그래요. 프로이센군의 패배가 몰고 올 온갖 폭력 사태에 당신이나 마찬가지로 우리도 노출되게 내버려두는 편이 더 낫겠어요?"

비곗덩어리는 아무런 대답도 하지 않았다.

백작은 다정함으로, 논리로, 감정으로 그녀를 사로잡았다. 백작은 필요할 경우에는 여성의 비위를 맞추는, 환심을 사는, 요컨대 다정한 모습을 보이면서도 "백작님"의 모습을 간직할 줄 알았다. 그는 그녀가 그들에게 베풀어줄 도움을 찬양했고, 그에 대한 그들의 고마움에 대해서도 말했다. 그러더니 갑자기 쾌활한 태도로 그녀에게 말을 놓았다. "이봐, 아가씨, 그자는 자기 나라에서는 예쁜 아가씨들을 볼 수 없을 테니 예쁜 아가씨를 맛봤다고 자랑할지로 모르지."

비곗덩어리는 대답 없이 일행에 합류했다.

돌아가자마자 자기 방으로 올라간 그녀는 다시 모습을 드러내지 않았다. 불안감이 극에 달했다. 그 계집은 어쩔 작정인 걸까? 계속 버틴다면 얼마나 곤란할까!

저녁 식사를 알리는 종이 울렸다. 모두 그녀를 기다렸지만 허사였다. 그때 폴랑비 씨가 들어오면서 루세 양은 몸이 불편하니 먼저 식사들 하시라고 알렸다. 모두가 귀를 쫑긋 세웠다. 백작이 여인숙 주인에게 다가가더니 목소리를 낮췄다. "되었소?" "그렇습니다." 그는 예의상 길동무들에게 아무런 말도 하지 않고서 그저 가벼운 고갯짓을 해 보였다. 곧장 모두에게서 커다란 안도의 한숨이 새어나왔고 희열의 기색이 얼굴에 떠돌았다. 루아조가 외쳤다. "좋을시고, 좋을시고! 여기 샴페인이 있다면 내가 샴페인을 내지요." 여인숙 주인이 손에 잔 네 개를 들고 돌아오자 루아조 부인은 번민에 사로잡혔다. 저마다 갑자기 수다스러워지고 소란스러워졌다. 음탕한 기쁨으로 마음이 벅차올랐다. 백작은 카레라마동 부인이 매력적이라는 사실을 깨달은 듯했고, 공장주는 백작부인에게 찬사를 늘어놓았다. 대화는 활기를 띠고, 유쾌하고 재치로 넘쳤다.

갑자기 루아조가 고뇌에 찬 얼굴로 두 팔을 번쩍 들어 올리면서 울부짖었다. "조용히!" 모두가 깜짝 놀라고, 벌써 겁에 질리다시피 해서 입을 다물었다. 그러자 그가 "쉿" 하면서 두 손을 귀에 갖다 대며 귀를 기울였고, 천장을 올려다봤고, 다시 귀를 기울였고, 그러더니 평상시 목소리로 말을 이어갔다. "안심들 하세요. 모든 게 잘 되어갑니다."

조금 멈칫거리다가 이해가 되면서 곧 미소가 스쳐갔다.

루아조는 15분쯤 뒤 다시 똑같은 익살을 부렸고, 저녁나절 동안 그 짓을 종종 되풀이했다. 그는 위층의 누군가를 부르는 시늉을 하면서, 점원 시절의 솜씨를 발휘해 그에게 이중적 의미가 있는 충고를 베풀었다. 때로 그는 슬픈 표정으로 한숨을 쉬어댔다. "가련하기도 해라." 혹은 분노에 찬 표정으로 "비열한 프로이센 놈, 꺼져!"라고 잇새로 중얼댔다. 또 가끔은 사람들이 더는 그 생각을 하고 있지 않을 때, 떨리는 목소리로 여러 차례 내뱉었다. "그만! 그만!" 그러고는 스스로에게 하는 말인 양 덧붙였다. "그 여인을 다시 볼 수 있기를. 그자가, 그 파렴치한 놈이 죽여줄 것까진 없을 텐데!"

이런 농담들은 한심한 취향을 드러냈지만 다들 즐거워했고 그 누구도 모욕감을 느끼지 않았다. 왜냐하면 다른 모든 것과 마찬가지로 분노도 상황에 달린 것인데, 그들 주위로 차츰차츰 형성됐던 분위기에는 외설적인 생각들이 그득했기 때문이다.

디저트를 먹을 때쯤에는 여자들도 스스로 재기발랄하며 은밀한 암시들을 입에 올렸다. 눈빛이 번쩍거렸고 모두 술을 많이 마셔댔다. 일탈을 할 때조차 근엄한 표정을 잃지 않는 백작도 극지에서의 겨울나기가 끝나고 남쪽 항로가 열리는 것을 보는 조난자들의 즐거움에 관한 아주 맛깔난 비유를 찾아냈다.

술기운이 잔뜩 오른 루아조가 한 손에 샴페인을 들고서 벌떡 일어섰다. "우리의 해방을 위해!" 모두 일어서서 그에게 박수갈채를 보냈다. 두 명의 수녀마저도 부인네들의 권유로, 맛본 적 없는 거품이 이는 그 술에 입술을 적시기로 했다. 수녀들은 탄산 레모네이드와 비슷하지만 좀 더 고급스럽다고 감상을 말했다.

루아조가 상황을 요약했다.

"피아노가 없다니 유감이네요. 카드리유 한 판 당길 수 있을 텐데."

코르뉘데는 단 한 마디도 하지 않았고, 어떤 몸짓도 보이지 않았다. 그는 아주 심각한 생각에 빠져 있는 듯했고 가끔씩 성난 손길로 무성한 수염을 잡아당기는 품이 마치 수염을 좀 더 길게 늘이고 싶다는 것 같았다. 마침내 자정 무렵 모두가 헤어질 때가 되자 루아조가 비틀거리면서 다가와 갑자기 그의 배를 툭툭 치더니 혀 짧은 소리로 말했다. "오늘 저녁엔 재미가 없으시네. 아무 말도 안하는 거요, 시민 동지?" 하지만 코르뉘데는 급작스럽게 고개를 쳐들더니 번쩍이는 무시무시한 눈빛으로 일행을 훑어봤다. "여러분에게 한 마디 하지. 여러분은 방금 파렴치한 짓을 저지른 거요!" 그는 일어나서 문을 향해 갔고 한 번 더 되풀이했다. "파렴치한 짓을!" 그러고는 사라졌다.

처음에는 찬물을 끼얹은 듯했다. 루아조는 어안이 벙벙해서 멍하니 있었다. 하지만 제정신을 차리자 갑자기 배를 쥐고 웃으며 되풀이 말했다. "어이, 친구, 내가 따먹지 못한 포도는 너무 시다 이거지. 너무 시단 말이지." 사람들이 영문을 몰라 하자 그는 "복도의 비밀" 이야기를 꺼냈다. 그러자 다시 엄청난 유쾌함이 찾아왔다. 부인네들은 미친 듯이 즐거워했다. 백작과 카레라마동 씨는 너무 웃다가 눈물을 흘렸다. 그들은 믿어지지가 않았다.

"뭐라고요! 확실해요? 그가 원한 게……"

"내가 봤다니까요."

"그리고, 거절당했고……"

"프로이센 장교가 옆방에 있어서랍디다."

"그럴 리가?"

"내 맹세한다니까요."

백작은 숨이 막힐 정도였다. 공장주는 두 손으로 배를 움켜쥐었다. 루아조가 말을 이었다.

"이제 이해가 가죠. 오늘 저녁, 그로서는 전혀 재미있는 상황이 아닌 거죠. 전혀."

그러고는 세 사람 모두 배가 아프고 숨이 막힐 정도로 다시 웃어댔다.

그러고는 각자 흩어졌다. 하지만 품성이 쐐기풀 같은 루아조 부인은 잠자리에 들자 남편을 상대로 "그 심술궂은 여편네" 카레라마동 부인이 저녁나절 내내 쓴웃음을 짓더라고 지적했다. "당신도 알잖아요. 여자들이란 제복에 홀딱 넘어가버리면 그놈이 프랑스 군인이든 프로이센 군인이든 간에, 정말이지 가리지 않는다니까. 하느님 맙소사, 봐줄 수가 없어, 봐줄 수가!"

밤새도록 복도의 어둠 속을 가벼운 떨림이, 들릴락말락한 한숨과 흡사한 가벼운 소리가, 벗은 발들이 스치는 소리가, 미세하게 삐걱거리는 소리가 흘러 다니는 것만 같았다. 문 밑의 틈으로 오랫동안 빛줄기가 새어나온 걸로 미루어 보아, 아주 늦게야 잠이 든 게 확실했다. 그런 효과들은 샴페인 때문이다. 샴페인이 잠을 방해한다지 않든가.

다음 날 아침 청명한 겨울 햇살을 받은 눈이 반짝였다. 드디어 말을 맨 승합마차가 문 앞에 대기하고 있는 가운데, 흰 비둘기 무리가 두툼한 깃털에 감싸인 가슴팍을 한껏 내밀고서 분홍빛 한가운데에 검은 점이 박힌 눈으로 여섯 마리 말의 다리 사이를 근엄하게 거닐었고, 여기저기 흩뿌려진 채 뜨거운 김을 피워 올리고 있는 말똥을 헤집으며 먹을 것을 찾고 있었다.

양가죽으로 감싼 마부는 마부석에 앉아서 파이프 담배를 피웠고 환한 얼굴을 한 여행객들은 재바르게 남은 여정에 필요한 음식물을 포장하라고 시켰다.

모두가 기다리는 대상은 비곗덩어리였다. 드디어 그녀가 모습을 드러냈다.

그녀는 살짝 불안해 보였고 부끄러워하는 듯했다. 그녀가 머뭇거리며 길동무들을 향해 다가가자 그들 모두 그녀를 보지 못했다는 듯이 일제히 고개를 돌려버렸다. 백작은 위엄 있게 자기 아내의 팔을 잡더니 이 불순한 접촉으로부터 아내를 떨어뜨려놓았다.

비곗덩어리는 어안이 벙벙해서 걸음을 멈추었다. 그러다가 온 용기를 그러모아서 공장주의 부인을 향해 겸손하게 아침인사를 중얼거렸다. 상대방은 무례하게 그저 고개를 까닥해 보이면서 자신의 부덕이 능욕당했다는 듯한 눈길을 던졌다. 모두가 바쁜 듯했고 마치 그녀가 치맛자락에 전염병이라도 묻혀왔다는 듯 그녀와 멀찌감치 거리를 유지했다. 그러더니 모두 서둘러 마차를 향해 걸어갔고, 맨 뒤에 처져 홀로 마차가 있는 곳에 도착한 그녀는 아무 말 없이 여정의 초반에 그녀에게 배당됐던 그 자리에 다시 앉았다.

모두 그녀가 보이지 않는 것처럼, 그녀를 알지 못하는 것처럼 굴었다. 하지만 루아조 부인은 멀리서 분노를 담아 그녀를 바라보며 나지막하게 자기 남편에게 말했다. "내 자리가 그 옆이 아니니 얼마나 다행인지 몰라."

육중한 마차가 흔들리기 시작했고 여행이 다시 시작되었다.

처음에는 아무도 입을 열지 않았다. 비곗덩어리는 눈도 들지 못했다. 그러는 동시에 그녀는 이웃한 모든 사람들에 대해 분노를 느꼈고, 그만 중도에 꺾여 이 사람들이 위선적으로 던져 넣어준 프로이센 장교의 품에 안겨 더럽혀짐으로써 모욕을 당했다고 느꼈다.

하지만 곧 백작부인이 카레라마동 부인을 향해 몸을 돌리면서 이 불편한 침묵을 깨뜨렸다.

"에트렐 부인을 아시죠? 그럴 것 같은데."

"그럼요. 제 친구예요."

"얼마나 매력적인지!"

"매혹적이죠! 정말 빼어나게 지적인 데다 몹시 교양 있고 손가락 끝까지 예술가랍니다. 넋을 앗아갈 정도로 노래도 잘하고 그림 솜씨는 또 얼마나 완벽한지."

공장주는 백작과 이야기를 나눴고 유리창이 떨리는 소리가 들려오는 가운데 가끔씩 단어가 하나씩 튀었다. "배당권 ―만기 ―수당 ―기한."

루아조는 5년 동안 제대로 닦이지 않은 식탁 위에서 굴러다 닌 바람에 기름때가 잔뜩 묻은 여인숙 주인의 낡은 카드 한 벌을 슬쩍해 와서는 아내를 상대로 베지그 게임을 했다.

수녀들은 허리춤에 매단 기다란 묵주를 집어 들고 함께 성호를 긋더니 갑자기 입술을 격렬히 움직이기 시작했는데 속도가 점점 더 빨라지면서 기도 경주라도 하듯 그 모호한 웅얼거림에 박차를 가했다. 그리고 때때로 메달에 입을 맞추고 다시 성호를 긋고, 그러고는 그들의 재빠르고 끊이지 않는 중얼거림을 다시 시작했다.

코르뉘데는 꼼짝 않고서 생각에 잠겨 있었다.

세 시간 쯤 길을 간 뒤, 루아조가 카드를 거둬들였다. "슬슬 배가 고파올 때지." 그가 말했다.

그러자 그의 아내가 노끈으로 묶은 꾸러미를 집어 들더니 안에서 송아지 냉육을 꺼냈다. 그녀는 그 고깃덩어리를 깔끔한 솜씨로 얄팍하게 저몄고, 두 사람은 먹기 시작했다.

"우리도 요기를 할까요?" 백작부인이 말했다. 그러자고 하자 그녀는 두 부부를 위해서 준비된 음식물을 펼쳤다. 길쭉한 모양의 단지가 나왔는데 뚜껑에는 토끼고기 파테가 들어 있음을 알리기 위해서인 듯 사기로 만든 토끼가 붙어 있었다. 뚜껑을 여니, 갈색의 고기 사이로 흰 비계층이 켜켜이 들어 있는 육즙 풍부한 돼지고기 요리와 잘게 다진 또 다른 종류의 고기가 섞여 있었다. 신문에 싸서 가져온 네모난 그뤼예르 치즈 덩어리는 연한 속살 쪽에 "사회면"이란 글자가 찍혀 있었다.

수녀 두 명은 마늘 냄새를 풍기는 둥근 소시지를 펼쳐 놓았다. 코르뉘데는 두 손을 동시에 외투에 달린 커다란 주머니 속으로 푹 집어넣더니 한쪽 주머니에서는 삶은 달걀 네 개를, 다른 쪽 주머니에서는 딱딱한 빵을 꺼냈다. 그는 벗겨낸 껍질들을 발치에 깔아놓은 밀짚을 향해 던지고는 계란을 이로 직접 베어 먹기 시작했다. 그의 풍성한 수염 위로 떨어진 선명한 노른자 부스러기들은 별처럼 보였다.

비곗덩어리는 잠자리에서 일어난 뒤 당황한 가운데 서두르느라 아무 생각도 할 수 없었다. 그녀는 분노로 숨이 막힐 지경이 되어 평온하게 식사를 하는 이 사람들을 바라봤다. 처음에는 격렬하게 출렁이는 분노로 몸이 뻣뻣하게 굳었지만 곧 입술까지 치받쳐 올라오는 욕설을 줄줄이 내뱉으며 그들의 소행을 질타하려고 입을 열었다. 하지만 극심한 분노에 목이 졸려 아무런 소리도 나오지 않았다.

그 누구도 그녀를 바라보지 않았고, 그 누구도 그녀를 생각하지 않았다. 이 점잖다는 불한당들은 처음에는 그녀의 희생을 강요하고 그다음에는 그녀를 더럽고 쓸모없는 물건처럼 내던지더니 이제는 그녀를 경멸했고, 그녀는 그 경멸에 잠겨 익사하는 느낌이었다. 그러자 이자들이 게걸스럽게 삼켜버린 맛난 음식들로 가득했던 자신의 커다란 바구니가 생각났다. 젤라틴처럼 굳은 육즙에 덮여 윤기가 잘잘 흐르던 두 마리 닭, 파테,

배, 보르도 네 병이 생각났다. 지나치게 팽팽하게 당겨진 밧줄이 툭 끊어지듯 갑자기 격노가 가라앉으면서 울음이 터질 것만 같았다. 눈물을 참으려고 무시무시한 노력을 하느라 온몸이 뻣뻣하게 굳어서 아이처럼 흐느낌을 삼켰지만, 눈물은 솟아올라 눈꺼풀 가장자리에 매달려 반짝였고, 곧이어 두 개의 굵은 눈물방울이 눈에서 떨어져 나와 천천히 뺨 위를 굴러갔다. 또 다른 눈물방울들이 좀 더 빠른 속도로 그 뒤를 따랐고, 암석에서 새어나오는 물방울처럼 흘러가서 가슴의 불룩한 곡선 위로 일정하게 떨어져 내렸다. 그녀는 다른 사람들의 눈에 띄지 않기를 바라며 딱딱하게 굳은 창백한 얼굴로 꼿꼿하게 앉아 앞만 바라봤다.

하지만 백작부인이 눈치채고는 남편에게 신호를 보냈다. 그는 어깨를 한 번 으쓱였는데, 마치 '어쩌라고, 내 잘못도 아닌데'라고 말하는 것 같았다. 루아조 부인은 말없이 의기양양한 웃음을 지으며 속살거렸다. "창피해서 우는 거예요."

수녀 둘은 먹다 남은 소시지를 종이로 싼 뒤 다시 기도를 시작했다.

그러자 계란을 소화시키고 있던 코르뉘데가 긴 다리를 맞은편 좌석 밑으로 뻗고, 팔짱을 끼고, 막 재미있는 장난을 찾아낸 사람처럼 씩 웃더니 〈라 마르세예즈〉를 휘파람으로 불기 시작했다.

사람들 얼굴빛이 전부 다 어두워졌다. 그 민중의 노래가 이웃한 사람들의 마음에 들 리 만무했다. 사람들은 짜증이 나고 신경이 곤두섰으며 손풍금 소리를 들은 개처럼 금방이라도 짖어댈 듯한 표정이었다. 그는 그 사실을 눈치채고는 줄기차게 불러댔다. 심지어 가끔씩은 노랫말을 흥얼거리기도 했다.

조국을 향한 신성한 사랑이여,
이끌어라, 지탱해라, 복수에 나선 우리의 두 팔을,
자유여, 사랑하는 자유여,
더불어 투쟁하라, 그대의 수호자들과!

눈길이 더욱 단단해진 상태라 마차는 훨씬 빠르게 달렸다. 그리고 그는 디에프에 도착할 때까지의 길고 따분한 시간 동안 울퉁불퉁한 길을 따라가면서, 해거름을 뚫고서, 마차 안의 짙은 어둠에 잠겨, 악착스레 고집을 피우며 단조로운 복수의 휘파람을 줄기차게 불어댔고, 그 바람에 사람들은 지겹고 성가셔 하면서도 머릿속으로는 저절로 처음부터 끝까지 그 노래를 따라 부르고 각 소절마다 그에 맞는 가사를 떠올리게 되었다.

그리고 비곗덩어리는 줄곧 울었다. 가끔씩 그녀가 억제할 수 없었던 흐느낌이 노래의 마디와 마디 사이를 지나 어둠 속으로 배어들었다.

의자 고치는 여인

(1882)

레옹 에니크에게

베르트랑 후작이 개최한 사냥 개시 기념 만찬이 끝나갈 무렵이었다. 과일과 꽃으로 뒤덮인 커다란 탁자는 조명을 받아 환했고, 그 탁자 주위로 엽사(獵師) 열한 명과 여덟 명의 젊은 여인, 그리고 마을 의사가 둘러앉아 있었다.

어쩌다가 이야기가 사랑으로 옮겨가자 활발한 토론이 벌어졌는데, 진정한 사랑은 한 번만 가능한가 아니면 여러 번 가능한가라는, 그 영원히 끝나지 않는 토론이었다. 어떤 이들은 평생 단 한 번 진지한 사랑을 했던 사람들의 예를 들었다. 또 어떤 이들은 자주, 격렬하게 사랑했던 사람들에 관한 또 다른 예들을 들었다. 일반적으로 남자들은, 열정은 병이나 마찬가지여서 동일한 사람이 여러 번 걸릴 수도 있고, 어떤 장애물이든 그 사람을 가로막는다면 그 때문에 목숨을 잃을 수도 있다고 주장했다. 이런 식의 견해에 이론의 여지가 없음에도 불구하고 관찰보다는 시정(詩情)에 근거한 의견을 갖기 마련인 여자들은 사랑, 진정한 사랑, 위대한 사랑은 사람이 단 한 번 맞닥뜨릴 수 있는 것이며, 그런 사랑은 벼락과 같아서 그 벼락에 맞고 나면 마음이 어찌나 텅 비고 황량해지고 다 타버리는지, 그 어떤 강렬한 감정도, 심지어는 꿈조차 그곳에 새로 싹을 틔울 수 없다고 단언했다.

후작은 수없이 사랑을 겪었기에 그러한 믿음에 격렬하게 반대했다.

"인간은 자신의 온 힘과 온 영혼을 다해 여러 번 사랑할 수 있다고 여러분께 말씀드리고 싶군요. 여러분은 두 번째 사랑이 불가능하다는 것을 보여주기 위해서 사랑 때문에 목숨을 끊은 경우들을 거론하는데, 그렇다면 난 이렇게 대답하렵니다. 만약 그들이 스스로 목숨을 끊음으로써 재발의 가능성을 전부 없애버리지만 않았더라면 말끔하게 나았을 거라고. 그들은 사랑을 언제고, 목숨이 다할 때까지 다시 시작할 수 있었을 겁니다. 주정뱅이들이 있듯이 사랑에 빠진 사람들이 있기 마련이니까요. 술을 마셔본 사람은 술을 마실 테고, 사랑을 해본 사람은 사랑을 하지 않겠습니까. 그건 기질 나름이 아닌가 싶군요."

사람들은 이제는 나이 들어 시골로 은퇴한 파리 출신의 의사를 중재인 삼아, 그에게 고견을 들려달라고 청했다.

"후작님이 말씀하셨듯이, 그건 기질의 문제지요. 그런데 저는 어쨌든, 단 하루도 쉬지 않고 55년 동안 지속됐고 죽어서야 끝이 났던 그런 사랑을 알고 있습니다."

후작부인이 손뼉을 쳤다.

"정말 아름답군요! 그런 사랑을 받는다면 얼마나 꿈같을까! 55년 동안 끈질기게 스며드는 그런 사랑에 감싸여 산다면 얼마나 행복할까! 그런 식으로 열렬히 사랑받은 남자는 정말이지 무척 행복할 테고 삶을 축복하겠죠!"

의사가 웃었다.

"사실, 부인이 그 점에 있어서는, 그러니까 사랑 받은 사람이 남자였다는 점에 있어서는 옳습니다. 부인도 아시는 분인데, 읍내에서 약국을 운영하는 슈케 씨라고. 그리고 여자 쪽도 아신답니다. 매년 성으로 찾아와서 의자 속을 새 짚으로 갈아주던 나이 든 여인 있잖습니까. 조금 더 자세히 설명을 드려야겠군요."

여자들의 흥분이 확 가라앉았다. 불쾌해하는 그들의 얼굴 표정이 "쳇!"이라고 말하고 있었다. 사랑이란 것이 상류층 인사들이 관심을 기울일 만한, 명민하고 고상한 사람들만 후려쳐야 한다는 듯이.

의사가 말을 이었다.

*

석 달 전에 의자 고치는 나이 든 여인이 죽어가는 침상 곁으로 불려갔어요. 그 여인은, 여러분도 본 적이 있을 텐데, 늙다리 말이 끄는 마차를 타고 친구이자 보호자 노릇을 하는 검정 개 두 마리를 달고, 그 전날 도착했답니다. 신부님은 이미 와 계셨고요. 여인은 우리 두 사람을 유언 집행자로 삼았고, 자신의 유지(遺志)가 어떤 의미를 갖는지를 밝히려고 우리에게 자신이 살아온 삶을 이야기해줬습니다. 전 그보다 더 기이하고 그보다 더 절절한 이야기는 들어본 적이 없어요.

여인의 부모는 둘 다 의자 고치는 일을 했답니다. 그러니 여인에게 어느 한곳에 세워진 집이란 없는 셈이었죠.

여인은 아주 어려서부터 떠돌아다녔고, 누더기 차림에 이가 들끓고 불결했죠. 온 가족이 길을 따라 다니다가 마을 입구가 나타나면 마차를 세웠답니다. 수레에서 풀려난 말은 풀을 뜯었고, 개는 앞발 위에 주둥이를 얹고서 잠이 들었죠. 아이는 어머니와 아버지가 길가 느릅나무 아래 그늘에서 그 고을의 온갖 낡은 의자들을 수선하는 동안 풀밭에서 뒹굴었고요. 이 유랑하는 거처에서 사는 사람들은 서로 말을 나누는 일이 거의 없었답니다. 우리가 익히 알고 있는 "의자 고쳐요!"를 외치면서 집집마다 돌아다닐 건지를 결정하기 위해 필요한 말 몇 마디를 하고 나면, 서로 마주보거나 나란히 앉아서 짚을 꼬기 시작했으니까요. 아이가 너무 멀리 간다거나 혹은 마을의 개구쟁이와 노닥거리기라도 할라치면 아버지의 성난 목소리가 아이를 불러들였죠. "어서 여기로 오지 못해, 이 말썽꾸러기야!" 그게 바로 아이가 들은 유일하게 다정한 말인 셈이군요.

아이가 좀 크자 부모는 아이를 보내 파손된 의자 바닥들을 걷어오게 시켰습니다. 그래서 아이는 이곳저곳에서 몇몇 개구쟁이들을 사귈 수 있었지요. 그러자 이번에는 바로 그 새로 사귄 친구들의 부모들이 자기 자식들을 거칠게 불러들였답니다. "어서 이리로 오지 못해, 이 사고뭉치야! 저런 가난뱅이들이랑 말 섞는 게 눈에 띄기만 해봐라!"

종종 꼬맹이들이 그녀에게 돌을 던지기도 했습니다.

부인네들이 아이에게 몇 푼씩 쥐어주곤 했고, 아이는 그 돈을 몰래 모아뒀답니다.

어느 날, 열한 살이 됐을 때라더군요, 이 고장을 지나다가 묘지 뒤에서 급우에게 동전 2리아르를 빼앗기고 울고 있는 어린 슈케를 만나게 됩니다. 이 불우한 여자아이는 그 빈약한 머리로 부르주아 가정의 어린이들은 늘 만족해하고 즐거워하는 존재라고 생각해오고 있다가, 그런 아이들 중의 하나가, 어린 부르주아가 흘리는 눈물에 엄청난 충격을 받고 말았죠. 가까이 다가간 여자아이는 슬픔의 원인을 알고서는 어린 슈케의 손에 모아뒀던 돈을 몽땅, 그러니까 동전 7수를 쏟아 부었고, 어린 슈케는 자연스럽게 그 돈을 챙기고는 눈물을 훔쳤답니다. 그 순간, 기뻐 날뛸 지경이 된 여자아이가 대담하게 남자아이를 끌어안고서 입을 맞추고 말았죠. 어린 슈케는 돈에 온 관심을 다 빼앗겨서 가만히 있었고요. 여자아이는 밀어내지도 때리지도 않는 것을 보고서 다시 입을 맞췄답니다. 두 팔을 활짝 벌려, 온 마음을 다 바쳐 어린 슈케를 끌어안았습니다. 그러고는 달아났어요.

그 가여운 머릿속에서는 무슨 일이 벌어졌던 걸까요? 여기저기 떠돌아다니며 모은 전 재산을 바쳤기 때문에 그 애송이에게 애착을 느꼈을까요? 아니면 다정한 첫 입맞춤이어서 그랬던 걸까요? 어른에게도 아이에게도 불가사의는 불가사의인 거랍니다.

그 뒤 여자아이는 묘지의 구석진 자리와 그곳의 남자아이에 대해 몇 달 동안 상상의 나래를 폈습니다. 남자아이를 다시 보겠다는 희망을 품고서 의자를 고치고 받은 돈에서, 먹을 것을 사오라고 준 돈에서, 여기서 한 푼 저기서 한 푼 긁어모으며 부모의 돈을 훔쳐냈지요.

다시 그 마을로 돌아왔을 때 그녀의 호주머니 속에는 2프랑이 있었답니다. 하지만 아이는 약국 유리진열창 뒤 붉은색 표본병과 촌충 표본병 사이로 보이는 깔끔한 모습의 남자아이를 그저 바라보기만 했습니다.

그 모습을 보고 아이의 사랑은 더욱 깊어졌고, 붉은빛 도는 액체의 광휘와 번쩍이는 크리스털 병들의 찬란함에 매료당하고 감동하고 흥분을 느꼈어요.

여자아이는 지워지지 않을 추억을 마음속 깊이 간직했고, 그다음 해 학교 뒤에서 친구들과 구슬치기를 하며 놀고 있는 남자아이를 만나게 되자 달려들어 힘껏 끌어안고 입을 맞추고 맙니다. 그 격렬한 기세에 겁이 난 남자아이가 울부짖기 시작하자, 그녀는 진정시키려고 자신의 돈을 주었습니다. 무려 3프랑 20수를요. 남자아이는 두 눈이 휘둥그레져서 이 거금을 바라봤지요.

남자아이는 돈을 쥐고서는 여자아이가 원하는 만큼 자기 몸을 쓰다듬게 내버려뒀고요.

4년 동안, 여자아이는 남자아이의 손에 모든 돈 전부를 쏟아놓았고, 그러면 남자아이는 그 돈을 꼼꼼하게 주머니에 챙겨 넣고 그 대신 입맞춤을 허락했답니다. 한 번은 30수, 한 번은 2프랑, 또 한 번은 12수(여인은 보잘것없는 금액이 속상하고 수치스러워서 울었지만 그해에는 벌이가 나빴다는군요), 마지막에는 5프랑이었는데, 남자아이는 이 둥글고 커다란 동전 한 닢에 만족스러운 웃음을 지었지요.

여자아이는 이제 남자아이만 생각하게 됩니다. 그리고 남자아이는 조금은 초조하게 여자아이가 돌아오기를 기다리다가 여자아이의 모습이 보이면 그 앞으로 달려갔고, 그 때문에 여자아이의 심장은 거세게 뛰놀았지요.

그러고는 남자아이가 모습을 감추게 됩니다. 중학교에 입학할 시기가 된 것이었죠. 여자아이는 교묘한 질문을 통해서 그 사실을 알아냅니다. 그리하여 부모가 여름 방학에 맞춰 이 지역을 지나가게끔 부모의 여정을 바꿔놓으려고 끝없는 외교적 수완을 발휘했다는군요. 마침내 성공하긴 했지만 1년 동안이나 기지를 발휘하고 나서였답니다. 그러니까 남자아이를 보지 못하고 2년이 흐른 거였죠. 여자아이는 남자아이를 가까스로 알아봤습니다. 남자아이의 모습이 무척 변했기 때문이죠. 키도 크고 근사해졌고 금단추가 달린 교복 차림은 당당했어요. 남자아이는 여자아이를 못 본 척했고, 오만한 태도로 옆을 지나쳤지요.

여자아이는 그 일로 이틀을 울었습니다. 그 뒤 끊임없는 고통에 시달리게 되었지요.

해마다 그 고장에 다시 들렀지만 인사를 건넬 엄두도, 심지어 그를 향해 눈길을 돌릴 생각도 하지 못하고 그 앞을 지나갔답니다. 그 남자를 미칠 듯이 사랑했던 거죠. 여인은 제게 이렇게 말하더군요. "의사 선생님, 그 사람이 제가 이 세상에서 본 유일한 남자랍니다. 전 다른 남자들은 존재한다는 것조차 알지 못해요."

여인은 부모가 죽자 그 직업을 이어받았지만, 개는 한 마리 대신에 두 마리를, 누구도 감히 건드릴 생각을 하지 못할 무시무시한 개로 두 마리를 키웠습니다.

어느 날, 여인은 자신의 마음이 머물고 있는 이 마을로 들어오다가, 어떤 젊은 여인이 자신이 사랑하는 남자와 팔짱을 끼고 슈케네 약국에서 나오는 모습을 보게 되었답니다. 바로 남자의 아내였습니다. 남자가 결혼을 한 것이죠.

그날 저녁 여인은 읍사무소 광장과 인접한 늪에 몸을 던졌습니다. 밤늦게 돌아가던 취객이 여인을 건져내어 약국으로 데리고 갔지요. 슈케 씨 아들이 환자를 돌보기 위해 실내복 차림으로 내려왔는데, 여인을 알아봤다는 내색은 전혀 없이, 옷을 벗기고 몸을 문질러주고는 엄격한 목소리로 이렇게 말하더랍니다. "미쳤어요! 그렇게 멍청하게 굴지는 말아야지!"

여인이 다 낫는 데에는 그걸로 충분했습니다. 그가 그녀에게 말을 했으니까요! 여인은 그 일로 오랫동안 행복했어요.

여인이 치료비를 지불하겠다고 우겼지만 남자는 치료비로 아무것도 받지 않으려고 했지요.

여인의 평생이 이렇게 흘러갔습니다. 여인은 슈케를 생각하며 의자를 수선하는 일을 했어요. 그리고 해마다 진열창 뒤의 그의 모습을 바라봤고요. 여인은 자잘한 상비약을 그의 약국에서 구입하는 습관을 갖게 되었습니다. 그렇게라도 남자를 가까이에서 보고 말을 건네고 계속해서 돈을 준 것이죠.

제가 이 이야기를 시작하면서 여러분께 말씀드렸듯이, 여인은 금년 봄에 죽었습니다. 이렇게 슬픈 이야기를 모두 털어놓은 뒤 제게 당부하기를, 자신이 그토록 끈질기게 사랑했던 남자에게 평생 모은 돈 전부를 건네주라더군요. 여인은 이런 말을 했어요. 자신이 일을 한 것은 오로지 남자를 위해서였고, 끼니를 거르면서까지 저금을 했으니, 자신이 죽는 순간에 그가 적어도 한 번은 자기 생각을 해주지 않겠느냐고.

여인이 제게 준 돈은 2, 327프랑이었습니다. 저는 신부님에게 장례비로 27프랑을 드렸고 여인이 마지막 숨을 거둔 뒤 남은 돈을 가져왔습니다.

다음 날, 전 슈케 씨의 집으로 갔어요. 마침 부부가 서로 마주보고 식사를 끝낸 참이었습니다. 두 사람 모두 투실투실하고 혈색이 좋은 데다 약품 냄새를 풍겼고, 거들먹거리며 흡족한 표정이더군요.

제게 자리를 권하고 키르슈를 한 잔 내어오기에, 저는 이 사람들이 당연히 눈물을 흘릴 거라고 생각하며 감동한 목소리로 용건을 꺼냈습니다.

슈케 씨는 자신이 그 떠돌이 여인에게, 의자 고치는 여인에게, 품팔이꾼에게 사랑받았음을 깨닫자마자, 마치 그 여인이 자신의 명성과 신사에 대한 존경과 자기 내면의 행복을, 그러니까 자신에게 생명보다 더 소중한 고결한 그 무엇인가를 훔쳐 가기라도 했다는 듯이 격분해서 날뛰더군요.

그의 아내 역시 남편만큼 화를 내며 같은 말을 자꾸 내뱉었어요. "그런 불결한 게 감히! 그런 불결한 게! 그런 불결한 게……!" 다른 표현이 떠오르지 않았던 게죠.

그가 벌떡 일어서더니, 머리의 그리스풍 모자가 한쪽 귀로 비스듬히 기울어진 그대로 식탁 뒤편을 성큼성큼 걸어 다니더군요. 더듬거리며 이런 말을 했답니다. "이런 게 이해가 가시나요, 선생님? 남자에게는 정말 끔찍한 일이지 뭡니까! 어쩌면 좋을까요? 이런 사실을 그 여자 생전에만 알았더라도, 헌병대에 연락해서 체포하게 하고, 감옥에 처넣었을 텐데. 그 여자는 거기서 썩게 되었을 겁니다. 장담하죠!"

저는 저의 선의가 빚어낸 결과에 어안이 벙벙해졌어요. 무슨 말을, 무슨 행동을 해야 할지 알 수가 없었죠. 하지만 임무는 완수해야 했습니다. 그래서 다시 말을 이어갔어요. "그 여인이 선생께 자신이 저금한 돈을 건네달라는 부탁을 했습니다. 금액이 2천300프랑에 달하더군요. 제가 방금 드린 말씀에 몹시 기분이 상하신 듯하니 제일 좋은 방법은 이 돈을 가난한 사람들에게 주는 게 아닐까 싶네요."

그 말을 들은 두 사람, 남자와 여자는 엄청난 충격에 휩싸여서 저를 멀거니 바라보더군요.

저는 그 돈을, 온갖 고장의 온갖 종류의 돈들이, 금화와 동전이 뒤섞여 있는 그 비참한 돈을 주머니에서 꺼내놓았습니다. 그러고 나서 물었어요. "어쩌시렵니까?"

슈케 부인이 먼저 입을 열었지요. "그게 그이의…… 그 여자의 마지막 뜻이었다면…… 우리로서는 거절하기가 몹시 힘들 것 같아요."

남자는 조금 당황한 기색으로 입을 뗐습니다. "이 돈으로 우리 아이들을 위해 뭔가를 사줄 수 있겠는데요."

저는 무뚝뚝한 태도로 답했습니다. "그러시든가."

그가 다시 입을 열었어요. "어쨌든 저희에게 주십시오. 선생님께 맡긴 돈이라면서요. 그 돈을 뭔가 좋은 일에 쓸 방법은 우리가 찾아보도록 하죠."

저는 돈을 건네고 인사를 한 뒤 나와버렸습니다.

그다음 날 슈케가 저를 만나러 와서는 불쑥 이런 말을 꺼내더군요. "여기에 마차를…… 그러니까 그…… 그 여자가 마차를 놔뒀다면서요. 그건 어떻게, 그 마차는 어떻게 처리하셨나요?"

"그냥 내버려뒀죠. 원하신다면 가져가세요."

"잘 됐군요. 그러죠. 그걸로 제 채마밭에 오두막을 만들려고요."

그러고 돌아가는 그를 제가 다시 불렀습니다. "늙은 말과 개 두 마리도 남겼는데, 그것들도 원하나요?" 그가 놀라서 걸음을 멈추더군요. "아! 저런, 천만에요. 그것들을 가져다가 뭘 하겠습니까? 선생님 원하시는 대로 처분하세요." 그러더니 웃음을 띠며 제게 손을 내밀었고, 저는 그 손을 잡았어요. 어쩌겠습니까? 한 고을에서 의사와 약사가 적이 되어서는 안 되니까요.

개 두 마리는 제가 거뒀습니다. 신부님은 커다란 정원이 있으니 말을 데려갔고요. 마차는 슈케의 오두막으로 쓰이고 있답니다. 슈케 씨는 그 돈으로 철도공사에서 발행한 채권 다섯 장을 샀지요.

자, 이상이 제가 살면서 만났던 유일하게 심오한 사랑이랍
니다.

*

의사가 입을 다물었다.

그러자 두 눈에 눈물이 글썽글썽해진 후작부인이 한숨을 내
쉬었다. "정말이지 사랑할 줄 아는 건 여자들뿐이라니까요!"

승마
(1883)

이 가여운 이들은 가장의 변변찮은 봉급으로 근근이 살아가고 있었다. 결혼한 뒤 아이 둘이 태어났고, 신혼 초의 넉넉지 못한 살림은 어느덧 빈궁으로까지 치달았지만, 어쨌든 체면은 유지 하려드는 귀족 가문에서 그렇듯이, 비천하고 수치스러워 내비치지 않으려 들었다.

엑토르 드 그리블랭의 본가는 지방에 있었고, 그는 그곳 아버지의 저택에서 노사제의 가르침을 받으며 컸다. 부유하지는 않지만 체면치레는 하면서 살았다.

스무 살이 되던 해 일자리를 구해줘서, 엑토르 드 그리블랭은 해군성에 연봉 천500프랑을 받는 사무원으로 들어갔고, 삶이라는 거친 전투를 치를 준비를 일찌감치 시작하지 않은 사람들 모두가 그렇듯이, 그만 그 암초에 걸려서 좌초하고 말았다.

생존이란 것을 막연하게 바라보고, 수완도 버틸 힘도 없으며, 어려서부터 특별한 자질, 특수한 능력, 악착스런 투쟁력을 길러본 적이 없었던 사람들 모두가 그러듯이, 손에 무기나 도구를 들어본 적이 없었던 사람들 모두가 그러듯이 말이다.

직장에서의 처음 3년은 끔직했다.

그는 집안에서 알고 지내던 사람들과 다시 마주쳤는데, 이들은 시대에 뒤떨어지고 재산도 거의 없는 노인네들로서, 귀족들의 거리인 음울한 포부르 생제르맹가에서 살았다. 그는 이들과 왕래하며 지냈다.

요즘 세상에서 빗겨나 살아가며, 별 볼 일 없으나 자긍심 높은 이 궁핍한 귀족들은 깊은 잠에 빠져든 듯한 저택의 고층에 살았다. 꼭대기 층에서부터 맨 아래층에 이르기까지, 이 저택에 사는 세입자들은 모두 작위를 갖고 있었다. 하지만 돈이 귀하기로야 맨 아래층이든 맨 꼭대기 층이든 마찬가지인 듯했다.

이처럼 예전에는 휘황찬란했으나 무기력한 생활을 영위하다 실추하고 만 귀족 가문들은 영영 편협한 사고를 버리지 못했고, 체면치레에 매달렸으며, 몰락할까봐 전전긍긍했다. 엑토르 드 그리블랭은 이 사회에서 자신처럼 귀족 가문 출신이지만 가난한 한 아가씨를 만나서 결혼했다.

그들은 4년 동안 아이 둘을 뒀다.

그 뒤, 4년의 세월 동안 곤궁함에 시달리는 이 가정이 누릴 수 있는 기분 전환이라고는, 일요일마다 샹젤리제에 나가서 하는 산책, 동료가 준 공짜표로 겨울에 한두 차례 맛보는 저녁나절의 극장 나들이가 전부였다.

그러다가 봄이 될 무렵, 상관이 추가 업무를 맡겼고, 그 바람에 300프랑을 특별 수당으로 받게 되었다.

그는 특별 수당을 들고 온 날 아내에게 제안했다.

"앙리에트, 우리도 뭔가 좀 즐겨봐야 되지 않겠소. 아이들 데리고 소풍이나 가볼까."

이 문제를 놓고 한참 의견을 주거니 받거니 한 끝에 야외에 나가서 점심을 먹기로 했다.

"장담컨대, 이런 일이 매일 있는 건 아니지." 엑토르가 목청을 높였다. "사륜마차를 빌려서 마차에는 당신과 아이들, 그리고 하녀가 타고, 난 승마 연습장에서 말을 한 마리 빌려 타겠어. 간만에 기분이 날 거야."

그러고는 한 주 내내 소풍 이야기만 했다.

매일 저녁, 퇴근해서 돌아오면, 엑토르는 큰 아들을 안아서 다리 위에 말 타듯 걸터앉혀놓고, 힘껏 들까부르며 아이에게 말했다.

"다음 일요일에 산책 나가면, 아빠가 이렇게 말을 달릴 거란다."

아이는 말 타듯 걸터앉은 의자를 끌고 방 안을 돌면서 외쳤다.

"이랴, 다그닥 다그닥, 난 아빠다."

하녀도 경탄의 눈초리로 주인 나리를 바라보면서, 나리가 말을 몰며 마차 옆을 따라와주겠거니 생각했다. 하녀는, 식사 때마다 승마 얘기를 꺼내고, 이전에 본가에서 살던 당시의 멋진 승마 솜씨를 자랑해대는 엑토르의 이야기에 귀를 기울였다. 오! 승마를 제대로 배웠으니 일단 말에 오르기만 하면 두려울 것이 아무것도 없구나! 아무것도!

그는 두 손을 비벼대면서 아내에게 되뇌었다.

"약간 까다로운 말이 걸린다면 더 좋을 텐데. 내가 말을 어떻게 타는지 보라고. 당신만 좋다면, 숲에서 돌아올 때 샹젤리제를 거쳐서 돌아오자. 다들 그럴싸해 보일 테니까, 해군성의 누군가를 만난다 해도 거북하지 않을 거야. 직장 상사들이 부하를 존중하게 만들자면 그만한 것도 없지."

그날이 되자 마차와 말이 동시에 문간에 도착했다. 그는 마구를 살피려고 곧장 내려갔다. 바짓단에는 발에 걸칠 고리가 미리 바느질되어 있는 상태였고, 손으로는 전날 사둔 승마용 채찍을 다루고 있었다.

말의 다리 넷을 차례차례 들어보고 만져보고, 목덜미, 늑골, 오금을 더듬어보고, 손가락으로 옆구리도 꾹 눌러보고, 입도 벌려 이를 꼼꼼히 살피고 나더니 말의 나이를 단언했고, 온 식구가 내려오자 이론과 실제에 있어서의 말 일반에 관해, 그리고 특히 그의 견해로는 훌륭한 말임에 틀림없는 빌린 말을 놓고 짤막하게 강의를 하다시피 했다.

모두 마차에 자리를 잡자 그는 안장의 뱃대끈을 확인했다. 그러더니 등자에 발을 걸고 일어섰다가 말 위에 털썩 앉았고, 그 무게에 놀란 말이 날뛰는 바람에 말에서 굴러 떨어질 뻔했다. 엑토르는 놀라 말을 진정시키려고 하였다.

"위, 위. 자. 착하지. 어, 그래, 착하구나."

그러고는 사람 태운 동물이 다시 차분해지자, 동물 위에 올라탄 사람도 냉정을 되찾고 이렇게 물었다.

"준비들 됐지?"

다 같이 목소리를 합쳐 대답했다.

"예."

그러자 그가 명령을 내렸다.

"출발!"

말과 마차에 올라탄 일행은 점점 멀어져갔다.

모두의 시선이 하나같이 엑토르에게 쏠렸다. 엑토르는 꼿꼿한 자세로 속보로 말을 몰았다. 과장되게 들썩거리는 모양새가, 튀어 올랐다가 안장 위로 내려앉는가 싶으면 곧 되튀어 올라 공중으로 솟구치기라도 하려는 듯했다. 그런데 어째 자꾸 말갈기 위로 엎어질 것처럼 위태해 보였다. 게다가 옆으로는 눈도 못 돌리고, 표정은 딱딱하게 굳었고, 두 뺨은 핏기 하나 없이 창백했다.

두 아이 중 한 아이를 무릎에 앉힌 그의 아내와 다른 한 아이를 데리고 있던 하녀는 쉼 없이 되풀이했다.

"아빠를 보렴. 저기, 아빠를 봐!"

마차의 움직임과 즐거움, 상쾌한 바깥 공기에 흠뻑 취한 두 아이는 새된 목소리로 소리를 질러댔다. 이러한 소란스러움에 겁에 질린 말은 결국 뛰기 시작했고, 엑토르가 다잡으려고 애를 쓰는 동안 그만 모자가 바닥에 떨어져 구르고 말았다. 마부가 마차에서 내려 모자를 주워줘야만 했고, 엑토르는 마부의 손에서 모자를 넘겨받고 나자 멀리서 아내에게 외쳤다.

"그러니까 애들이 그렇게 소리 지르지 못하게 해. 이러다간 말이 날 싣고 달아날 거라고!"

베지네 숲에 도착하자 풀밭에 자리 잡고 상자에 담아온 음식으로 점심을 들었다.

마부가 말 세 필을 돌보는데도, 엑토르는 수시로 일어나서 자기 말이 조금이라도 부족한 것이 없는지를 살피러 가서는, 말의 목을 쓰다듬어주고, 빵, 케이크, 설탕을 먹여댔다.

"거 제법 거친 놈이야. 처음에는 꽤 흔들리더라고. 하지만 당신도 봤지. 내가 얼마나 빨리 적응하는지. 주인이 누군지 알았으니 이제 더는 날치지 않을 거야."

계획했던 대로 돌아오는 길에 샹젤리제를 통과했다.

넓은 대로는 마차들로 우글거렸다. 길 양쪽으로 산책객들이 어찌나 많은지, 개선문에서부터 콩코르드 광장까지 두 가닥 검은 리본을 길게 풀어놓은 듯했다. 뜨거운 햇살이 이곳에 모인 모든 이들 위로 쏟아져 내렸고, 사륜마차에 칠한 니스가, 마구에 붙어 있는 강철이, 승합마차 문의 손잡이가 햇빛에 반짝거렸다.

사람과 마차와 말이 뒤얽힌 이 무리는 움직이고 싶은 열망에 휩쓸리고 삶에 취해 들뜬 듯했다. 그리고 저쪽에 우뚝 솟은 오벨리스크는 황금빛으로 아른거렸다.

엑토르를 태운 말은 개선문을 지나자마자 불쑥 치솟은 열의에 다시금 사로잡혀, 엑토르가 갖은 애를 쓰며 진정시키려는 데에도 아랑곳없이 마차 바퀴들 사이를 누비며 빠른 걸음으로 마사(馬舍)를 향해 달아났다.

이제 식구가 탄 마차는 한참 떨어진 저 뒤쪽에 처져 있었다. 말은 파리 산업궁전이 앞에 보이자 여기가 들판인 줄 알았는지, 오른쪽으로 방향을 틀어 질주하기 시작했다.

앞치마 차림의 노파가 차분한 걸음걸이로 길을 건너고 있었다. 마침, 미친 듯이 달려오는 엑토르의 앞길을 가로지르려는 참이었다. 말을 통제할 수 없게 된 엑토르는 있는 힘껏 소리치기 시작했다.

"어이! 거기! 어이! 이봐요!"

그 노파는 귀가 먹었는지 차분하게 제 길을 갔고, 결국 기관차처럼 튀어나온 말의 가슴팍에 부딪히고 말았다. 머리부터 곤두박질친 노파는 치마가 활딱 뒤집어진 채 세 번 재주를 넘었고, 그 바람에 열 걸음 정도 떨어진 곳까지 굴러가버렸다.

사람들이 비명을 질러댔다.

"저기, 멈춰요, 세워!"

정신이 나간 엑토르는 말갈기에 바짝 매달린 채 부르짖었다.

"사람 살려!"

끔직스런 충격과 함께 총알처럼 말머리 위로 튕겨나간 엑토르는 마 그가 있는 쪽으로 달려오는 경관의 품에 떨어졌다.

순식간에 성난 사람들이 엑토르 주위로 몰려들어서 삿대질을 해대고 욕설을 퍼부었다. 특히 어떤 나이 지긋한 신사, 콧수염이 하얗게 세고 큼직한 둥근 훈장을 단 이 신사는 격노한 모습이었다.

"제길. 그렇게 어설프면 집에 처박혀 있던가. 말도 몰 줄 모르면서 대로에 나와 사람들을 잡으면 되겠소." 그는 이 말을 하고 또 했다.

그 와중에, 남자 넷이 노파를 떠받쳐 들고 나타났다. 노파는 죽은 것 같았다. 안색은 누렇게 떴고, 헝겊 모자는 비뚜름히 돌아갔고, 온통 흙먼지투성이였다.

"약사한테 데려가 보여요." 노신사가 나서서 처리했다. "자, 나머지는 경찰서로 갑시다."

엑토르는 양쪽에 경관을 달고서 경찰서를 향했다. 말고삐는 또 다른 경관이 쥐었다. 그 뒤로 군중이 줄줄 따라붙었다. 그런 중에 식구들이 탄 마차가 갑자기 나타나더니, 엑토르의 아내가 튀어나왔다. 하녀는 넋 나간 얼굴이었고, 아이들은 시끄럽게 빽빽 울어댔다. 그는 곧 집에 돌아갈 거라며, 어떤 노파를 치었는데 별일 아니라고 설명했다. 얼이 빠진 채 집으로 돌아가는 가족들의 모습이 점점 멀어져갔다.

경찰서에서 사건 경위를 짤막하게 설명했다. 엑토르 드 그리블랭이라는 이름과 해군성 소속임을 밝혔다. 그러고는 다 같이 부상당한 노파의 소식을 기다렸다. 소식을 알아보러 갔던 경관이 돌아왔다. 정신은 들었지만, 노파 말로는 온몸이 속속들이 끔찍이도 아프단다. 가정부 일을 하는 노파로, 65세며, 성이 시몽이라고 했다.

노파가 죽은 건 아니라는 사실을 알고 나서 엑토르는 다시 희망을 찾았고, 치료비를 대겠노라고 약속했다. 그러고는 약국으로 달렸다.

약국 문 앞에 시끌벅적 소란을 떨며 사람들이 모여 있었다. 노파는 안락의자에 널브러진 채, 두 손을 축 늘어뜨리고, 넋 나간 표정으로 끙끙 앓는 소리를 내고 있었다. 의사 둘이 여전히 진찰 중이었다. 팔 다리는 어디 한군데 부러진 데 없이 멀쩡했지만 장기 손상이 걱정이었다.

엑토르가 노파에게 말을 붙였다.

"많이 아픕니까?"

"오! 그럼요."

"어디가요?"

"위장에 불이 붙은 것 같다오. 화끈거리는 게."

의사 한 명이 다가왔다.

"사고를 일으킨 분이시군요?"

"예."

"요양소로 보내야겠어요. 내 한군데 아는데, 하루에 6프랑일 겁니다. 알아봐줄까요?"

엑토르는 반색을 하며 감사를 표했고, 안심하며 집으로 돌아갔다.

그를 기다리고 있던 아내는 눈물바람을 했다. 그는 아내를 달랬다.

"별거 아니야. 그 시몽이라는 노파는 벌써 많이 좋아졌어. 3일 쯤 있으며 다친 티도 안 날 거라고. 내가 요양소로 보냈어. 별거 아니야."

별거 아니라고!

다음 날, 퇴근길에 그는 시몽 부인의 소식을 알아보러 갔다. 노파는 아주 흡족한 표정으로 기름진 고기 국물을 한창 떠먹는 중이었다.

"그래, 어떤가요?" 그가 물었다.

노파가 대답했다.

"저런, 어쩌나. 달라진 게 없다오. 기운이라고는 하나도 없지 뭐요. 좋아진 데가 전혀 없구려."

의사는 기다려야 한다고, 합병증이 나타날 수도 있다고 말했다.

그는 또 3일을 기다려보고 다시 가봤다. 노파는 그를 보자, 활짝 핀 얼굴에 초롱초롱한 눈빛으로 앓는 소리를 해댔다.

"어쩌우. 몸이 꿈쩍도 않네. 움직일 수가 없다오. 내 죽는 날까지 요 모양일 거요."

엑토르는 등골이 오싹했다. 의사의 의견을 구했다. 의사는 자기도 어쩔 수 없다는 듯 두 팔을 쳐들더니 이렇게 말했다.

"낸들 별 수 있나요. 나도 모르겠어요. 일으켜 세우려고만 하면 비명을 질러댑니다. 의자 위치만 좀 바꾸려고 해도 귀청이 떨어져 나가라 비명을 질러대니. 환자 말을 믿는 수밖에요. 내가 그 속에 들어가본 것도 아니고. 걷는 모습을 봤다면 모를까, 나로서야 환자가 거짓말을 한다고 추정할 권리가 없지요."

노파는 교활한 눈빛으로, 꿈쩍도 않고 가만히 듣고 있었다.

일주일이 흘렀다. 그리고 보름이. 그리고 또 한 달이. 시몽 부인은 의자에서 꿈쩍도 하지 않았다.

아침부터 저녁까지 먹어대어 살이 올랐고, 다른 환자들과 즐겁게 수다를 떨었고, 사지를 쓰지 못하는 삶이 계단을 오르내리고, 매트리스를 뒤집어 깔고, 석탄을 층층이 나르고, 비질하고 솔질하며 보낸 50년 세월을 보상받기 위해 누리는 휴식이라도 되는 듯, 그 상태에 익숙해진 것 같았다.

미칠 지경이 된 엑토르는 매일 같이 요양원을 찾는데, 갈 때마다 노파는 평온하고 차분한 태도로 이렇게 말했다.

"꼼짝도 할 수 없다오. 딱하지만 어쩐다우. 움직여지지가 않아요."

엑토르의 아내는 근심에 사로잡혀 매일 저녁 물었다.

"시몽 부인은요?"

그러면 그는 매번 절망으로 의기소침해져서 대꾸했다.

"하나도 변한 게 없어. 단 하나도!"

급료를 주기도 버거워져서 하녀를 내보냈다. 계속 더 절약을 했고 특별 수당은 몽땅 노파 밑으로 들어갔다.

이렇게 되자 엑토르는 저명한 의사 넷을 불러 모았고, 의사들이 노파를 빙 둘러쌌다. 노파는 약아빠진 눈초리로 의사들을 흘끔거리면서, 의사들이 진찰하고, 만져보고, 더듬어보게, 하자는 대로 자신을 내맡겼다.

"억지로라도 걸려봅시다." 의사가 말했다.

노파가 비명을 질렀다.

"여러 선생님들. 전 움직일 수 없답니다. 그럴 수 없다고요!"

그러자 의사들이 노파를 붙잡아 일으켜서 몇 걸음 끌고 갔다. 하지만 노파는 의사들의 손아귀에서 벗어나 마룻바닥을 구르며 어찌나 끔직스런 비명을 질러대는지, 의사들은 한없이 조심하면서 노파를 다시 의자에 앉히고 말았다.

의사들은 조심스럽게 의견을 내놓았는데, 어쨌든 몸을 움직여 일을 할 상태는 아니라고 결론지었다.

엑토르가 이 소식을 아내에게 전하자 아내는 의자에 털썩 주저앉더니 머뭇거리며 의견을 냈다.

"여기서 데리고 있는 게 낫지 않을까요. 돈은 덜 들 거 아니에요."

엑토르가 펄쩍 뛰었다.

"여기, 우리 집에 말이야?"

하지만 아내는 눈물을 글썽이며 이제는 모든 것을 체념한 채로 대답했다.

"여보, 그럼 어쩌겠어요? 그게 제 잘못은 아니잖아요……!"

헤픈이 양

(1883)

정신병원에서 나오려는 참인데, 뜰 한구석에서 끈질기게 상상의 개를 부르는 시늉을 하는 키 크고 비쩍 마른 남자가 눈에 띄었다. 그는 부드럽고 다정한 목소리로, 가축의 관심을 끌려고 할 때 그러듯이 허벅지를 치면서 이렇게 외쳤다. "헤픈이, 헤픈이, 이리로 오렴, 헤픈이, 내 귀염둥이."

내가 의사에게 물었다. "저 사람은 뭔가요?" 의사가 답했다. "오! 특별한 케이스는 아닙니다. 프랑수아라는 이름의 마부인데, 자기 개를 물에 빠뜨려 죽이고 나서 정신이 나갔죠."

내가 끈질기게 청했다. "저 사람 이야기를 들려주세요. 가장 단순한 것들, 가장 보잘것없는 것들이 가끔은 우리 마음에 와서 쏙 박히잖습니까."

그의 동료인 마구간지기를 통해서 속속들이 알게 된 그 남자의 이야기는 이렇다.

파리 근교에 어떤 부유한 부르주아 가족이 살았다. 이들이 살고 있는 전원주택은 센 강가, 커다란 정원 한가운데에 자리 잡고 있었다. 그 집 마부가 바로 이 프랑수아였는데, 시골사람으로, 약간 굼뜨긴 하지만 마음은 좋고 어리석어서 속이기가 쉬었다.

프랑수아가 저녁이 되어 주인댁으로 돌아오고 있는데, 개 한 마리가 그를 따라오기 시작했다. 처음에는 전혀 신경을 쓰지 않았다. 하지만 개가 어찌나 끈덕지게 따라오던지 곧 그는 뒤를 돌아다보지 않을 수가 없었다. 혹시 자기가 아는 개인가 싶어서 바라봤다. 천만에. 단 한 번도 본 적 없는 개였다.

말라비틀어진 데에다가 축 늘어진 커다란 젖통들이 덜렁거리고 있었다. 개는 가련하고 굶주린 표정에 꼬리는 다리 사이로 말아 넣고 귀는 찰싹 달라붙은 모습으로 마부 뒤를 종종거리며 따라왔는데, 마부가 멈추면 자신도 멈췄고 다시 길을 가면 자기도 다시 길을 갔다.

마부는 이 뼈만 남은 가축을 쫓으려고 소리를 질렀다. "저리 가. 저리 못 가겠니! 훠이! 훠이!" 개는 몇 발자국 물러나 엉덩이를 내리더니 앉아서 기다렸다. 그러고는 마부가 움직이자마자 다시 그 뒤를 따랐다.

그는 돌을 집어 드는 시늉을 했다. 개는 물렁한 젖통을 출렁이며 조금 더 멀리로 달아났다. 하지만 마부가 등을 돌리자마자 곧 다시 돌아왔다.

그러자 가여워진 마부 프랑수아가 개를 불렀다. 수줍게 다가오던 개가 등뼈를 둥글게 휘자 갈비뼈들이 피부를 뚫고 튀어나올 듯했다. 마부가 솟아오른 뼈들을 쓰다듬어줬고 이처럼 비참한 개의 모습에 마음이 약해져서 이렇게 말했다. "자, 이리 와!" 곧 개는 마부가 자신을 받아들이고 거두기로 했다고 느낀 듯 꼬리를 흔들었고, 새 주인의 장딴지에 들러붙다시피 하는 대신 앞장서서 뛰어가기 시작했다.

마부는 개를 마구간의 짚더미 위에 데려다 놓고는 부엌으로 달려가서 빵을 구해왔다. 배부를 때까지 먹고 나자 개는 몸을 둥글게 말고 잠이 들었다.

다음 날 마부에게서 이야기를 듣고 난 주인 부부는 개를 데리고 있어도 된다고 허락했다. 훌륭한 개로서, 어리광도 많고 주인도 잘 따르며, 영리하고 유순했다.

그런데 곧 개에게 무시무시한 결점이 있음을 알게 됐다. 그 개는 정초부터 연말까지 1년 내내 사랑으로 불타올랐다. 시간이 얼마 흐르지 않았는데도, 그 근방의 모든 수캐들을 사귀었고, 수캐들은 전부 낮이고 밤이고 그 개 주위를 맴돌기 시작했다. 그 개는 새침한 아가씨처럼 수캐들 전부에게 골고루 애정을 베풀었고, 모두와 사이좋게 지내는 듯했다. 크기가 주먹만한 놈에서부터 당나귀처럼 아주 큰 놈에 이르기까지, 짖어대는 종의 가장 다양한 품종들로 구성된 진정한 개떼를 뒤에 달고

102

다녔다. 그 개가 길에 나섰다 하면 수캐들이 끝없이 뒤를 쫓아 달렸고, 잠시 멈춰 풀밭 위에서 휴식을 취하면 수캐들은 그 개 주위로 둥글게 포진하고는 혀를 빼문 채 응시했다.

마을 사람들은 놀라운 일이라고 생각했다. 수의사마저도 이 현상에 대해 이해할 수 있는 게 하나도 없었다.

저녁이 되어 그 개가 마구간으로 돌아오면, 한 떼의 수캐들 이 저택을 둘리쌌다. 개들은 정원을 빙 두르고 있는 산울타리 사이의 온갖 개구멍들로 들락거리며 화단을 망가뜨렸고 꽃들 을 파헤쳤고 타원형 화단에 구멍을 파놓아서 정원사를 절망에 빠뜨렸다. 그들은 자신들의 여자 친구가 묵고 있는 건물 주위 를 둘러싸고는 며칠 밤이고 짖어댔고, 그 무엇으로도 그 개들 을 떠나가게 할 수 없었다.

낮에는 수캐들이 집 안으로까지 뚫고 들어왔다. 침략이자 골칫거리요 재앙이었다. 집주인들은 어느 때고, 사냥개들, 불 도그, 더러운 털이 수북한 늑대 닮은 개들, 어느 한 곳 매인 데 없는 떠돌이 개들, 아이들을 도망가게 만드는 거대한 뉴펀들랜 드들과 계단에서, 침실에서 맞닥뜨렸다.

이제, 사방 10리외까지 어디에서부터 나타났는지도 알 수 없고 어떻게 살아가는지도 알 수 없는 낯선 개들이 보였고, 그 러다가 어느 샌가 다 같이 사라지곤 했다.

그래도 프랑수아는 헤픈이를 예뻐했다. 그는 그 개를 "헤픈 이"라고 불렀는데, 그 개가 받아 마땅한 이름이긴 했지만 프랑수아에게 악의가 있었던 건 아니었다. 프랑수아는 줄곧 이런 말을 했다. "그 개는 말이야, 사람이나 매한가지라고. 말만 못한다 뿐이지."

그는 헤픈이에게 붉은 가죽으로 만든 근사한 목걸이를 구해다줬는데, 가죽 끈에 매달린 동판에는 이렇게 적혀 있었다. "헤픈이 양, 마부 프랑수아 소유."

헤픈이의 몸집이 어마어마하게 불어났다. 말랐던 꼭 그만큼 비대해져서, 거대하게 부푼 배 아래로 예의 그 축 늘어진 젖통들이 덜렁거렸다. 갑자기 살이 올라 이제는 너무 뚱뚱한 사람들이 그러듯이 다리를 양옆으로 쩍 벌리고 어기적어기적 힘겹게 걸었으며, 호흡이 가빠 입을 헤 벌리고 있었고, 달리는 시늉이라도 좀 했다가는 곧 기진맥진해지고 말았다.

게다가 놀랄 만한 다산성의 소유자였음이 드러났으니, 몸을 풀었는가 싶으면 곧 다시 배가 둥글게 부풀어 올라 거의 늘 그런 상태를 유지했고, 1년에 네 차례 새끼들을 줄줄이 낳아, 별의별 품종이 다 있었다. 프랑수아는 "젖을 빼기 위해" 한 마리만 남겨놓고, 나머지 새끼들은 작업복 담아 가지고 나간 뒤 일말의 동정도 없이 강에 던져 넣었다.

그런데 곧 정원사의 불평에 요리사의 불평이 더해졌다. 요리사는 화덕 아래와 찬장 안, 석탄 저장고에서까지 수캐들을 맞닥뜨렸는데, 이 수캐들은 먹을 것을 닥치는 대로 훔쳤다.

짜증이 난 주인이 프랑수아에게 헤픈이를 치워버리라고 명령했다. 프랑수아는 침통해하며 헤픈이를 맡길 데를 찾았다. 원하는 사람이 아무도 없었다. 그래서 짐마차꾼에게 헤픈이를 맡기면서 파리 저편, 주엥빌르퐁 근처 들판에 버려달라고 부탁했다.

헤픈이는 바로 그날 저녁으로 되돌아왔다.

이번에야말로 결단을 내려야했다. 르아브르로 가는 열차의 운송 책임자에게 5프랑을 주고 헤픈이를 넘겼다. 르아브르에 도착하면 헤픈이를 풀어놓아주기로 했다.

3일 뒤 헤픈이는 다시 마구간으로 돌아왔다. 기력이 다하고 배는 쏙 들어간 데다 살갗까지 벗겨져 더 이상 어쩔 수 없을 정도의 모습이었다.

가엾게 여긴 주인도 더는 강하게 밀어붙이지 않았다.

하지만 곧, 그 어느 때보다도 더 악착스럽고 더 수가 불어난 수캐들도 따라 돌아왔다. 어느 날 저녁 성대한 만찬을 베푸는 도중, 불도그 한 마리가 요리사의 코앞에서 그가 어찌 손 써볼 새도 없이 송로 넣은 영계를 낚아채 달아나버렸다.

이번에야말로 주인이 머리 꼭대기까지 화가 나서, 프랑수아를 불러들여 말했다. "내일 아침이 밝아오기 전에 그 개를 강물에 던져 넣지 않으면 내 자네를 자르겠네. 알아들었는가?"

마부는 심한 충격을 받고 차라리 떠나야겠다는 생각에 짐을 싸려고 자기 방으로 올라갔다. 그러다가 자신이 이 성가신 짐승을 뒤에 달고 다니는 한 어느 집에도 들어갈 수 없다는 걸 깨달았고, 또한 자신이 현재 좋은 집에서 후한 월급을 받으며 잘 먹고 지낸다는 데 생각이 미쳤다. 개 한 마리가 정말이지 그럴 만한 가치가 있는 건 아니지 않은가. 결국 동이 트면 헤픈이를 치워버리겠다는 결심을 단단히 하고 말았다.

마부는 어쨌든 제대로 잠을 이루지 못했다. 그는 동이 트자마자 일어나 튼튼한 밧줄을 챙겨 개를 찾으러 나갔다. 개는 천천히 몸을 일으키더니 몸을 좌우로 흔들어 털고 네 다리를 쭉 펴보더니, 주인을 반기러 다가왔다.

그러자 용기가 달아나버린 그는 개를 다정하게 끌어안아주며 그 긴 귀를 쓰다듬고 주둥이에 입을 맞추고 자신이 아는 온갖 다정한 이름을 아낌없이 개에게 쏟아 놓았다.

그러고 있는데 가까운 곳에서 시계 종소리가 6시를 알렸다. 머뭇거릴 새가 없었다. 그가 문을 열고 "따라오렴"이라고 말했다. 개가 둘이서 산책을 나가려는 걸로 생각하고 꼬리를 흔들었다.

마부와 개는 둑으로 갔고, 마부는 물이 깊어 보이는 장소를 골랐다. 그러고는 밧줄 한 끝을 아름다운 가죽 목걸이에 묶고 커다란 돌을 하나 주워서 다른 한 끝에 매달았다. 그러고는 헤픈이를 품에 안고 이제 곧 헤어지려는 사람을 대하듯 맹렬하게 입맞춤을 퍼부었다. 그는 개를 가슴에 꼭 끌어안고 흔들어주며 "내 예쁜 헤픈이, 내 귀여운 헤픈이"라고 불러댔고, 개는 기쁨에 겨워 낮은 목울음 소리를 냈다.

열 번이나 내던지려고 했지만 매번 용기가 부족했다.

그러다가 불쑥 마음을 굳히고, 가능한 한 먼 곳을 향해 있는 힘껏 내던졌다. 개는 목욕시킬 때 그러듯이, 처음에는 헤엄을 치려고 했다. 하지만 머리에 매달린 돌 때문에 차츰차츰 물속으로 끌려들어갔다. 헤픈이가 물에 빠진 사람이 그러듯이 버둥대며 주인에게 필사적인 눈빛을, 인간의 눈빛을 던졌다. 몸 앞부분은 온통 물속에 잠긴 반면, 뒷다리는 물 밖에서 미친 듯이 버둥거리다가, 뒷다리도 사라지고 말았다.

그러자, 강물이 부글부글 끓기 시작이라도 하는 양, 공기방울이 뽀글뽀글 수면으로 올라오더니 하나둘씩 터졌다.

두근거리는 심장을 부여안은 채 얼이 빠지고 미칠 지경이 된 프랑수아의 눈에는 진흙 바닥에서 몸을 뒤트는 헤픈이의 모습이 보이는 것만 같았다. 그는 촌사람다운 솔직함으로 스스로에게 물었다. "나를 어찌 생각할까, 그 개가, 이런 일이 벌어진 지금?"

그는 하마터면 백치가 될 뻔했다. 한 달 동안을 앓았다. 매일 밤, 헤픈이의 꿈을 꿨다. 헤픈이가 자기 손을 핥는 게 느껴졌고, 헤픈이가 짖는 소리가 들려왔다. 어쨌든 결국 상태가 좋아지긴 했다. 6월 말경이 됐을 때 주인 부부가 루앙 근처 비에사르에 있는 자신들의 저택으로 그를 데려갔다.

그 저택 역시 센 강가에 있었다. 그는 멱을 감기 시작했다. 매일 아침 마구간지기와 함께 강으로 내려가서 헤엄쳐 강을 건

너곤 했다.

그러던 어느 날, 두 사람이 물속에서 장난치며 놀고 있는데, 프랑수아가 갑자기 친구에게 소리를 질렀다.

"저기 떠내려 오는 것 좀 봐. 내가 자네에게 갈비 맛을 좀 보여주지."

그건 거대한 동물의 사체였는데, 부풀어 오르고 털이 빠진 상태로 네 발은 하늘을 향해 뒤집어진 채 강물을 따라 내려오고 있었다.

프랑수아가 개구리헤엄으로 가까이 다가가며 계속 농담을 던졌다.

"저런! 신선하진 않군. 오, 엄청난 횡재인데! 그렇다고 뼈만 남은 것도 아니야."

그러고는 부패해가는 거대한 짐승으로부터 일정한 거리를 유지하면서 주위를 맴돌았다.

그러다가 갑자기 입을 다물었고, 그것을 이상하게도 주의 깊게 바라보았다. 그러더니 이번에는 마치 그 사체를 만져보기라도 할 것처럼 가까이 다가갔다. 그가 개목걸이를 뚫어져라 들여다봤다. 그러다가 팔을 앞으로 뻗어 동물 사체의 목을 틀어쥐었고, 방향을 돌려 가까이로 끌어당긴 뒤, 녹이 슨 채 색바랜 가죽 끈에 여전히 붙어 있는 동판에 적힌 글을 읽었다. "헤픈이 양, 마부 프랑수아 소유."

죽은 개는 집에서부터 60리외 떨어진 곳에서 주인을 다시 만난 것이다!

　프랑수아는 무시무시한 비명을 질렀고 줄곧 울부짖으며 온 힘을 다해 둑을 향해 헤엄을 치기 시작했다. 그러고는 뭍에 발이 닿자마자 미쳐 날뛰며 벌판을 가로질러 벌거벗은 채로 달아났다. 그는, 미쳤다!

쥘삼촌
(1883)

아쉴 베누빌 씨에게

흰 수염이 무성한 어떤 가난한 노인네가 우리에게 적선을 빌었
다. 친구 다브랑슈가 그에게 100수를 주기에, 나는 깜짝 놀랐
다. 그러자 그가 이런 말을 했다.

"이 불쌍한 노인네를 보니 들려줄 이야기가 하나 생각나는
군. 그 기억이 나를 끊임없이 쫓아다닌다네. 어디, 들어보게
나."

*

르아브르 토박이인 우리 집안은 부자가 아니었어. 그럭저럭
살림을 꾸렸다고나 할까. 아버지는 사무실에서 밤늦도록 일하
고 돌아오셨지만 큰돈을 벌지는 못하셨지. 내게는 누님 둘이

있었고.

어머니는 우리의 넉넉지 못한 형편에 많이 힘들어하셨고, 종종 아버지를 향해 신랄한 말들을, 에둘렀으나 상처가 되는 비난을 던지셨지. 그러면 가여운 아버지는 내 마음을 아프게 하는 동작을 하셨어. 있지도 않은 땀방울을 닦아내듯 손바닥으로 이마를 쓸며 한 마디 대꾸도 못 하셨네. 그럴 때면 아버지의 무력한 고통이 느껴졌지. 우리는 모든 면에서 절약을 했어. 저녁 식사 초대를 받으면 이쪽에서도 초대를 해야 하니 항상 사양했지. 생필품들은 세일하는 걸로, 진열되었던 상품들로 샀고. 누님들은 직접 옷을 지어 입고 미터 당 15상팀짜리 장식줄 가격을 놓고 길고 긴 흥정을 했어. 평소에 우리가 먹는 식사는 고기수프, 그리고 어떤 소스와도 어울릴 소고기 요리였어. 건강에 좋고 기운을 돋워주는 음식일 테지. 하지만 다른 것을 먹을 수 있었더라면 좋았을 거야.

단추를 잃어버리거나 바지를 찢어오기라도 하면 무시무시하게 혼이 났다네.

그래도 일요일이면 우리는 한껏 차려입고서 부둣가를 산책하러 갔어. 아버지는 프록코트 차림에 커다란 모자를 쓰고 장갑을 끼고서 어머니에게 팔을 내미셨는데, 어머니 역시 축제일을 맞아 선박에 작은 깃발을 가득 꽂아놓듯 잔뜩 멋을 낸 차림이셨지. 누님들은 제일 먼저 준비를 마치고 출발 신호를 기다리고 있었다네. 하지만 늘 마지막 순간에 아버지의 프록코트에서 잊고 있던 얼룩이 발견됐고, 그 얼룩을 벤젠 묻힌 천으로 빨리 지워버려야 했어.

아버지는 머리에 모자를 쓴 채 와이셔츠 바람으로 그 작업이 끝나기를 기다렸고, 어머니는 근시용 안경을 찾아 쓰며 서둘렀고, 장갑을 망치지 않으려고 장갑은 벗어 놨네.

우리는 격식을 갖추고 길을 나섰지. 누님들이 서로 팔짱을 끼고 맨 앞에서 걸었어. 누님들은 혼인 적령기여서 부모님은 시내에서 누님들의 모습을 과시하셨거든. 어머니 오른쪽에는 내가, 아버지는 왼쪽에 계셨어. 내 가여운 부모님이 일요일 산책에서 점잔 빼는 태도로 뻣뻣한 표정을 하고 딱딱하게 걸어가던 모습이 아직도 선해. 두 분은 장중한 걸음걸이로 몸을 꼿꼿하게 세우고 장작개비처럼 다리를 움직이셨어. 꼭 극도로 중요한 어떤 사안이 두 분의 자세에 달렸기라도 한 것 같았지.

그리고 매주 일요일, 우리가 알지 못하는 아주 먼 나라에서 온 대형 선박들을 보면 아버지는 늘 같은 말을 하셨네.

"아! 쥘이 저 안에 타고 있다면 얼마나 반가울까!"

아버지의 동생이고 내게는 삼촌인 쥘, 그분은 한때 집안의 공포 그자체였지만 이제는 우리 집안의 유일한 희망이었어. 어려서부터 삼촌에 대한 이야기를 듣고 자랐고, 삼촌을 생각하는 게 하도 익숙해진지라 대번에 그분을 알아볼 수 있을 듯했지. 비록 집안 식구들이 삼촌이 미국으로 떠날 때까지의 시기에 대해 낮은 목소리로 말했다 하더라도, 그 시기의 그분 삶의 자질구레한 사항들까지 알고 있었으니까.

삼촌은 행실이 나빴던 듯해. 그러니까 얼마간의 돈을 집어삼켰는데, 이는 가난한 집안에서는 제일 큰 범죄에 속했지. 부잣집의 경우 즐기며 사는 사람은 그저 난봉질을 하는 것이지만, 가난한 집에서는 부모의 재산을 축내는 아들은 싹수가 노란 놈, 망나니 녀석, 건달이 되는 법이니!

비록 저지른 짓이 동일하다 하더라도 이런 구별은 정당한데, 왜냐하면 결과만이 행위의 심각성을 결정하기 때문이야.

결국 쥘 삼촌은 아버지가 기대하고 있던 유산을 엄청나게 줄여 놨어. 심지어, 자기 몫은 마지막 한 푼까지 몽땅 집어삼킨 뒤였지.

그 당시 많이들 그랬듯이, 르아브르에서 뉴욕으로 가는 상선에 삼촌을 태워 미국으로 보내버렸어.

일단 그곳에 도착한 쥘 삼촌은 어떤 분야인지는 모르겠지만 상인으로 자리를 잡고서, 즉각 아버지에게 편지를 써서 돈을 조금 벌었으니 자신이 아버지에게 준 피해를 보상할 수 있기를 바란다고 했어. 이 편지는 집안 식구들에게서 깊은 감동을 불러일으켰네. 흔히 말하듯이 개발의 편자만큼이나 아무짝에도 쓸모없던 쥘 삼촌이 갑자기 성실한 사람, 인정 있는 남자, 다브랑슈 집안사람들이 모두 그렇듯이 정직한, 진정한 다브랑슈가 되었지.

게다가 어떤 선장이 쥘 삼촌이 커다란 가게를 세내어 대규모로 무역을 한다고 우리에게 알려줬거든.

2년 후에 도착한 두 번째 편지에는 이렇게 적혀 있었어. "필립 형, 나는 건강하게 잘 있으니까 걱정하지 말라고 편지를 써. 사업도 잘 되어가고. 나는 내일 남미국으로 오랫동안 긴 여행을 떠나. 어쩌면 몇 년간 내 소식을 전하지 못할 수도 있어. 내가 편지를 보내지 못하더라도 걱정하지 마. 한 재산 만들고 나면 르아브르로 돌아갈 거야. 그리 오래 걸리지 않기를 바랄 뿐. 다 같이 행복하게 살게 될 거야……"

그 편지는 집안의 복음서가 되었네. 아무 때나 그 편지를 읽었고, 아무에게나 그 편지를 보여줬어.

실제로 쥘 삼촌은 10년 동안 소식을 전하지 않았어. 하지만 세월이 흘러감에 따라서 아버지의 희망은 커져만 갔지. 어머니역시 종종 이런 말을 하셨네.

"그 선량한 쥘 삼촌이 여기 있다면 우리 처지가 좀 달라질텐데. 궁지에 빠져서도 벗어날 줄 알았던 사람이니까!"

그리하여 일요일마다 시커먼 증기선이 하늘을 향해 구불거리는 연기를 토해내면서 수평선 저 멀리에서부터 들어오는 것을 보면, 아버지는 그 영원히 변하지 않는 말을 되뇌셨어.

"아! 쥘이 저 안에 타고 있다면, 얼마나 반가울까!"

곧 쥘 삼촌이 손수건을 흔들며 "어이! 필립 형" 하고 외치기를 거의 기대하다시피 했다니까.

모두 믿어 의심치 않는 삼촌의 귀향에 대해 수천 가지 계획들을 쌓아올렸지. 심지어 삼촌의 돈으로 앵구빌 근처에 작은 별장을 살 계획까지 했어. 아버지가 별장 건을 놓고 벌써 흥정에 들어가지 않았다고는 장담 못할 걸세.

당시 큰누님이 스물여덟이었어. 작은누님은 스물여섯. 두 누님 모두 결혼을 못 한 상태였고 이는 온 집안의 커다란 슬픔이었지.

마침내 작은누님에게 구혼자가 나타났네. 부유하지는 않지만 웬만한 사무원이었어. 이 젊은이가 망설임을 끝내고 결혼을 하기로 결심한 데는 어느 날 저녁 그에게 보여준 쥘 삼촌의 편지가 결정적이었을 거라고 나는 늘 굳게 믿었지.

우리는 그 구혼자를 재빠르게 받아들였고 결혼 후 온 가족이 다 같이 제르제 섬으로 짧게 여행을 갔다 오기로 했어.

제르제 섬은 가난한 사람들에게는 최적의 여행지이라네. 우선 그리 멀지 않거든. 여객선을 타고 바다만 건너면 낯선 땅, 영국령인 그 섬에 도착하게 되지. 따라서 어떤 프랑스인이든 두 시간 항해를 하고 나면 이웃 민족의 모습을 볼 수 있고 그들의 풍습을, 솔직하게 말하는 사람들의 평을 빌리자면, 영국식 별장으로 뒤덮인 그 섬의 통탄할 만한 풍습을 관찰할 수 있다네.

이 제르제 섬으로의 여행은 우리의 중요 관심사, 우리의 유일한 기다림, 우리의 매 순간의 꿈이 되었어.

드디어 출발하게 됐다네. 난 아직도 그 일이 어제 일만 같

아. 여객선이 그랑빌 부두를 향해 뜨거운 수증기를 내뿜었지. 우리 짐 세 개가 제대로 실리는지를 지켜보고 있던 아버지가 질겁하셨어. 불안한 어머니는 아직 결혼하지 못한 큰누님의 팔을 잡고 있었는데, 큰누님은 한배의 새끼들 가운데 혼자 남은 병아리처럼 동생이 떠난 뒤 어찌할 바를 모르는 것 같았어. 그리고 신혼부부가 계속 우리 뒤로 처지는 통에 나는 자주 뒤를 돌아봤고.

여객선이 기적을 울렸어. 우리는 배에 올랐고 부두를 떠난 선박은 녹색 대리석 탁자처럼 잔잔한 바다 위로 멀리 나아갔네. 우리는 여행을 자주 다녀보지 못한 사람들이 그러듯이 뿌듯하고 자랑스러운 마음으로 해안이 저 멀리 달아나는 모습을 지켜봤지.

아버지는 그날 아침에 정성스럽게 모든 얼룩들을 제거한 프록코트를 입고 배를 내밀고 계셨고, 외출하는 날이면 으레 풍겨와서 내게 일요일임을 알려주던 그 벤젠 냄새를 주위에 퍼뜨리고 계셨어.

갑자기 아버지의 눈에 두 명의 신사가 우아한 부인들에게 굴을 갖다 바치는 모습이 들어왔어. 누더기를 걸친 늙은 선원이 칼로 굴 껍데기를 열어서 신사들에게 넘기면 신사들이 그걸 부인들에게 내밀었지. 부인들은 아주 우아한 방식으로 그걸 먹었는데, 고급 손수건 위에 굴을 껍데기째 올려놓고 드레스를 더럽히지 않도록 입을 내밀었어. 그러고는 재빠른 동작으로 굴

껍데기 안의 물을 홀짝 마시고는 바다에 던졌지.

아마도 아버지는 운항 중인 배 위에서 기품 있게 굴을 먹는 행위에 매료당했던가봐. 아버지는 이것이 우아하고 세련되고 우월한 행동이라고 생각하여 어머니와 두 누님에게 다가가 물으셨지.

"굴 좀 사줄까?"

어머니는 지출 때문에 망설이셨어. 하지만 두 누님은 즉각 받아들였네. 어머니는 난처한 목소리로 이런 말을 했어.

"나는 먹고 배가 아플까봐. 아이들에게만 사줘요. 너무 많이는 말고. 그러다가 탈나니까."

그러더니 나를 향해 돌아서면서 이렇게 덧붙이셨어. "조제프는 필요 없어요. 남자아이들은 버릇을 망쳐놓으면 안 돼요."

그래서 나는 이런 차별이 부당하다는 생각을 하면서 어머니 곁에 남았네. 난 눈으로 아버지를 쫓고 있었는데, 아버지는 여봐란 듯이 두 딸과 사위를 누더기를 걸친 그 늙은 선원에게로 데려갔어.

마침 두 부인이 떠난 뒤여서 아버지는 누님들에게 물을 흘리지 않고 먹으려면 어떻게 해야 하는지를 알려줬지. 아버지는 심지어 몸소 보여주고 싶어서 굴 하나를 낚아챘네. 귀부인들 흉내를 내려다가 즉각 굴 물을 몽땅 프록코트 위로 쏟고 말았고 어머니가 중얼거리는 소리가 들려왔지.

"가만히 있는 게 차라리 나을 텐데."

그런데 갑자기 아버지가 불안해 보이셨어. 아버지는 몇 발자국 물러나더니, 굴 까는 선원을 둘러싸고 있는 식솔들을 뚫어져라 바라보시더군. 그러다가 갑자기 우리에게로 돌아왔어. 야릇한 눈빛에, 얼굴은 몹시 창백해 보이셨지. 아버지가 나지막한 목소리로 어머니에게 말했어.

"이상도 하지. 굴 까는 저 남자 꼭 쥘을 닮았네."

어머니가 어안이 벙벙해서 물으셨지.

"무슨 쥘?"

아버지가 대답했어.

"누구긴…… 내 동생…… 내가 쥘이 미국에서 잘살고 있다는 것을 모른다면 동생인 줄 알겠네."

"당신 미쳤어요! 동생이 아니라는 걸 잘 알면서, 대체 왜 그런 어리석은 말을 해?"

하지만 아버지는 물러서지 않으셨어.

"가서 좀 보라고, 클라리스. 당신이 직접 두 눈으로 보고 확인하는 게 더 낫겠어."

어머니가 일어서 가더니 딸들과 합류했어. 나도 그 남자를 지켜봤지. 그는 늙고 더럽고 온통 주름투성이였으며 자기 일에서 눈을 뗄 줄 몰랐어.

어머니가 돌아오셨는데, 벌벌 떠시더군. 어머니가 빠르게 말했어.

"쥘인 것 같아. 선장에게 가서 좀 물어봐요. 제발 신중하게.

이제 와서 저 부랑아가 우리 품에 툭 떨어지는 일이 없게!"

아버지가 멀어졌고 나는 그 뒤를 따랐어. 나는 이상하게 마음이 몹시 흔들렸지.

선장은 키가 크고 마른 체격에 구레나룻을 길게 기른 인물로, 마치 인도양을 오가는 우편선을 통솔하기라도 하는 것처럼 거들먹거리는 태도로 선교 위를 오가고 있었어.

아버지가 정중하게 다가가서 찬사를 곁들여 가며 그의 직업에 대한 이러저런 질문들을 던졌지.

"제르제 섬은 규모가 어느 정도던가요? 주로 뭐가 많이 생산됩니까? 인구는? 풍속은? 관습은? 토양은?" 기타 등등. 누가 들으면 적어도 미국 정도 되는 줄 알았을 거야.

그러더니 우리를 싣고 가는 여객선, '엑스프레스'에 관해 말했지. 그러고 나서야 선원들 이야기를 꺼내시더군. 아버지가 드디어 혼란스러운 목소리로 물었네.

"굴 까는 늙은 선원이 있던데, 제법 흥미로워 보이더군요. 그 양반에 대해 뭘 좀 아십니까?"

이 대화에 결국 짜증이 나고 만 선장이 쌀쌀맞게 대답했지.

"프랑스 국적의 늙은 떠돌이입니다. 작년에 미국에서 만나서 본국으로 데려다줬지요. 르아브르에 친척이 있다나. 어쨌든 친척들 곁으로 돌아가고 싶어하진 않습디다. 빚을 지고 있대요. 이름이 쥘인데……, 쥘 다르망슈라든가, 아니 다르방슈, 하여간에 그 비슷한 겁니다. 한때 미국에서 부자였던 적도 있었던 것 같던데, 보다시피 지금 저 모양이죠."

창백해진 아버지가 얼빠진 눈으로 목이 졸린 듯한 소리를 냈네.

"아! 아! 그렇군요…… 그래요…… 별로 놀랍지는 않군요……. 고맙습니다, 선장님."

그러고는 아버지가 떠나자 선장은 어안이 벙벙해서 아버지가 멀어져 가는 모습을 지켜봤지.

어머니 곁으로 되돌아 온 아버지의 표정이 어찌나 참담하던지 어머니가 이렇게 말했어.

"앉아요. 애들이 알아채겠네."

아버지는 벤치에 털썩 주저앉더니 더듬거리며 말하셨어.

"걔야, 걔!"

그러더니 물었지.

"이제 우리 어쩌지……?"

어머니가 급하게 대꾸했어.

"아이들을 떨어뜨려놔야지요. 조제프가 전부 다 알고 있으니까, 조제프를 보내 애들을 데려오게 해요. 특히 사위는 아무것도 눈치 못 채게 조심해야 한다고요."

아버지는 충격이 심한 듯했지. 아버지가 중얼거렸어.

"이 무슨 날벼락이람!"

어머니가 갑자기 화를 내면서 덧붙였어.

"그 도둑놈이 빈둥거릴 거라고, 또다시 우리를 등쳐먹을 거

120

라고 늘 생각해왔지! 다브랑슈 사람들에게서 대체 뭘 기대할
수 있겠어……!"

아버지는 아내의 비난을 받을 때 늘 그러듯이 이마를 손으
로 쓸었네.

어머니가 덧붙였어.

"조제프에게 돈을 줘요. 이제 가서 굴 값을 치르라고. 이 비
렁뱅이가 우리를 알아본다면 점입가경일 텐데. 이 선박 안에서
아주 근사한 효과를 불러일으킬 거라고요. 저쪽 편으로 갑시
다. 저 인간이 우리에게 다가오지 못하게 해야죠!"

어머니가 일어섰어. 두 분은 내게 100수짜리 동전 하나를
쥐어주고 멀어졌지.

누님들은 깜짝 놀란 표정으로 아버지를 기다리고 있었어.
나는 어머니가 뱃멀미를 해서 몸이 조금 편치 않다고 말하고,
굴 까는 남자에게 물었네.

"얼만가요?"

나는 뒤에 삼촌이라는 말을 덧붙이고 싶었어.

그가 대답을 했지.

"2프랑 50입니다."

나는 100수를 건넸고 그는 내게 거스름돈을 주었어.

나는 그의 손을, 그 쭈글쭈글한 불쌍한 뱃사람의 손을 바라
봤어. 그리고 그의 얼굴을, 늙고 불행한 얼굴을, 슬픔과 고뇌에
짓눌린 얼굴을 바라봤고 속으로 이렇게 말했지.

'제 삼촌이시군요. 아버지의 동생이고요. 삼촌!'

나는 그에게 10수를 팁으로 주었어. 그가 고마워하더군.

"신의 축복이 어린 신사분에게 있기를!"

적선을 받는 가난한 사람의 어투였네. 순간 그가 저쪽 세계에서도 구걸을 했으리라는 생각이 들었어.

누님들은 나의 후한 팁에 놀라서 나를 물끄러미 바라보고 있녀군.

내가 아버지에게 2프랑을 넘겨주자 엄마가 놀라서 물었어.

"그게 3프랑 어치였다고? 말도 안 돼."

나는 단호한 목소리로 알렸지.

"10수를 팁으로 줬어요."

어머니가 화들짝 놀라며 내 눈을 들여다봤어.

"너, 미쳤구나! 그런 작자에게 10수를 주다니! 그런 비렁뱅이에게……"

어머니는 사위 쪽을 가리키는 아버지의 눈짓에 입을 다물었지.

그리고 모두 입을 닫았네.

우리 앞에 펼쳐진 수평선에는 자줏빛 그림자가 수면 위로 솟아난 것 같았어. 제르제 섬이었네.

부두에 다가가자 한 번 더 쥘 삼촌을 보고 싶다는, 삼촌에게 다가가서 뭔가 위로가 되는 다정한 말을 건네고 싶다는 강렬한 욕망이 생겨났어.

하지만 이제는 그 누구도 굴을 먹겠다는 사람이 없어서 삼촌은 이미 사라지고 없었네. 아마도 그 불행한 사람은 자신이 묵는, 악취를 풍기는 배 밑바닥으로 내려간 모양이었어.

우리는 삼촌과 맞닥뜨리는 일이 없게 생말로 호를 타고 집으로 돌아왔네. 어머니는 불안에 사로잡혔지.

나는 아버지의 형제를 다시는 보지 못했어.

자, 이래서 내가 가끔씩 떠돌이들에게 100수를 주는 장면을 자네가 보게 되는 거라네.

목걸이
(1884)

아름답고 매혹적인 젊은 아가씨들이 운명의 착오인 양 사무원의 가정에서 태어나는 경우가 있는데, 그녀도 그 가운데 한 명이었다. 그녀에게는 지참금도 유산도 없었고, 이름을 알리고 이해와 사랑을 받으며 부유하고 저명한 남자의 아내가 될 그 어떤 방법도 없었다. 그래서 되는대로 교육부의 말단 직원과 혼인을 했다.

치장을 할 수 없는 형편이어서 소박한 차림이었는데, 한 단계 낮은 계급으로 쫓겨나기라도 한 듯 불행해했다. 여인들에게는 아름다움과 우아함과 매력이 가문과 집안 노릇을 하기에 그들에게 계급이나 혈통이란 존재하지 않는 법. 천부적 영리함, 우아함에 대한 타고난 감각, 정신의 유연함만이 그들의 위계를 결정짓고, 서민층의 여인들을 가장 고귀한 귀부인들과 동등하게 만들어준다.

그녀는 자신이 온갖 세련됨과 호사를 누리게 태어났다고 느꼈기에 끊임없이 고통받았다. 집이 누추해서, 벽이 더러워서, 의자가 낡아서, 옷감이 예쁘지 않아서 힘들어했다. 그녀와 같은 계급에 속하는 다른 여자라면 알아차리지도 못했을 그런 온갖 것들이 그녀에게 괴로움과 분노를 안겨줬다. 그녀의 보잘것없는 살림을 맡아하는 브르타뉴 출신 어린 하녀만 봐도 가슴 아픈 회한과 격렬한 꿈들이 깨어났다. 그녀는 정적이 흐르고 동양의 두툼한 벽걸이 천이 걸려 있고 드높은 청동 촛대의 불빛으로 환한 대기실을, 무릎까지 오는 바지 차림에 난방장치의 갑갑한 열기에 노곤해져서 널찍한 안락의자에 몸을 묻고 깜빡 잠이 든 풍채 좋은 하인들을 꿈꿨다. 고풍스런 비단으로 뒤덮인 대연회실을, 값을 헤아릴 수 없는 골동품들이 놓여 있는 우아한 가구들을 꿈꿨고, 가장 허물없는 지인들, 유명하고 인기 있어 모든 여자들이 관심받기를 원하고 열망하는 남자들을 불러 5시의 담소자리를 갖기에 제격인 아기자기하고 향기로운 소연회실을 꿈꿨다.

저녁을 들기 위해 3일째 갈지 않은 식탁보를 깐 둥근 식탁 앞에 앉아, 황홀한 표정으로 수프 그릇 뚜껑을 열면서 "아! 맛있는 포토푀네! 이보다 더 좋은 건 없더라……"라고 감탄하는 남편과 마주할 때면, 그녀는 최고급 만찬을, 번쩍거리는 은식기들을, 요정 이야기에 나오는 숲속의 기이한 새들과 고대의 인물들을 짜

넣은 장식 융단으로 벽이 뒤덮인 모습을 꿈꿨다. 근사한 식기에 담겨 나오는 훌륭한 맛의 요리들을 꿈꿨고, 송어의 분홍빛 살이나 들꿩의 날개를 먹으면서도 은근한 말들을 속삭이면 스핑크스처럼 모호한 미소를 띠고 그 말에 귀 기울일 수 있기를 꿈꿨다.

그녀에게는 근사한 옷도 보석도, 그 어떤 것도 없었다. 그런데 그녀는 그런 것만이 좋았다. 자신은 그런 것과 어울린다고 여겼다. 사람들의 마음에 들고, 욕망을 불러일으키고 유혹적이며 인기를 누리는 존재가 될 수만 있다면 너무나 그리 되고 싶었을 터였다.

그녀에게는 부유한 친구가, 수녀원 부속 기숙학교 시절의 친구가 한 명 있었지만 이제는 만나러 갈 생각을 하지 않았다. 그녀를 만나고 돌아오면 속이 상해서, 슬픔과 후회와 절망과 비탄으로 몇날 며칠을 눈물로 지새웠다.

*

그러던 어느 날 저녁, 퇴근한 남편이 의기양양한 표정으로 손에 커다란 봉투를 들고 들어왔다.

"자, 당신을 위한 거야." 그가 말했다.

그녀는 얼른 봉투를 찢고 그 안에서 카드를 한 장 꺼냈다. 카드에 인쇄된 글귀는 이랬다.

"조르주 랑포노 교육부 장관 부처는 루아젤 부부께서 1월

18일 월요일 장관 관저에서 열리는 연회에 참석하여주시기를 간곡히 부탁드립니다."

그녀는 남편이 바라는 대로 기뻐하기는커녕 분김에 탁자 위로 초대장을 집어던지며 중얼거렸다.

"이걸로 뭘 어쩌라고요?"

"아니, 여보, 난 당신이 좋아할 거라고 생각했지. 전혀 외출을 안 하고 있으니. 잘됐잖아. 아주 좋은 기회라고! 그걸 얻어내느라고 얼마나 애를 썼는데. 다들 원하니까. 서로 가지려고 하는데 사무원들에게 돌아오는 몫은 많지가 않거든. 거기 가면 공직자들도 전부 다 보게 될 거야."

그녀는 성난 눈길로 남편을 바라보다가 초조하게 내뱉었다.

"거기 갈 때 대체 뭘 걸치면 좋겠어요?"

미처 그 생각은 못 했던 그가 더듬거렸다.

"극장 갈 때면 입는 그 드레스 있잖아. 아주 잘 어울릴 것 같은데……"

그는 아내가 우는 걸 보고 너무 놀라고 어안이 벙벙해서 그만 입을 다물었다. 두 줄기 굵은 눈물이 눈꼬리에서부터 입귀를 향해 흘러내렸다. 그가 더듬거렸다.

"왜 그래? 무슨 일인데?"

그녀는 죽을힘을 다해 고통을 다스리고는 젖은 뺨을 닦으며 차분한 목소리로 대답했다.

"아무것도 아니에요. 그저 옷이 없고, 그래서 난 그 연회에

갈 수가 없네요. 당신 동료 아무에게나 주세요. 그 아내가 나보다 더 잘 차려입을 수도 있으니."

그는 마음이 아팠다. 그가 다시 말을 이었다.

"그러지 말고, 마틸드. 쓸 만한 옷 한 벌 장만하는 데 얼마나 들까? 다른 기회에도 입을 수 있게, 좀 수수한 걸로."

그녀는 계산을 해보느라, 알뜰한 사무원이 겁에 질려 소리를 지르며 단박에 거절하는 일이 벌어지지 않는 한도에서 자신이 요구할 수 있는 금액이 얼마일지 따져보느라 잠시 생각에 잠겼다.

마침내 머뭇거리며 대답을 했다.

"정확히는 잘 모르겠지만 400프랑 정도면 그럭저럭 되지 않을까요."

그의 얼굴에서 살짝 핏기가 가셨는데, 바로 꼭 그만큼의 액수를 비축해뒀기 때문이었다. 엽총을 구입해서 일요일마다 종달새를 잡으러 가는 친구 몇 명과 내년 여름에 낭테르 평야로 사냥을 즐기러 갈 생각이었다.

그럼에도 불구하고 그는 이렇게 말했다.

"좋아. 400프랑을 주지. 될 수 있으면 예쁜 드레스를 사도록 해."

*

연회 날이 다가왔는데, 루아젤 부인은 울적하고, 불안하고, 근심이 있는 듯했다. 의상이 준비되어 있는데도 말이다. 남편이 어느 날 저녁 아내에게 물었다.

"왜 그래, 당신? 사흘 전부터 당신 아주 이상해."

그러자 그녀가 대답했다.

"장신구 하나도, 보석 하나도, 그 어떤 것도 없으니 곤란하네요. 난 정말 초라해 보이겠죠. 연회에 안 가는 게 차라리 낫겠다 싶어."

그가 말했다.

"생화를 달지그래. 지금 같은 계절에는 아주 멋있잖아. 10프랑이면 아주 근사한 장미 두세 송이는 살 수 있을 걸."

그녀는 전혀 넘어가지 않았다.

"싫어요……. 부유한 여자들 사이에서 가난한 티를 내는 것보다 더 모욕적인 건 아무것도 없어요."

남편 목소리가 커졌다.

"당신 정말 바보로군! 당신 친구 포레스티에 부인을 찾아가서 장신구를 좀 빌려달라고 해. 그 정도 부탁은 해도 될 정도로 가깝잖아."

그녀가 기쁨의 탄성을 질렀다.

"맞아. 그 생각은 못 했어요."

다음 날, 그녀는 친구 집에 찾아가 고민거리를 털어놨다.

포레스티에 부인은 거울 달린 옷장으로 가더니 커다란 보석함을 꺼냈고, 들고 와 열어 보이며 루아젤 부인에게 말했다.

"골라봐."

그녀는 제일 먼저 팔찌, 그 다음에는 진주 목걸이, 그 다음에는 베네치아 십자가 펜던트, 그러더니 정교하게 세공한 금붙이나 그 밖의 보석들로 눈길을 옮겨갔다. 그녀는 거울 앞에서 장신구들을 착용해보고 망설이며, 그것들을 선뜻 벗어서 돌려줄 마음을 먹질 못했다. 그러면서 계속 물어댔다.

"다른 건 더 없니?"

"왜, 있지. 네가 뭘 마음에 들어 할지를 모르겠다."

갑자기, 그녀의 눈에 검은 색 새틴 천을 발라놓은 상자 안에 놓인 찬란한 다이아몬드 목걸이가 들어왔다. 그녀의 가슴은 거센 욕망으로 두방망이질 치기 시작했다. 목걸이를 들어 올리는 두 손이 떨려왔다. 그녀는 옷깃이 높은 드레스 위로 그 목걸이를 두르고는 스스로의 모습에 황홀해했다.

그러더니 머뭇거리며, 불안이 가득한 목소리로 물었다.

"이걸 빌릴 수 있을까? 다른 건 말고 이것만?"

"그럼, 물론이지."

그녀는 친구의 목을 얼싸안고 흥분해서 키스를 한 뒤 소중한 보물을 품고 떠났다.

*

연회 날이 되었다. 루아젤 부인은 성공을 거뒀다. 그녀는 다른 여인들보다 더 예쁘고 우아하고 매력적이었으며, 미소가 떠나지 않았고 기쁨으로 가득했다. 남자들은 전부 다 그녀를 바라봤고, 그녀의 이름을 물었으며, 소개받으려고 애를 썼다. 문교부 직원들 전부가 그녀와 춤을 추고 싶어 했다. 장관도 그녀를 주목했다.

그녀는 달떠서 격정적으로 춤췄고, 쾌락에 취해 아무 생각이 없었으며, 자신의 아름다움이 거둔 승리와 자신의 성공이 거둔 영예에 푹 빠졌고, 이런 온갖 찬사와 이런 온갖 찬미와 이렇게 깨어난 갖은 욕망과 여인들이 마음속으로 그다지도 달콤하고 그다지도 완전하게 여기는 이런 승리가 뒤섞이며 만들어 낸 행복에 취해 붕 뜬 것 같았다.

그녀는 새벽 4시쯤에 연회장을 떠났다. 그녀의 남편은 자정부터 작은 살롱에서 졸고 있었는데, 그곳에 함께 있던 다른 세 명의 남자들도 마찬가지 경우로, 아내들이 무척 즐기는 중이었다.

그는 귀가를 위해 가져왔던 옷들, 무도회복의 우아함과는 어울리지 않는 초라한 일상의 수수한 옷들을 아내의 어깨 위에 둘러주려고 했다. 낌새를 챈 그녀는 비싼 모피로 휘감은 다른 여자들의 눈에 띄지 않으려고 내뺐다.

루아젤이 그녀를 붙잡았다.

"잠깐만. 그러고 밖에 나가면 감기 들어. 내가 마차를 불러

올게."

하지만 그녀는 그의 말을 조금도 듣지 않고 급하게 계단을 내려갔다. 두 사람이 길에 내려섰을 때, 마차라고는 보이지 않았다. 멀리서 지나가는 마차들이 보이자 두 사람은 마부를 소리쳐 부르기 시작했다.

두 사람은 덜덜 떨면서 센 강을 따라서 걸어 내려갔다. 마침내 강가 부두에서 야간에만 운행하는 낡은 승합마차를 한 대 만났는데, 마치 낮에는 그 초라함이 수치스럽다는 듯 밤이 되어야만 파리에서 볼 수 있는 그런 종류였다.

마차가 레 마르티르 가의 그들 집 앞에까지 태워다줬고 두 사람은 쓸쓸히 집으로 올라갔다. 그녀에게는 다 끝난 셈이었다. 그리고 그는, 남편은 내일 아침 10시까지 출근해야 한다는 생각을 하고 있었다.

그녀는 영광에 휩싸인 자신의 모습을 한 번 더 보려고 거울 앞에서 어깨에 둘렀던 겉옷을 벗었다. 그런데 갑자기 그녀의 입에서 비명이 튀어나왔다. 목에 걸었던 목걸이가 보이지 않았다.

벌써 반쯤 옷을 벗은 남편이 물었다.

"왜 그래?"

그녀가 얼이 빠져 남편을 돌아봤다.

"목걸이…… 목걸이…… 포레스티에 부인의 목걸이가 안 보여요."

그가 정신없이 벌떡 일어섰다.

"뭐라고! ……어떻게! ……그럴 리가!"

두 사람은 드레스의 주름 속과 외투 주름 속, 주머니 속 등 온갖 곳을 다 찾아봤지만 목걸이는 보이지 않았다.

그가 물었다.

"무도회장을 떠날 때 여전히 걸고 있었던 건 확실하고?"

"그럼요. 청사 현관에서 만져봤거든요."

"하지만 길에서 잃어버렸다면 떨어지는 소리를 들었을 텐데. 마차에서 떨어뜨렸나봐."

"그래, 그럴 수도 있겠어요. 번호 적어뒀어요?"

"아니, 당신은 봐두지 않았어?"

"아니요."

두 사람은 겁에 질려 서로를 물끄러미 바라봤다. 결국 루아젤이 다시 옷을 챙겨 입었다.

"우리가 왔던 길을 걸어서 다시 가볼게." 그가 말했다. "혹시 발견할 수 있을지도 모르니까."

그러고는 밖으로 나갔다. 그녀는 야회복 차림으로, 자리에 누울 기운도 없어서 의자에 널브러진 채로 불도 켜지 않고 멍하니 있었다.

남편은 7시경에 돌아왔다. 아무것도 발견하지 못한 채로였다.

그는 경찰서로, 사례금을 내걸기 위해 신문사로, 승합마차

회사로, 요컨대 일말의 희망이 그를 밀어대는 곳이라면 어디든 지 쫓아다녔다.

그녀는 이 끔직스러운 참사 앞에서 여전히 잔뜩 겁에 질린 채 하루 종일을 기다렸다.

저녁이 되어 루아젤이 핼쑥하고 창백한 얼굴로 돌아왔다. 아무것도 알아내지 못한 채로였다.

"당신 친구한테 목걸이 고리를 망가뜨려서 수리를 맡겼다고 편지를 써야겠어." 그가 말했다. "그러면 대처할 시간을 좀 벌 수 있겠지."

그녀가 그가 부르는 대로 편지를 작성했다.

*

일주일 뒤, 두 사람은 모든 희망을 상실했다.

한꺼번에 다섯 살은 더 먹어 보이는 루아젤이 말했다.

"대신할 보석을 찾아보는 수밖에."

다음 날 두 사람은 보석이 보관되어 있던 상자를 들고 나가 보석함 안에 적힌 이름의 보석상을 찾아갔다. 보석상이 장부를 뒤적였다.

"이 목걸이를 판매한 건 우리가 아닙니다, 부인. 보석함만 제공했던 모양입니다."

그래서 두 사람은 이 보석상에서 저 보석상으로 옮겨 다니면서, 고통과 번민으로 병이 날 지경임에도 불구하고 자신들의 기억을 더듬어가며 잃어버린 목걸이와 비슷한 목걸이를 찾아다녔다.

두 사람은 팔레루아얄의 한 보석상에게서 다이아몬드 알들을 줄줄이 엮어놓은 목걸이를 발견했는데, 그들이 보기에 찾고 있던 목걸이와 완벽하게 똑같았다. 4만 프랑짜리였다. 3만 6천 프랑에 넘겨 줄 수 있노란다.

그래서 두 사람은 보석상에게 목걸이를 팔지 말고 3일만 기다려달라고 신신당부했다. 그리고 만약 잃어버린 목걸이를 2월 말 전에 되찾게 된다면 3만 4천 프랑에 다시 사달라는 조건도 내걸었다.

루아젤에게는 아버지가 남겨준 만 8천 프랑이 있었다. 모자라는 돈은 빌렸다.

그는 이 사람에게는 천 프랑을, 또 다른 사람에게는 500프랑을, 여기서 5루이를, 저기서 3루이를 빌려달라고 부탁했다. 그는 어음을 발행했고, 파산을 무릅쓰고 저당을 잡혔으며, 고리대금업자들과 온갖 종류의 대금업자들을 상대했다. 그는 말년의 삶 전체를 위험으로 몰아넣었고, 약속을 지킬 수 있을지 알 수조차 없으면서도 서명을 감행했고, 미래에 대한 불안과 앞으로 닥쳐올 끔찍한 가난과 온갖 물질적 결핍과 온갖 정신적 고통에 대한 전망으로 공포에 떨면서 새 목걸이를 찾으러 가서, 보석상의 카운터 위에 3만 6천 프랑을 내려놓았다.

루아젤 부인이 포레스티에 부인에게 목걸이를 갖다주자 포레스티에 부인이 언짢은 표정으로 말했다.

"좀 더 일찍 돌려줬어야지. 내가 목걸이가 필요할 수도 있었잖니."

포레스티에 부인은 보석함을 열어보지 않았는데, 그녀의 친구가 두려워하는 게 바로 열어보는 거였다. 만약 포레스티에 부인이 목걸이가 바뀐 것을 알아차렸더라면 뭐라고 생각했을까? 그녀가 뭐라고 말을 했을까? 그녀를 도둑으로 생각하지 않았을까?

*

루아젤 부인은 가난한 사람들의 끔찍스러운 삶을 겪었다. 그녀는 삶에 영웅적으로 대처해나가기로 했다. 이 무시무시한 빚을 갚아야 했다. 그녀가 갚아나갈 것이다. 하녀를 내보냈다. 집도 이사했다. 지붕 밑 다락방을 빌렸다.

그녀는 살림이 요구하는 막노동, 끔찍스러운 부엌일을 몸소 겪게 되었다. 기름으로 끈적거리는 도기들과 냄비 바닥에 자신의 분홍색 손톱을 상해가면서 설거지를 했다. 더러운 속옷과 셔츠, 행주에 비누칠을 해서 빨랫줄에 널어 말렸다. 매일 아침 쓰레기를 들고 내려가 거리에 내놨고 층계참마다에서 멈춰 숨을 몰아쉬어 가면서 물을 길어다 올려놨다. 서민계급 여자처럼 옷을 입고 팔에 바구니를 걸고 과일가게로, 정육점으로, 빵집으로 가서 흥정을 하고, 상욕을 들어먹으면서도 보잘것없는 푼돈을 한 푼이라도 아끼려고 들었다.

매달 어음을 갚고 어음을 갱신하고 시간을 벌어야했다.

남편 역시 퇴근 후에는 상인들의 장부 정리 일을 맡아서 했고, 밤에는 장당 5수를 받고 서류를 대신 작성해주는 일을 했다.

이런 삶이 10년 동안 지속됐다.

10년이 흐른 뒤 부부는 전부 다, 이자와 누적 이자까지 포함해서 전부 다 갚았다.

루아젤 부인은 이제는 나이가 들어 보였다. 그녀는 억세고 무뚝뚝하고 거센, 가난한 가정의 주부가 되었다. 제대로 빗질하지 않은 머리에 치마는 아무렇게나 돌아가 있고 두 손은 빨갛게 튼 모습으로 커다란 목소리로 말을 했고, 물을 펑펑 써가면서 바닥 청소를 했다. 하지만 남편이 출근하고 나면 가끔씩 창가에 앉아서 예전의 그 야회를, 그 무도회를, 그녀가 그렇게나 아름다웠고 그토록 환영을 받았던 그때를 떠올렸다.

그 목걸이를 잃어버리지 않았더라면 어떻게 되었을까? 누가 알까? 그 누가? 인생이란 얼마나 기이하고 변화무쌍한지! 아주 사소한 걸로 파멸에 이를 수도, 혹은 구원을 받을 수도 있다니!

*

그런데, 어느 일요일, 그녀는 평일의 고된 노동에서 벗어나 휴식을 취하려고 샹젤리제로 산책을 하러 나갔다가 갑자기 아이를 데리고 산책을 하는 어떤 여인을 보게 됐다. 여전히 젊고, 여전히 아름답고, 여전히 매혹적인 포레스티에 부인이었다. 루아젤 부인의 마음은 격렬하게 흔들렸다. 그녀가 말을 걸려나? 당연히 그렇다. 모든 빚을 갚은 지금 전부 다 말해주리라. 그러지 않을 이유가 있겠는가?

그녀가 다가갔다.

"오랜만이야, 잔."

상대방은 누군지 전혀 알아보지 못하고, 서민층 아낙네가 이처럼 친근하게 자기 이름을 부른 것에 몹시 놀랐다.

"글쎄요…… 부인! 누구신지…… 사람을 잘못 본 모양이군요."

"아니. 나 마틸드 루아젤이야."

그녀의 친구가 비명을 질렀다.

"오! ……이런 마틸드, 왜 이렇게 변했어!"

"그래, 널 만나지 않은 뒤로 힘든 날들을 보냈단다. 그리고 가난도 알았지……. 이게 다 너 때문이야!"

"나 때문이라니…… 어째서?"

"문교부 장관이 베푼 연회에 가려고 네게서 빌렸던 그 다이아몬드 목걸이 기억하지."

"그래. 그런데?"

"그러니까, 그걸 잃어버렸거든."

"뭐라고! 하지만 네가 돌려줬잖니."

"내가 돌려준 건 똑같아 보이지만 다른 거였어. 그 값을 치르느라 10년이 걸렸단다. 너도 알겠지만 아무것도 가진 게 없는 우리로서는 쉽지 않았거든……. 어쨌든 이젠 다 지난 일이고, 아주 가뿐해."

포레스티에 부인은 굳어버렸다.

"내 목걸이를 대신해서 다이아몬드 목걸이를 샀단 말이야?"

"그럼. 눈치 못 챘지? 정말 비슷했거든."

그러고는 자부심과 순진함이 뒤섞인 미소를 지었다.

감정이 북받쳐 오른 포레스티에 부인이 마틸드의 두 손을 덥석 잡았다.

"오! 어쩌면 좋니, 마틸드! 내 건 가짜였어. 기껏해야 500프랑짜리였다고……!"

전원시
(1884)

모리스 를루아르에게

막 제네바를 떠난 기차가 마르세유로 향하고 있었다. 바위투성이의 굽이치는 해안가를 따라서 바다와 산 사이를 쇠로 만든 뱀인 양 미끄러지다가, 자잘한 파도가 은빛 그물로 가장자리를 수놓는 황금빛 모래톱 위를 구불구불 나아가다가, 짐승이 자신의 소굴로 들어가듯이 갑작스럽게 터널의 컴컴한 아가리 속으로 들어가기도 했다.

기차의 마지막 칸에, 어떤 투실한 여인과 젊은 남자가 아무런 말도 나누지 않고 간간히 서로를 바라보면서 마주 앉아 있었다. 스물다섯 살쯤으로 보이는 여인은 창가 쪽에 앉아 바깥 풍경을 내다봤다. 이탈리아 북부 농촌 지역 피에몬테 출신으로 튼실했고, 검은 색 두 눈과 풍만한 가슴, 오동통한 뺨이 눈에 띄었다. 그녀는 보따리 여러 개는 나무 의자 밑으로 밀어 넣고

140

바구니 하나만 무릎 위에 올려놓았다.

젊은 남자로 말하자면, 스무 살가량 되어 보였다. 말랐고, 뙤약볕 아래서 밭일하는 남자들이 흔히 그러듯 검게 타서 그을린 안색이었다. 곁에 놓인 보자기 안에 그의 전 재산이 들어 있었다. 구두 한 켤레, 셔츠 한 장, 속옷 한 장, 윗도리 하나. 그 역시 의자 밑에 뭔가를 숨겨뒀다. 밧줄로 한데 묶은 삽 한 자루와 곡괭이 한 자루였다. 프랑스로 일거리를 찾아 떠나는 길이었다.

하늘 한복판에 걸린 해가 내뿜는 타오르는 열기가 바닷가를 향해 쏟아져 내렸다. 때는 5월이 끝나갈 무렵이어서, 그윽한 향기가 떠돌다가 열어놓은 창을 통해 객실 안으로 뚫고 들어왔다. 꽃을 매단 오렌지나무와 레몬나무가 대기 중에 뿜어내는 무척 달콤하고 강렬하고 관능적인 달달한 향기가 장미향과 뒤섞였는데, 장미는 사방에서 풀이 돋아나듯 철로 변에서도, 화려한 정원에서도, 오막살이 대문 앞에서도, 그리고 들판에서도 자라고 있었다.

장미는 이 해안 지역 어디에서나 보인다! 이곳의 장미들은 그 강렬하고도 가벼운 향내로 이 고장을 가득 메우고, 공기를 달달한 사탕처럼, 포도주보다 더 감미롭고 포도주만큼 취기를 안겨주는 그 무엇으로 만들어버린다.

기차는 마치 이 정원에서, 이 나른함 속에서 꾸물거리고 싶다는 듯 천천히 나아가고 있었다. 기차는 매 순간, 작은 역마다, 몇 번은 흰색의 건물 앞에서도 정차했다가, 한참을 길게 기적을 울린 뒤 다시 그 차분한 속도로 출발했다. 객실 안으로 아무도 들어오지 않았다. 마치 세상사람 전부가 이 따뜻한 봄날 아침에 졸고 있느라 자리를 바꿔볼 생각조차 하지 못하는 것만 같았다.

그 투실투실한 여인은 가끔씩 눈을 감았다가 후다닥 다시 눈을 떴는데, 그때는 바구니가 무릎 위에서 미끄러져 떨어지려는 순간이었다. 그녀는 재빠른 동작으로 바구니를 낚아챈 뒤 잠시 바깥을 내다보다가 다시 까무룩 잠이 들었다. 땀방울이 그녀의 이마에 방울방울 맺혔고, 힘겹게 숨을 쉬는 품이 마치 누군가 숨통을 조여 와서 괴로워하는 것 같았다.

젊은 남자는 고개를 한 옆으로 기울이고 시골 사람답게 깊은 잠에 빠져 있었다.

기차가 작은 역을 출발하자, 갑자기 그 시골 여인이 잠에서 깨어난 듯했다. 바구니를 열더니 빵 한 조각, 삶은 달걀 몇 개, 포도주 한 병, 그리고 자두를, 빨갛게 잘 익은 자두를 몇 개 꺼내어 먹기 시작했다.

이번에는 남자가 갑작스럽게 잠에서 깨어나 그녀를 바라보는데, 무릎에서 입으로 가져가는 한 입 한 입을 놓치지 않았다. 그는 팔짱을 낀 채 눈을 떼지 않았고, 볼은 움푹 들어가고 입은 꾹 다물고 있었다.

그녀는 삶은 달걀이 잘 내려가라고 줄곧 포도주를 꿀꺽꿀꺽 마셔가면서 살집 있는 여인답게 게걸스럽게 먹어치우다가, 잠시 한숨 돌리려고 멈추곤 했다.

빵, 달걀, 자두, 포도주가 몽땅 여인의 배 속으로 사라졌다. 그녀의 식사가 끝나자마자 남자는 다시 눈을 감았다. 그러자 살짝 불편한 느낌이 든 그녀가 블라우스의 단추를 풀었고, 갑자기 남자가 다시 바라봤다.

그래도 그녀는 신경 쓰지 않고 계속해서 단추를 풀었다. 그러자 가슴이 눌려 있던 터라 천이 벌어졌고, 그 틈이 점점 벌어지면서 그 사이로 하얀 색 속옷과 피부가 조금 내보였다.

몸이 훨씬 편해지자 여인이 이탈리아어로 물었다. "너무 더워서 숨쉬기가 힘드네요."

젊은이가 대답을 하는데, 같은 언어에 같은 억양이었다. "여행하기에는 좋은 날씨죠."

그녀가 물었다. "피에몬테 분인가요?"

"아스티 출신이에요."

"난 카살레요."

두 사람의 고향은 이웃해 있었다. 두 사람은 이야기를 나누기 시작했다.

두 사람은 서민들이 끝없이 되풀이하는 평범한 이야기를, 그들의 좁은 시야와 굼뜬 머리에는 충분하다 여겨지는 평범한 이야기를 길게 주고받았다. 그들은 자신들이 살던 곳에 대해 이야기했다. 두 사람이 공통으로 알고 있는 것들이 있었다.

두 사람은 사람들 이름을 대다가, 둘 다 만난 적이 있는 새로운 인물이 나올수록 더욱 친밀감을 느꼈다. 그들의 입에서 빠르고 다급하게, 유성음으로 끝나는 말들이 이탈리아 억양에 실려 튀어나왔다. 그러고 나서 두 사람은 서로 상대방에 대해 알아보기 시작했다.

그녀는 유부녀였다. 벌써 아이가 셋이고, 아이들은 언니에게 맡겼다. 유모 자리가 나서였다. 마르세유에 사는 어떤 프랑스 부인 댁인데, 조건이 좋았다.

그는 일자리를 찾는 중이었다. 마르세유에 가면 일자리가 있을 거라고들 했단다. 그곳에서는 여기저기서 건물들을 짓는 중이니까.

그러고 나서 두 사람은 입을 다물었다.

객실 지붕 위로 쏟아져 내리는 열기가 무시무시해졌다. 먼지구름이 기차 꽁무니에서 떠돌다가 열차 안으로 들어왔고, 오렌지와 장미 향내는 보다 강렬한 풍미를 띠면서 더 짙어지고 더 묵직해진 듯했다.

두 여행객은 다시 잠이 들었다.

두 사람은 거의 동시에 눈을 떴다. 태양이 바다를 향해 떨어지면서 그 푸른 표면을 빛의 소나기로 환히 밝혔다. 공기가 훨씬 선선해져서 보다 가볍게 느껴졌다.

유모 일을 찾아 떠난다는 여인이 앞섶을 풀어헤친 채 가쁜 숨을 쉬어댔다. 뺨이 축 처지고 눈빛이 흐릿했다. 그녀가 고통에 시달린 목소리로 말했다.

"어제부터 젖을 물리질 못했어요. 그래서 이렇게 정신을 못 차리겠네요. 이러다간 기절할 것 같아요."

그는 뭐라고 대답해야 할지를 몰라서 아무런 대답도 하지 않았다. 그녀가 다시 말을 이었다. "나처럼 젖이 나오는 사람은 하루에 세 번 젖을 물려야 한답니다. 그러지 않으면 몸이 편치 않아요. 가슴에 묵직한 물건이 올라앉아 있는 것 같거든요. 그 무게 때문에 숨쉬기도 힘들고 팔다리는 떨어져나가는 것 같죠. 이렇게나 젖이 많이 나는 건 딱한 일이에요."

그가 말했다. "그렇군요. 딱한 일이네요. 괴롭겠어요."

그녀는 실제로 병이 난 것 같았고, 고통에 시달려 실신할 것처럼 보였다. 그녀가 중얼거렸다. "살짝 눌러만 주면 젖이 샘솟 듯 하는데. 정말이지 보고 있으면 신기해요. 믿기 힘들겠지만. 카살레에서는 이웃들이 전부 다 날 보러 왔답니다."

그가 말했다. "아! 정말요."

"그럼요, 정말이죠. 보여드리고 싶지만, 그렇게 해봤자 내겐 아무 도움도 안 되니까. 그런 식으로는 충분히 젖을 빼내지 못하거든요."

그러고는 입을 다물었다.

열차가 작은 역에서 멈춰 섰다. 철책 곁에 서 있는 어떤 여자가 울고 있는 어린 아이를 안고 있었다. 여자는 말랐고 누더기 차림이었다.

유모가 그녀를 바라봤다. 그녀가 동정하는 어투로 말했다. "저기 또 한 명 내가 도와줄 수도 있을 사람이 있군요. 저 어린 아기 역시 나를 도와줄 수 있을 텐데. 봐요, 난 부자가 아니랍니다. 자리 잡아 보겠다고 집도, 가족도, 막내둥이도 두고 떠나니까요. 하지만 저 아이를 10분이라도 데리고서 젖을 물릴 수 있다면 5프랑이라도 기꺼이 주겠어요. 그럴 수만 있으면 아이도 나도 진정이 될 텐데. 죽었다가 살아난 느낌이 들겠죠."

그녀가 다시 입을 다물었다. 그러더니 진땀이 흐르는 이마에 여러 번 뜨거운 손을 갖다 댔다. 그러더니 신음 섞인 소리를 냈다. "더는 못 참겠어. 이러다가 죽을 것 같아." 그러더니 무의식적인 손길로 옷을 완전히 풀어헤쳤다.

오른쪽 젖이, 거대하고 팽팽하게 부푼 데다 갈색의 산딸기 같은 젖꼭지가 솟은 젖이 드러났다. 가여운 여인은 끙끙거렸다. "아! 하느님! 아! 하느님! 어찌지?"

기차가 다시 움직이기 시작했고, 꽃들이 내뿜는 향기가 온화한 밤공기를 뚫고 퍼져나가는 사이로 계속해서 달려갔다. 가끔, 고깃배 한 척이 푸른 바다 위에서 잠이 든 듯 보였고, 그 배에 달린 꼼짝 않는 흰 돛이 물속에 비치는 바람에 또 다른 배가 머리부터 거꾸로 물 위에 떠 있는 것 같았다.

젊은이가 당혹스러운 얼굴로 더듬거리며 말했다. "저 내가…… 도움이 될 수도……"

그녀가 기진맥진한 목소리로 대답했다. "그렇다면야. 내게 무척 도움이 될 거예요. 더는 못 견디겠어요. 더는."

그가 그녀 앞에 무릎을 꿇었다. 그녀는 그에게로 몸을 숙이며 유모가 그러듯이 짙은 색의 젖꼭지를 남자의 입으로 가져갔다. 남자에게 젖을 내미느라고 두 손으로 젖을 잡기만 했는데도 벌써 젖이 한 방울 가슴 끝에 맺혔다. 그가 이 묵직한 젖가슴이 과일인 양 입술로 물면서 그 한 방울을 급히 삼켰다. 그리고는 탐욕스럽게, 규칙적으로 젖을 빨기 시작했다.

그는 두 팔을 여인의 허리에 둘렀고 여인을 다붙게 하려고 바싹 끌어당겼다. 그는 젖 빠는 아이들이 그러듯이 목울대를 울리며 쭉쭉 젖을 빨아 마셨다.

갑자기 그녀가 말했다. "이쪽은 됐어요. 이젠 다른 쪽을 하죠."

그러자 그가 고분고분 다른 쪽 젖을 잡았다.

그녀는 남자의 등에 두 손을 올려놓은 상태였다. 기차가 달리면서 객실 안으로 바람이 들어왔고, 이제 그녀는 그 바람에 뒤섞인 꽃향기를 기운차고 행복하게 들이마셨다.

그녀가 말했다. "이 근처는 향내가 아주 좋군요."

그는 여전히 이 육신의 샘물을 마시느라, 그리고 그 맛을 더 잘 음미하기라도 하려는 듯 두 눈을 감고 아무런 대답도 하지 않았다.

하지만 그녀가 부드럽게 그를 밀어냈다.

"이젠 됐어요. 훨씬 낫군요. 이제 좀 제정신이 드네요."

그가 손등으로 입술을 훔치면서 몸을 일으켰다.

그녀가 가슴을 부풀어 오르게 하는 살아 있는 두 개의 수통을 옷 속으로 다시 집어넣으면서 말했다.

"정말이지 엄청난 도움이 됐어요. 고맙습니다."

그가 감사의 어조로 대답했다.

"고마워해야 할 사람은 나예요. 이틀 전부터 먹은 게 아무것도 없었답니다."

귀향

(1884)

짧게 부서지는 파도가 계속해서 지루하게 해변을 후려친다. 세차게 불어오는 바람에 휩쓸린 하얗고 작은 구름들이 가엾이 펼쳐진 새파란 하늘을 새처럼 빠르게 스쳐간다. 뜨거운 햇살에 달구어진 마을은 바다를 향해 뻗어 내린 계곡 사이에 있다.

마르탱-레베스크네 집은 마을 초입, 길가에 홀로 서 있다. 자그마한 어부의 가옥으로, 흙벽에 초가지붕이고, 지붕에는 치장이라도 하려는 듯 파란 붓꽃이 돋아 있다. 문 앞에 자리한 손수건만 한 크기의 뜰에서는 양파, 양배추 몇 개, 파슬리 종류가 자란다. 뜰은 길을 따라 세워진 울타리에서 끝난다.

집주인은 바다에 나가 고기를 잡고, 아내는 거대한 거미줄처럼 벽에 펼쳐놓은 커다란 갈색 어망의 그물코를 손질한다. 열네 살짜리 딸아이는 뜰 입구의 밀짚의자에 앉아 울타리에 등을 기댄 채, 속옷, 가난한 사람들의 속옷, 천을 덧대어 이미 기운 적이 있는 속옷을 수선한다. 그보다 한 살 어린 또 다른 여자아이는 아직은 말도 못 하고 마음대로 움직이지도 못 하는 갓난아기를 안고 살살 흔들어준다. 각각 두 살과 세 살인 두 어린아이는 땅바닥에 주저앉아 서로 코를 맞대다시피 한 채, 그 어설픈 손놀림으로 땅을 일구며 서로의 얼굴에 흙먼지를 한 움큼씩 뿌려댄다.

그 누구도 입을 열지 않는다. 그저 재우려고 하는 어린 아기만이 날카롭고 가냘픈 소리로 계속해서 울어댄다. 고양이 한 마리가 창가에서 잠들었다. 꽃무우가 피워낸 흰색 꽃들이 벽 발치에 근사한 둥근 무더기를 이루고, 그 위로 파리 떼가 붕붕거린다.

집 입구 쪽에서 바느질을 하던 여자아이가 갑자기 어머니를 불렀다.

"엄마!"

어머니가 대답했다.

"뭔 일이냐?"

"또 그 사람인데."

어머니와 딸은 아침부터 불안해하던 참이었다. 어떤 남자가 집 주변을 맴돌아서다. 가난한 티가 줄줄 나는 나이 든 남자였다. 배를 타고 바다에 나가는 아버지를 배웅하려고 나가다가 그 사람을 보았다. 그는 대문이 마주 보이는 곳 길가에 앉아 있었다. 두 여자가 바닷가에서 돌아올 때도 여전히 그자리에서 집을 바라보고 있는 남자가 눈에 띄었다.

남자는 병이 든 것 같았고 몹시 불행해 보였다. 남자는 한 시간이 넘도록 움직이지 않았다. 그러다가 자신을 부랑아 취급한다는 것을 알아차리고, 일어나 다리를 끌며 가버렸다.

하지만 곧 그 사람이 느릿느릿 피로한 걸음걸이로 되돌아오는 모습이 보였다. 그러더니 이번에는 조금 더 먼 곳에 자리 잡았다. 식구들을 엿보기라도 하려는 것 같았다.

어머니와 딸들은 더럭 겁이 났다. 어머니는 천성이 겁쟁이인지라, 그리고 남편 레베스크가 밤이 되어서야 바다에서 돌아올 것이기 때문에 특히나 더 겁을 냈다.

그녀의 남편은 레베스크라고 불렸고 그녀는 마르탱이라고 불렸다. 그래서 사람들은 두 사람에게 한꺼번에 마르탱-레베스크라는 호칭을 붙여줬다. 그 이유는 이렇다. 여자의 첫 번째 결혼 상대자가 매년 여름 뉴펀들랜드로 대구 잡이를 떠나는 마르탱이라는 성을 가진 뱃사람이었다.

결혼하고 나서 2년이 지났을 때, 그녀에게는 딸아이가 한 명 생겼고, 남편을 디에프에서 태우고 출항했던 선박, '두 자매'라는 이름의 삼범선이 실종됐을 당시 그녀의 뱃속에 있는 아기는 6개월에 접어든 때였다.

사라진 배에 관해서는 그 어떤 소식도 들려오지 않았다. 그 배를 탔던 선원들 가운데 그 누구도 돌아오지 않았다. 그래서 사람들은 선원과 화물 모두 가라앉은 걸로 생각했다.

마르탱 부인은 10년 동안 남편을 기다리며 아주 어렵게 두 아이를 키웠다. 그 뒤, 그녀가 꿋꿋하고 무던한 성품인지라, 그 고장의 뱃사람이며 혼자 아들을 하나 키우고 있는 홀아비 레베스크가 그녀에게 청혼을 했다. 둘은 결혼을 했고 그녀는 두 번째 결혼으로 3년 동안 아이 둘을 더 얻었다.

두 사람은 근근이, 열심히 살았다. 빵은 비쌌고 이 집에서 고기가 상에 오르는 일은 거의 없었다. 태풍이 몰아치는 겨울 몇 달 동안은 가끔 빵집에 외상을 지기도 했다. 그래도 아이들은 튼튼했다. 사람들은 이렇게 평했다.

"성실한 사람들이지, 마르탱-레베스크네 사람들 말이야. 마르탱은 힘든 일이 닥쳐도 꿋꿋하게 잘 견뎌내고, 레베스크의 고기 잡는 실력이야 따라갈 자가 없잖은가."

울타리에 기대 앉아 있던 딸아이가 또 말을 꺼냈다.

"우리를 아는가 봐요. 어쩌면 에프르빌이나 오즈보스크에서 온 가난뱅이일지도 몰라요."

하지만 어머니는 속지 않았다. 아니, 아니, 이곳 사람이 아니야. 확실해!

그가 말뚝이라도 된 양 꼼짝도 하지 않자, 그리고 마르탱-레베스크네 집에서 줄곧 눈을 떼지 못하자, 마르탱 부인이 성이 났고, 두려운 나머지 용감해졌는지 삽을 집어 들고 나갔다.

"거기서 뭐하는 거요?" 그녀가 떠돌이에게 소리를 질렀다.

그가 쉰 목소리로 대답했다.

"신선한 공기를 마시지 뭘 하겠나! 내가 댁한테 무슨 잘못이라도 저질렀소?"

그녀가 대꾸했다.

"대체 왜 남의 집 앞에서 염탐질을 하냔 말이오."

남자가 받아쳤다.

"난 아무에게도 해를 끼치지 않는데. 길가에 앉는 것도 허락을 받아야 하오?"

대답할 말이 마땅치 않자 그녀가 집으로 도로 들어갔다.

하루가 느리게 지나갔다. 정오쯤, 남자가 자취를 감췄다.

하지만 오후 5시쯤에 다시 나타났다. 저녁이 되자 모습이 보이지 않았다.

레베스크는 완전히 어두워지고 나서야 돌아왔다. 낮에 있었던 이야기를 듣고서 그는 이렇게 결론을 냈다.

"호기심이 많은 작자든가 짓궂은 작자겠지."

그러고는 아무런 근심 없이 잠자리에 들었다. 반면에 아내는 그렇게나 야릇한 눈으로 자신을 바라봤던 그 부랑아에 대해 깊은 생각에 잠겼다.

날이 밝았다. 바람이 몹시 불었다. 바다로 나갈 수 없겠다는 생각이 든 남편은 아내가 그물 손질하는 것을 도왔다.

9시쯤에 마르탱의 자식인 큰 딸이 빵을 사러 갔다가 겁에 질린 낯빛으로 뛰어 들어오며 소리를 질렀다.

"엄마, 또 그 사람이에요!"

어머니는 충격을 받았고 핏기가 가신 얼굴로 남편에게 말했다.

"가서 그 사람에게 말해줘, 레베스크. 우릴 그런 식으로 엿보지 말라고. 정말이지 불안해서 정신을 못 차리겠어."

불그레한 낯빛에 붉은빛 도는 수염이 무성하고, 검은색 점이 박힌 파란 눈에, 목이 굵고 덩치 좋은 뱃사람 레베스크가, 바다에서 비바람을 만날까 걱정이 되어 늘 입고 있는 모직 윗도리 바람으로, 차분하게 밖으로 나가더니 떠돌이에게 다가갔다.

두 사람은 대화를 나누기 시작했다.

어머니와 아이들은 걱정스러운 마음에 불안에 떨며 멀리서 두 사람을 지켜봤다.

갑자기 낯선 사람이 일어서서 레베스크와 함께 집 쪽으로 걸어왔다.

마르탱 부인은 겁에 질려 뒷걸음질을 쳤다. 남편이 그녀에게 말했다.

"이 사람에게 빵 조금하고 능금주 한 잔 줘. 그저께부터 아무것도 못 먹었다는군."

두 남자가 같이 집 안으로 들어갔고, 그 뒤를 아내와 아이들이 따랐다. 떠돌이는 자리에 앉아, 모두가 쳐다보는 가운데 고개를 숙이고 먹기 시작했다.

어머니는 서서 떠돌이의 얼굴을 이리저리 뜯어봤다. 마르탱의 자식인 위의 두 딸이, 그중 하나는 막내둥이를 안고서, 문간에 기대어 집어삼킬 듯이 낯선 이를 바라봤고, 두 어린아이도 벽난로의 재를 깔고 앉아서 검은색 솥단지를 갖고 놀기를 멈췄는데, 마치 그들도 이 낯선 사람을 살펴보려는 것 같았다.

레베스크가 의자를 하나 차지하고 앉아서 질문을 던졌다.

"먼 곳에서 오셨소?"

"세트에서 왔소."

"그러니까, 걸어서?"

"그렇지. 걸어서. 돈이 없으면 그래야지."

"대체 어디로 가는 거요?"

"이곳으로 왔잖소."

"여기에 누구 아는 사람이라도?"

"그런 것 같소만."

두 남자는 입을 다물었다. 떠돌이는 굶주렸음에도 불구하고 느릿느릿 음식을 먹었고, 빵을 한 입 삼키고 나면 꼭 능금주를 한 모금 마셨다. 그 사람의 얼굴은 지쳐 보였고, 주름지고, 여기저기 움푹 팬 모습이 고생을 무척 많이 한 듯했다.

레베스크가 불쑥 질문을 던졌다.

"이름이 뭐요?"

그가 얼굴을 들지 않고 대답했다.

"마르탱이오."

어머니는 기이한 전율을 느끼며 몸서리를 쳤다. 좀 더 가까이에서 떠돌이를 보려는 듯 한 걸음 앞으로 내딛더니, 두 팔을 축 늘어뜨리고 입을 벌린 채 그와 마주했다. 아무도 더 이상 말을 하지 않았다. 마침내 레베스크가 다시 말을 이었다.

"이곳 출신이오?"

_그_가 내답했다.

"이곳 출신이오."

드디어 그 남자가 고개를 들자 여자의 눈과 그의 눈이 서로 만났고, 두 눈길은 서로에게 묶이기라도 한 양 얽힌 채 움직일 줄을 몰랐다.

갑자기 그녀가 달라진 목소리로, 낮고 떨리는 목소리로 말을 했다.

"당신이야, 여보?"

그가 느린 목소리로 말했다.

"그래, 나야."

그는 움직이지 않고 계속해서 빵을 씹었다.

감정적으로 동요됐다기보다는 깜짝 놀란 레베스크가 더듬거리며 말했다.

"자네가 마르탱이라고?"

상대방이 간단하게 답했다.

"그래, 날세."

두 번째 남편이 물었다.

"대체 어디서 오는 건가?"

첫 번째 남편이 이야기를 시작했다.

"아프리카 해안에서. 암초에 걸려서 배가 가라앉았지. 우리 셋만, 피카르, 바티넬, 그리고 나, 이렇게 셋이서 탈출을 했어. 그러다가 야만인들에게 잡히는 바람에 12년 동안 발이 묶였더랬지. 피카르와 바티넬은 죽었고. 어떤 영국인 여행가가 지나다가 나를 구해내서 세트로 데려다줬지. 그래서 지금 여기까지 온 거고."

마르탱 부인이 앞치마에 얼굴을 묻고 눈물을 흘리기 시작했다.

레베스크가 입을 열었다.

"이제 와서 뭘 어쩌지?"

마르탱이 물었다.

"남편이 자네인가?"

레베스크가 대답했다.

"그래, 나야."

두 사람은 서로를 바라봤고 입을 다물었다.

마르탱이 자신을 둘러싼 아이들을 바라보다가 위의 두 딸을 고갯짓으로 가리켰다.

"내 아이들인가?"

레베스크가 말했다.

"자네 아이들일세."

그는 일어서지 않았다. 아이들을 안아주지도 않았다. 그저 이렇게 말했다.

"세상에. 정말 많이 컸군!"

레베스크가 같은 말을 또 했다.

"이제 어쩌지?"

마르탱 역시 당혹스러워하며 어쩔 줄을 몰랐다. 마침내 그가 마음을 정했다.

"자네 원하는 대로 하겠네. 자네에게 해를 끼치고 싶진 않아. 어쨌든, 집은 말이야, 이건 좀 곤란해. 내겐 아이가 둘이고 자네에겐 셋이지. 자기 아이들은 각자 데려가지. 그런데 애들 엄마는, 자넨가, 난가? 그 문제는 자네 좋을 대로 하게. 하지만 집은 내 걸세. 아버지가 물려주셨고 난 이곳에서 태어났으니. 공증인에게 등기가 있어."

마르탱 부인은 여전히 울고 있었고 간간히 파란색 천의 앞치마 사이로 억눌린 흐느낌이 튀어나왔다. 위의 두 딸은 가까이 다가와서 불안한 마음으로 자기들의 아버지를 지켜보았다.

그가 식사를 마쳤다. 이번에는 그가 말했다.

"이제 우리 어째야 할까?"

레베스크에게 어떤 생각이 떠올랐다.

"신부님을 만나러 가세. 결정을 내려주시겠지."

마르탱이 일어섰고, 그가 다가가자 그의 아내가 흐느끼며 그의 품에 몸을 던졌다.

"여보! 당신이구려! 마르탱, 가여운 마르탱, 당신이구려!"

그러더니 그녀는 남편을 꼭 끌어안았고, 그러자 갑작스레
이전의 시간이 뇌리를 스쳐가며, 물밀 듯이 밀려오는 20대와
첫 포옹의 추억에 감정이 치받쳤다.

마르탱도 울컥해서 아내의 머릿수건 위에 입맞춤을 했다.
벽난로에서 놀던 아이 둘이 어머니가 우는 소리를 듣고서 덩달
아 울부짖기 시작했고, 마르탱의 둘째 딸이 안고 있던 막내둥
이도 피리 소리처럼 날카로운 소리를 질러댔다.

레베스크는 서서 기다려줬다.

"자." 그가 말했다. "이젠 정리해야지."

마르탱이 아내를 놔주고 두 딸을 바라보자, 어머니가 딸들
에게 말했다.

"아버지에게 인사는 해야지."

마른 눈으로 지켜보던 두 딸이 놀라고 조금은 두려워하는
표정으로 다가갔다. 그가 촌사람답게 요란스레 두 아이의 뺨에
차례차례 입을 맞췄다. 안겨 있던 막내둥이는 그 낯선 사람이
다가오는 것을 보고 어찌나 날카롭게 울어댔는지 몸에 경련이
일 정도였다.

그러고 나서 두 남자가 함께 나갔다.

두 남자가 코메르스 카페 앞을 지나갈 때 레베스크가 물었
다.

"한 잔 어떤가?"

"좋지." 마르탱이 말했다.

두 사람은 카페로 들어가서 비어 있는 자리에 앉았고, 레베스크가 소리를 질렀다.

"어이! 쉬코, 브랜디 두 잔 줘. 좋은 걸로. 마르탱이 돌아왔어. 내 마누라의 전 남편 있잖은가. 두 자매 호를 타고 나갔다가 실종됐던 마르탱이라고."

배가 나오고 혈색이 좋고 뒤룩뒤룩 살이 찐 술집 주인이 한 손에 세 개의 잔을 들고, 다른 손에는 물병을 들고서 다가오더니, 차분한 태도로 물었다.

"저런! 그러니까, 자넨가, 마르탱?"

마르탱이 대답했다.

"그래, 날세……!"

벨옴 영감과 벌레
(1884)

르아브르에서 출발하는 승합마차가 크리크토를 떠나려는 참이었다. 여행객들은 전부 다 말랑댕 2세가 운영하는 코메르스 호텔 앞뜰에 모여, 자기 이름을 부르기만을 기다리고 있었다.

노란색 차체가 이전에는 그 또한 노란색이었으나 진흙이 겹겹이 쌓인 결과 이제는 거의 회색빛에 가까워진 마차 바퀴 위에 올라 앉아 있었다. 앞바퀴는 아주 작고 뒷바퀴는 간들간들하니 높이 솟았는데, 뒷바퀴 사이로 짐승의 배처럼 불룩하고 형체가 찌그러진 마차 트렁크가 자리했다. 보자마자 거대한 머리통과 둥글고 커다란 무릎 뼈가 확 눈에 띄는 세 마리 늙다리 말들이 삼각편대를 이루며 매여 있었는데, 바로 이 말들이 구조와 외양에 있어서 뭔가 기형적으로 보이는 이 마차를 끌기로 되어 있었다. 이 괴상망측한 마차 앞에 자리 잡은 말들은 벌써 잠이 든 것 같았다.

　마부인 세제르 오를라빌이 손등으로 입을 훔치면서 호텔 문간에 모습을 드러냈다. 그는 배가 나온 키 작은 남자였지만, 늘 마차 바퀴를 기어오르고 지붕 위 좌석으로 올라가는 생활을 하다 보니 몸이 유연했고, 들판을 달리며 바깥바람을 쐬고 비와 돌풍에 시달리고 한 잔씩 걸치곤 한 결과 얼굴은 불그레했으며, 바람과 우박을 맞다보니 두 눈을 끔뻑거리게 된 인물이다. 시골 아낙네들은 겁에 질린 닭들이 잔뜩 들어 있는 둥그렇고 커다란 바구니들을 발치에 놔둔 채, 꼼짝 않고 서서 기다리고 있었다. 세제르 오를라빌이 바구니들을 하나하나 들어서 마차 지붕 위로 올렸다. 그러고는 달걀이 들어 있는 바구니들은 보다 조심스럽게 올려놨다. 그 다음으로, 손수건이나 천 조각 혹은 종이로 싼 작은 꾸러미들과 곡식 자루들을 밑에서 던져 올렸다. 그러더니 마차 뒷문을 열고 주머니에서 명단을 꺼내어 이름을 부르기 시작했다.

　"고르쥐빌의 신부님."

　사제가 앞으로 나섰다. 키 크고 건장하고 풍채 좋고 살집 있는 인물로, 보랏빛 도는 얼굴에 친절해 보였다. 그가 발을 들어 올리려고, 여자들이 치마를 걷어 올리듯이 수단을 걷어 올리고는 마차에 올랐다.

　"롤보스크 레 그리네의 초등학교 선생님?"

　무릎까지 내려오는 프록코트 차림의 기다랗고 소심해 보이는 남자가 서둘렀고 곧 그의 모습이 열린 문 안으로 사라졌다.

"푸아레 영감, 두 자리."

푸아레 영감이 나섰다. 키가 크고, 쟁기질로 몸이 휘고 굽었으며, 잘 먹질 않아서 말랐고, 뼈가 드러났으며, 씻기를 게을리해서 피부가 건조했다. 그의 아내가 그 뒤를 따르는데, 자그마하고 마른 모습이 꼭 기력이 쇠한 암염소 같았고, 두 손에는 거대한 녹색 우산을 들었다.

"라보 영감, 두 자리."

쉽게 당황하는 성격인지라 라보가 머뭇거리다가 물었다. "날 부른 게 맞나?"

"얍삽"이라는 별명이 있는 마부가 막 익살을 떨려는 참에, 배는 나무통처럼 커다랗고 둥글고, 손은 빨랫방망이처럼 넓적한 데다, 건장하고 떡 벌어진 체격에 쾌활한 성격인 그의 아내가 떠밀어대는 바람에 라보 영감이 앞으로 고꾸라지다시피 하면서 마차 문을 향해 머리를 들이밀었다.

라보 영감은 쥐구멍으로 찾아들어가는 쥐처럼 마차 안으로 다급히 들어갔다.

"카니보 영감."

이번에는 황소보다도 더 육중해 보이는 뚱뚱한 농부가 완충장치의 용수철을 휘어놓으며 노란색 차체 안으로 빨려 들어갔다.

"벨옴 영감."

껑충하고 삐쩍 마른 벨옴 영감이 목을 비스듬히 틀고 편치 않은 표정으로 다가왔는데, 마치 이가 아픈 사람처럼 귀에 손수건을 대고 있었다.

모두들 검은색 혹은 초록색 나사로 만든 구닥다리 스타일의 야릇한 윗도리, 그러니까 르아브르의 길거리에서 발견할 만한 예복들 위에 푸른색 작업복을 걸쳤다. 머리에는, 노르망디 지역에서라면 최고의 우아함으로 통하는 탑처럼 높다란 비단 모자를 썼다.

세제르 오를라빌은 승합마차의 문을 닫고 자기 자리로 오른 뒤, 채찍을 내려쳤다.

세 마리 말들이 화들짝 잠에서 깬 듯 목을 움직거리는 통에 목에 매단 방울 소리가 희미하게 들려왔다.

그러자 마부가 "이랴!" 목청껏 소리를 지르며 팔을 휘둘러 말들에게 힘껏 채찍질을 했다. 움직이려고 애를 쓰던 말들이 드디어 절뚝절뚝 느릿느릿 길을 가기 시작했다. 말들 뒤에서는 덜렁거리는 유리창과 완충 장치의 용수철들이 마구 흔들리면서 삐걱대는 소리와 덜컹거리는 소리가 요란하게 났고, 좌석에 일렬로 앉아서 마차가 요동칠 때마다 이리로 저리로 휩쓸리는 승객들의 모습은 마치 바닷물이 밀려왔다 밀려가는 모습과 흡사했다.

처음에 승객들은 신부님에 대한 예우 차원에서 이러저런 이야기들을 나누기를 자제하며 입을 다물고 있었다. 그런데 말이 많고 친근한 성격의 신부가 제일 먼저 말을 꺼냈다.

"그래, 카니보 영감님." 그가 말했다. "별고 없으시죠?"

신장이나 두툼한 목덜미나 둥근 배를 봤을 때 사제와 교감하기 가장 좋은 건장한 체격의 촌사람이 미소를 지으며 대답했다.

"그럭저럭이요, 신부님, 그럭저럭. 신부님은요?"

"오, 나야, 늘 그렇듯이 괜찮습니다."

"푸아레 영감님은요?" 신부가 물었다.

"오! 저요. 괜찮겠죠. 금년에는 유채가 영 시원치 않아서. 하지만 다른 게 메꿔주겠죠."

"어쩌겠어요. 날씨가 이 모양이니."

"그렇죠. 날이 영."

"맞아요. 날씨가 마뜩찮으니." 라보 영감의 덩치 큰 아내가 걸걸한 목소리로 맞장구를 쳤다.

그녀는 이웃 마을 사람이어서 신부는 이름만 알고 있던 차였다.

"그러니까 블롱델이 바로 부인이로군요?" 그가 말했다.

"예. 저예요. 라보랑 결혼했죠."

호리호리하고 소심한 라보가 만족스러운 표정으로 미소를 지으며 고개를 숙여 인사를 했다. 어찌나 깊숙이 고개를 숙이는지, 그 모습이 "내가 바로 라보죠. 블롱델이랑 결혼한"이라고 말하는 듯했다.

손수건을 줄곧 귀에 대고 있던 벨옴 영감이 애처롭게도 불쑥 앓는 소리를 내기 시작했다. 그는 자신이 겪는 끔찍스러운 고통을 표현하려고 발로 바닥을 구르며 "에구구⋯⋯ 에구구⋯⋯ 에구구⋯⋯"거렸다.

"이가 아픈 건가요?" 신부가 물었다.

그 촌사람은 잠시 앓는 소리를 멈추고 대답을 했다.

"천만에요⋯⋯ 신부님⋯⋯ 이가 아니고⋯⋯ 귀예요, 귓속."

"귀가 어떻게 됐는데요? 귀지가 쌓였나?"

"글쎄 전혀 모르겠어요. 헛간 짚더미 위에서 자다가 그랬으니, 벌레가 들어갔나 싶어요. 커다란 벌레가."

"벌레라니, 확실합니까?"

"확실하냐고요? 천국이 확실하듯 확실하죠, 신부님. 그놈이 귓속을 갉아먹어댄다니까요. 제 머리통을 파먹어 들어와요, 확실합니다! 제 머리를요. 오! 에고⋯⋯ 에고⋯⋯ 에고⋯⋯"
그러더니 다시 발을 구르기 시작했다.

이 일은 마차에 탄 사람들의 관심을 있는 대로 자극했다. 각자 의견을 냈다. 푸아레는 거미일 거라고, 교사는 애벌레일 거라고 했다. 자신이 6년간 근무했던 오른의 캉프뮈레에서 그런 일을 이미 한 번 본 적이 있다고도 했다. 심지어 그 애벌레가 머리로 올라갔다가 코로 나왔단다. 그 일을 겪은 사람은 한쪽 귀가 멀고 말았는데, 왜냐하면 애벌레가 고막을 뚫어서였단다.

166

"차라리 기생충이 아닐까요." 신부가 말했다.

맨 마지막으로 마차에 올랐던 벨옴 영감은 머리를 한 옆으로 기울여 문에 기댄 채 끙끙거렸다.

"오! 에구…… 에구…… 에구…… 개미인가 봅니다. 이렇게 물어대는 걸 보니, 커다란 개미요. 아이고, 신부님, 그놈이 펄쩍거리네요…… 펄쩍거려…… 오! 에구구…… 에구구…… 에구구…… 이럴 수가……!"

"의사는 만나봤어?" 카니보가 물었다.

"천만에, 안 만났지."

"아니, 왜?"

의사에 대한 두려움이 벨옴 씨의 병을 낫게 했나 보다.

그가 몸을 바로 세우더니 귀에 대고 있던 손수건을 치웠다.

"왜라니? 자네는 그런 게으름뱅이들에게 쓸 돈이 있단 말인가? 한 번 가면, 두 번, 세 번, 네 번, 다섯 번을 가게 되지! 그러면 2에퀴라네, 2에퀴, 뻔하지 뭐……. 의사가 뭘 할 수 있을까? 응? 말해보라고, 그런 게으름뱅이가, 뭘 해줄 수 있겠는가? 어디, 자네는 아는가?"

카니보가 웃었다.

"모르지, 나야. 그런데 이렇게 어딜 가는 건가?"

"르아브르에. 샹브를랑한테 가보려고."

"샹브를랑? 그게 누군데?"

"치료사지."

"치료사 누구?"

"우리 아버지 고쳐준 치료사야."

"자네 아버지?"

"그래, 우리 아버지. 예전에."

"자네 아버지가 무슨 병이셨는데?"

"등에 바람이 들어서 팔도 다리도 움직이질 못하셨거든."

"그래서 그 샹브를랑이린 작자가 뭘 해줬는데?"

"등을 주물렀지. 꼭 빵 반죽하듯이 두 손으로 말이야! 몇 시간 지나니까 낫더라고."

벨옴 영감은 샹브를랑이 주문도 걸었다는 게 생각났지만 감히 신부 앞에서 그런 말은 하지 못했다.

카니보가 웃으면서 말을 이었다.

"혹시 귓속에 든 게 토끼는 아니고? 덤불처럼 우거진 털을 보고, 토끼란 놈이 지 굴로 생각했을 수도 있다고. 잠깐, 내가 그놈이 뛰쳐나오게 해보지."

그러더니 카니보가 두 손을 확성기처럼 모으고는 사냥감을 쫓는 사냥개가 짖어대는 소리를 흉내 내기 시작했다. 낑낑거리다가, 격렬하게 짖다가, 구슬프게 울다가, 다시 짖어댔다. 승객들 모두 웃기 시작했다. 웃는 법이 없는 교사까지도.

하지만 사람들이 자기를 놀린다고 생각한 벨옴이 화가 난 듯했기에, 신부가 화제를 돌려 라보의 건장한 아내에게 말을 걸었다.

"식구가 많지 않습니까?"

"맞아요, 신부님……. 키우기가 어찌나 힘든지!"

라보가 고개를 주억거렸다. '오! 그럼요, 키우기가 아주 힘들죠'라고 말하는 듯했다.

"자녀분이 몇 명인가요?"

그녀가 커다랗고 또렷한 목소리로 단호하게 답했다.

"열여섯이랍니다, 신부님! 열다섯 명은 지금 남편에게서 낳은 아이들이고요!"

라보가 고개를 주억거리며 보다 뚜렷한 미소를 지었다. 그혼자서 열다섯을 만들었단다, 라보 영감 그가! 그의 아내가 그렇게 털어놓지 않았는가! 그러니 의심할 여지란 조금도 없다. 라보 영감은 그걸 자랑스러워했다. 그렇고말고!

나머지 한 아이는 누구 자식일까? 그녀는 그 이야기는 하지 않는다. 아마 첫 아이였겠지? 사람들은 알고 있는 것 같다. 놀란 기색이 조금도 없는 걸 보니. 카니보 영감도 태연했다.

그런데 벨옴 영감이 다시 앓는 소리를 내기 시작했다.

"오! 에고…… 에고…… 에고…… 귓속을 후벼 파는군…… 오! ……이럴 수가!"

마차가 폴리트 카페에서 멈췄다. 신부가 말했다.

"귓속으로 물을 조금 흘려 넣으면 그놈이 나올지도 모르잖습니까. 한번 해보렵니까?"

"물론! 해볼랍니다."

승객들이 전부 시술 참관을 위해 마차에서 내렸다.

신부가 대야와 수건, 그리고 물을 한 잔 청했다. 신부는 교사에게 환자의 머리를 한쪽으로 기울어지게 잡고 있다가 물이 귓속으로 들어가자마자 재빨리 반대로 뒤집어달라고 부탁했다.

하지만 맨눈으로 벌레를 발견할 수 있을지 알아보려고 이미 벨옴 씨의 귓속을 들여다봤던 가니보는 이렇게 외쳤다. "기가 막혀서, 귀지가 마멀레이드 같더라니까! 이보게, 그것부터 파내야지. 그래 갖고서야 자네의 토끼가 어디 그 끈적이는 잼을 뚫고 나올 수가 있겠는가. 네 발이 들러붙었을 텐데."

이번에는 신부가 벨옴 씨의 귓속을 들여다봤고 벌레를 내몰려는 시도를 하기에는 끈적거리는 귀지가 잔뜩 막아선 통로가 너무 좁다는 사실을 인정하지 않을 수 없었다. 성냥과 헝겊 조각을 들고 이 통로를 치워준 것은 교사였다. 그러자 모두 다 근심스럽게 바라보는 가운데, 신부가 깨끗이 청소된 귓속으로 반 컵 분량의 물을 부었고, 그러자 그 물이 벨옴 씨의 얼굴과 머리카락과 목으로 흘러내렸다. 곧 교사가 마치 머리통을 뽑아버리기라도 할 기세로 재빨리 대야를 향해 머리를 돌렸다. 흰색 대야로 물 몇 방울이 떨어졌다. 승객들이 모두 급하게 몰려들었다. 하지만 벌레라고는 보이지 않았다.

하지만 벨옴 영감은 이렇게 말했다. "이젠 아무것도 없는 것 같아요." 그러자 의기양양해진 신부가 외쳤다. "물에 빠져 죽었겠죠." 모두 만족스러워하며 다시 마차에 올랐다.

하지만 마차가 움직이자마자 벨옴 영감이 무시무시한 비명을 질러댔다. 벌레가 다시 깨어났고 약이 바짝 오른 모양이었다. 벨옴 영감은 심지어 그 벌레가 이제 머리로 올라가서 뇌를 갉아먹는다고까지 단언했다. 벨옴 영감이 어찌나 몸을 비비 꼬면서 울부짖던지, 푸아레 영감의 아내는 벨옴 영감이 마귀 들렸다는 생각에 울며 성호를 그어대기 시작했다. 그러다가 고통이 조금 가라앉자 환자가 그놈이 귓속을 돌아다닌다고 말했다. 그가 눈으로 직접 보고, 눈으로 그 움직임을 좇기라도 하는 것처럼, 손가락으로 벌레의 움직임을 따라갔다. "이런, 놈이 다시 기어오르는군요…… 에구구…… 에구구…… 에구구…… 이럴 수가!"

카니보가 초조해했다. "물 때문에 날뛰는 모양이야, 그놈이. 어쩌면 놈은 포도주에 더 익숙한지도 모른다고."

사람들이 다시 웃기 시작했다. 그가 다시 말을 이었다. "부르뵈 카페에 도착하거든, 놈에게 화주를 좀 줌세. 그러면 안 움직일 걸. 내 장담하네."

하지만 벨옴 영감은 더 이상 고통을 견디지 못했다. 마치 누군가 그에게서 영혼을 잡아 뽑기라도 하듯 소리를 지르기 시작했다. 신부가 그의 머리를 누르고 있어야만 했다. 마부 세제르 오를라빌은 어떤 집이든 처음 나오는 집 앞에 세워달라는 부탁을 받았다.

길가에 서 있는 농가가 나타났다. 벨옴 영감은 그 집으로 실려 갔다. 사람들이 다시 시술을 해보려고 부엌 식탁 위에 그를 눕혔다. 카니보는 계속해서 물에 화주를 섞자고, 그러면 놈이 술에 취해서 잠이 들든가 어쩌면 죽을 지도 모른다고 충고했다. 하지만 신부는 식초를 택했다.

이번에는 촛물이 귀 안쪽까지 흘러들어가도록 한 방울 한 방울 씩 흘려 넣은 뒤 놈이 살고 있는 귀 안에 촛물이 몇 분간 머무르게 가만 놔뒀다.

다시 대야를 갖고 오자, 건장한 두 남자인 신부와 카니보가 벨옴 영감을 대번에 뒤집어버렸고, 교사는 그 와중에 아픈 귀를 말끔하게 비우려고 멀쩡한 쪽 귀를 손가락으로 탁탁 두들겨 줬다.

세제르 오를라빌마저도 손에 채찍을 든 채 구경을 하려고 들어왔다.

그런데 대야 바닥에서 갈색 점 하나가 갑자기 눈에 띄었다. 양파 씨앗보다도 크지 않았다. 하지만 그게 움직거리지 않는가. 벼룩이었다! 놀라움의 목소리가 여기저기서 솟구치더니 다 같이 웃음을 터뜨렸다. 아니, 벼룩이잖아! 아! 고놈 참 실하네, 아주 실해! 카니보는 허벅지를 쳐가며 웃어댔고 세제르 오를라빌은 채찍을 탁탁 내리치며 웃어댔다. 신부는 당나귀 울음소리 같은 폭소를 터뜨렸고, 교사는 재채기를 하듯 웃었으며, 부인네 둘은 꼬꼬거리는 암탉처럼 작게 즐거운 웃음소리를 흘렸다.

벨옴 영감은 식탁 위에 앉아 무릎 위에 대야를 올려놓고서, 진중한 관심을 보이며, 그리고 즐거움이 섞인 분노를 느끼며, 물속에서 맴도는 정복당한 작은 해충을 지켜봤다.

그가 으르렁거렸다. "너구나, 요 고얀 것." 그러고는 그 위에 침을 탁 뱉었다.

마부가 기뻐 날뛰며 똑같은 말을 되뇌었다. "벼룩 한 마리, 벼룩 한 마리라니, 아! 너였구나, 그 대단한 벼룩이, 대단한 벼룩이야, 대단한 벼룩!"

그러다가 조금 진정이 되자 그가 외쳤다. "자, 떠나자고요! 시간을 너무 많이 흘려보냈네."

여전히 웃어대면서 승객들이 마차를 향해 걸어갔다.

하지만 맨 마지막에 따라오던 벨옴 영감이 이렇게 말했다.

"난 크리크토로 돌아가겠네. 이제 르아브르에 가서 할 일이 없어졌거든.

마부가 받아쳤다. "말도 안 되는 소리. 자릿값을 내야지!"

"반만 주겠네. 아직 중간도 가지 않았으니까."

"전부 다 지불해야지. 끝까지 가겠다고 예약을 했잖아."

작게 시작된 말다툼이 점점 격렬한 말싸움으로 바뀌어갔다. 벨옴 영감은 20수만 내겠노라 고래고래 소리를 질렀고 세제르 오를라빌은 40수를 받아야겠노라 다짐했다.

두 사람이 코가 맞닿을 듯한 자세로 서로를 째려보며 고함을 질러댔다.

카니보 영감이 다시 내렸다.

"이보게, 우선 자넨 신부님께 40수를 드리라고. 알겠나. 그 다음에 모든 사람들에게 한 잔씩 돌려야지. 그러면 다 합해서 55수야. 그리고 세제르에게는 20수를 주고. 그럼 됐지, 이 얍삽한 인간아!"

벨옴 영감이 3프랑 75수를 내놓게 생긴 걸 보고 기분이 좋아신 마부가 내답했다. "난 좋아!"

"자, 돈을 내라고."

"천만에. 우선, 신부님은 의사가 아니고."

"자네가 돈은 안 내고 계속 버티면, 다시 마차에 태워서 르아브르까지 데리고 가지."

건장한 카니보 영감이 벨옴 영감의 허리춤을 움켜쥐더니 어린아이처럼 달랑 쳐들었다.

상대방은 자신이 이길 수 없음을 깨닫자 돈주머니를 풀고 돈을 냈다.

그런 다음 마차는 다시 르아브르를 향해 움직이기 시작했고, 벨옴 영감은 크리크토를 향해 발걸음을 돌렸다. 이제 조용해진 여행객들은 희끄무레한 길 위를 걸어가는 촌영감의 파란색 작업복 자락이 기다란 다리 위에서 나풀거리는 것을 다 같이 지켜봤다.

투안 영감

(1885)

I

그는 인근 10리외 떨어진 곳에까지 알려진 인물로서, 투안 영감, 뚱보 투안, '내 브랜디' 투안, 이른바 화주(火酒) 앙투안 마슈블레, 투른방의 술집 주인 등으로 불린다.

바다로 향해 뻗어 내려가는 골짜기 틈새에 푹 파묻힌 마을, 노르망디식 가옥 열 채가 좁고 긴 골짜기들과 나무들에 둘러싸여 있는 이 보잘것없는 시골 마을이 유명해진 것도 투안 영감 덕분이다.

이 지역에 투른방이라는 이름이 붙게 만든 굽이를 돌아가면 수풀과 가시양골담초로 뒤덮인 골짜기가 나오고, 거기 그 골짜기 속에 집들이 웅크리듯 들어앉아 있었다. 폭풍우가 몰아치면 새들이 밭고랑 속에 몸을 숨기듯이, 화마(火魔)처럼 갉아먹고 불태우며 겨울 서리처럼 황량하고 황폐하게 만드는 세찬 바닷

바람, 난바다에서 불어오는 바람, 혹독하고 소금기 감도는 바람을 피해 가옥들이 골짜기 안에서 피난처를 구한 형상이었다.

그런데 이 마을은 전체가 이른바 '화주', 그러니까 종종 투안이나 "내 브랜디"라고도 불리는 앙투안 마슈블레의 개인 소유지 같았다. '내 브랜디'라고 하는 건 그가 이런 말을 입에 달고 살아서였다.

"내 브랜디가 프랑스에서 최고지."

그의 브랜디, 그것은 물론 그의 코냑이다.

20년 전부터 그는 자신이 만든 코냑과 화주로 그 고장을 흠뻑 적셔줬다. 사람들이 그에게 "뭘 마시면 좋겠나, 투안 영감?"이라고 물을 때마다 그는 변함없이 이렇게 답했다.

"거야 화주지, 우리 사위. 창자를 데워주고 머리를 깨끗이 씻어준다네. 그보다 더 몸에 좋은 게 어디 있겠나."

그에게는 또한, 시집보낸 딸이나 시집가야 할 나이의 딸이 있지 않았음에도 아무나 "우리 사위"라고 부르는 버릇이 있었다.

아! 그렇고말고. 사람들은 면에서, 아니 군에서도 가장 뚱뚱한 화주 투안을 알고 있었다. 그의 아담한 집은 주인을 담아내기에는 우스꽝스러울 정도로 너무나 협소하고 너무나 낮아 보였고, 사람들은 그가 술집 문간에 나와 서서 하루 온종일을 보내는 모습을 볼 때마다 대체 어떻게 그 안으로 들어갈 수 있는지를 궁금해했다. 그는 손님이 나타날 때마다 술집 안으로 따라 들어갔다. '내 브랜디' 투안의 술집에서는 손님이 어떤 술을 마시든지 간에, 마실 때마다 투안에게도 자기 술을 조금씩 권하는 것이 너무나 당연했으니까.

그의 술집에는 이런 간판이 달려 있었다. "친구들의 만남 장소." 그리고 투안 영감이야말로 그 마을 모두의 친구였다. 사람들이 그와 만나서 그의 말을 들으며 웃어대려고 페캉에서도, 몽티빌리에에서도 찾아왔다. 이 뚱뚱한 영감은 묘비에 세운 비석까지도 웃게 만들 만했으니까. 그는 사람들의 기분을 거스르지 않으면서도 사람들을 놀려먹고, 자신이 말하지 못하는 것을 표현하기 위해 눈짓을 해댔고, 흥에 넘칠 때마다 허벅지를 쳐대어 상대방이 철썩거리는 소리가 들릴 때마다 껄껄 웃게 만드는 재주가 있었다. 그가 술을 마시는 모습은 보기만 해도 흥미진진했다. 그는 주는 대로 아무 술이나 받아마셨는데, 꾀바른 눈빛에는 즐거움이, 그러니까 우선은 음주의 즐거움, 그 다음에는 음주에 쓰일 돈이 짭짤하게 모인다는 즐거움, 이렇게 이중의 즐거움이 넘실댔다.

마을의 익살꾼들은 그에게 묻곤 했다.

"바닷물은 왜 안 마시는 게요, 투안 영감?"

그가 답했다.

"방해가 되는 게 두 가지가 있거든. 첫째, 짜다는 것. 둘째, 저걸 꿀꺽꿀꺽 마시자면 이 배를 해갖고 몸을 구부려야 하는데, 그럴 수는 없으니 병에 넣어야 한다는 것."

그리고 그가 아내와 다투는 소리를 들어야만 했다. 어찌나 재미있는 희극인지 누구라도 그걸 보려고 기꺼이 자릿값을 치렀으리라. 그들은 혼인한 지 30년째로 접어들었지만 여전히 매일 다투었다. 다만, 투안이 놀려댔다면 그 마누라는 화를 냈다. 키가 큰 촌아낙으로, 두루미처럼 긴 다리로 시원스레 걸어 다녔고, 납작하고 마른 몸통 위에는 부엉이처럼 성난 얼굴이 얹혀 있었다. 그녀는 술집 뒤의 작은 뜰에서 닭들을 키우느라 시간을 다 보냈고 닭들을 토실토실 살찌우는 그녀만의 방식으로 이름을 날렸다.

페캉의 상류층 사람들이 만찬을 베풀고 그 만찬을 성공리에 끝내려면, 투안 할멈네에서 먹이고 재운 놈을 한 마리 꼭 먹어야만 했다.

하지만 할멈은 고약한 성격을 타고났고 늘 모든 것이 불만이었다. 그녀는 세상 전체에 대해 화가 나 있었고, 주로 남편을 탓했다. 할멈은 남편의 흥과 남편의 명성과 남편의 건강과 남편의 불룩 튀어나온 배를 탓했다. 할멈은 남편이 아무 일도 안 하고 돈을 번다고 무능한 인간 취급을 했고, 보통 사람 열 사람 몫은 먹고 마신다고 식충이 취급을 했다. 할멈이 화가 난 표정으로 이렇게 소리를 지르지 않고 지나가는 날이 단 하루도 없었다.

"이렇게 도야지 같으니 돼지우리에 있는 게 더 낫지 않겠어? 그렇게 기름이 끼면 심장이 고장 난다고."

그러고는 남편의 면상에 대고 소리를 질렀다.

"기다려봐. 좀 기다려봐. 무슨 일이 벌어질지 알게 되겠지. 암, 그렇고말고! 곡식 자루처럼 터져버릴 거다, 이 뚱땡이 영감아!"

투안은 배를 두들기고 호쾌하게 웃으며 이렇게 답했다.

"어이! 암탉 할멈, 우리 납작 빨래판, 저 닭들처럼 살 좀 올려보라고. 어찌 되나 좀 보게."

그러고는 거대한 팔뚝 위로 소매를 걷어 올리며,

"자, 이런 게 날개지, 할멈, 이런 게 날개라고."

그러면 손님들이 포복절도를 했고, 테이블을 주먹으로 쿵쿵 쳐대고 발로 땅바닥을 구르고 땅에 침을 뱉어가며 즐거워서 어쩔 줄을 몰라 했다.

할멈은 화가 나서 이렇게 응수했다.

"조금만 기다려보라고…… 조금만……. 무슨 일이 벌어질지 알게 될 테니까! 곡식 자루처럼 터져버릴걸……."

그러고는 화가 잔뜩 나서 술꾼들이 웃어대는 가운데 가버렸다.

사실 투안 영감은 어찌나 땅딸막하고 뚱뚱한지, 어찌나 혈색이 불그스름하고 가쁜 숨을 내쉬는지, 보기에도 놀라웠다. 죽음은 거대한 체구의 인간들 머리 꼭대기에 올라앉아서, 잔꾀와 흥겨움과 익살스러운 배신을 발휘해 서서히 진행되는 자신의 파괴 작업을 참을 수 없이 우습게 만들고는 즐거워하는데,

투안이 바로 그런 대상이 되는 거구들 중 하나였다. 그 비열한 것은 다른 사람들에게서 그러듯이 자기 모습을 드러내는 대신, 하얗게 변해가는 머리카락과 살이 내리고 주름이 지는 모습과 "우와! 저사람 엄청 변했군!"이라고 전율하며 말하게 하는 쇠락의 진행 상태를 통해 자신의 모습을 드러내는 대신, 그 사람을 살찌우고, 그를 거대하고 우습게 만들고, 그에게 붉고 푸른 색을 입히고, 그에게 초인적으로 건강한 모습을 부여하면서 기쁨을 느꼈다. 죽음이 모든 존재에게 겪게 만드는 변형이 그에게서는 음울하고 딱한 것이 아니라 우스꽝스럽고 얄궂고 유쾌한 것이 되었다.

"조금 기다려봐. 조금 기다려보라고." 투안 할멈은 되뇌곤 했다. "무슨 일이 벌어질지 알게 될 거야."

II

투안 영감이 풍을 맞았고, 그 바람에 몸에 마비가 오고 말았다. 사람들은 투안 영감이 술집에서 사람들이 나누는 이야기도 듣고 친구들과 수다도 떨라고, 술집 칸막이 뒤의 작은 방에 그 거구를 눕혀줬다. 그의 몸, 움직일 수도 들어 올릴 수도 없는 그 거대한 몸뚱어리는 꼼짝도 못 하는 상태였지만 그의 머리는 자유롭게 돌아갔으니까. 처음에는 두툼한 두 다리에 어느 정도

힘이 돌아오기를 기대했지만 곧 그런 희망이 사라지면서 '내 브랜디' 투안은 낮이고 밤이고 침대에서 시간을 보내야만 했고, 일주일에 한 번 짚 매트를 뒤집고 침대를 정돈하려 해도 이웃 넷이 들러붙어 팔다리를 붙잡고 이 술집 주인을 들어 올리고 있어줘야 했다.

그런데도 그는 유쾌했는데, 하지만 그 유쾌함도 이전과는 조금 달라져서 빽빽거리는 아내 앞에서 어린아이처럼 두려움을 느낀 나머지 조금 움츠러들고 조금 겸손해진, 그런 유쾌함이었다.

"뚱뚱한 식충이가 여기 있군, 여기 있어. 무능하기 짝이 없는 인간이, 게으름뱅이가, 주정뱅이가 말이야! 꼴좋다, 꼴좋아!"

그는 이제는 대꾸하지 않았다. 할멈의 등 뒤에서 그저 눈짓을 해대고는 자리 위에서 돌아누웠는데, 그게 그가 유일하게 할 수 있는 동작이었다. 그는 이 운동을 "북진" 혹은 "남진"이라고 불렀다.

이제 그의 커다란 소일거리는 술집에서 오가는 대화를 듣다가 친구들의 목소리를 알아들으면 벽을 사이에 두고 대화를 하는 거였다. 그가 소리를 질렀다.

"어이, 우리 사위, 자네 셀레스탱이지?"

그러자 셀레스탱 말루아젤이 대답했다.

"날세, 투안 영감. 어디, 우리 뚱땡이 토끼, 다시 뛰어다니나?"

'내 브랜디' 투안이 말했다.

"아직 다시 뛰어다니는 건 아닐세. 하지만 살은 조금도 안 빠졌다네. 가슴팍이 실하다고."

곧, 투안 영감은 가장 친한 친구들을 자기 방으로 청하여 말동무를 부탁했다. 비록 자기를 빼놓고 술 마시는 모습을 보는 게 마음이 아프기는 했지만 말이다. 그는 이렇게 말하곤 했다.

"내 브랜디를 맛볼 수 없다는 거, 그게 내 속을 가장 엔다고, 빌어먹을. 나머지야 다 즐거운데 술을 마시지 못한다는 게 속이 상해."

때마침 투안 할멈의 부엉이 얼굴이 창가에 나타났다. 할멈이 소리를 질렀다.

"저 작자를 보라고들, 저 작자를. 이제 저런 뚱땡이 게으름뱅이를 먹이고 씻겨야 하다니. 도야지처럼 씻겨주기까지 해야 하다니."

노파가 사라지고 나면, 가끔 깃털 붉은 수탉이 날아올라 창틀 위에 앉아, 호기심 어린 둥근 눈으로 방 안을 살펴보다가 낭랑한 울음소리를 뽑아냈다. 또 가끔은 암탉 한두 마리가 침대 발치로까지 날아와서 바닥에 떨어진 부스러기를 찾아다녔다.

'내 브랜디' 투안의 친구들은 곧 술집 홀을 버리고 오후마다 그 뚱뚱한 남자의 침대를 둘러싸고 수다를 떨러 왔다. 비록 누워 있기는 했지만 익살꾼 투안 영감은 여전히 그들에게 즐거움을 줬다. 이 꾀바른 인간은 악마라도 웃음을 터뜨리게 했을 터였다. 매일 찾아오는 친구들은 셋이었다. 사과나무처럼 살짝 몸이 비뚤어진 말라깽이 꺽다리 셀레스탱 말루아젤, 약삭빠르고 여우처럼 교활하며 아무데나 코를 들이미는 작고 야윈 프로스페르 오를라빌, 말을 하는 법이 없지만 어쨌든 즐길 줄 아는 세제르, 이렇게 셋이었다.

이들은 뜰에서 판자를 하나 들고 와서 침대 가장자리에 올려놓고는 도미노 게임을 했다. 2시부터 6시까지 어김없이 불꽃 튀는 게임을 벌였다.

그런데 곧 투안 할멈이 이 꼴을 보아 넘기질 못하게 됐다. 할멈은 뚱뚱한 게으름뱅이 남편이 침대에 누운 채 도미노 게임을 하며 계속 즐기는 꼴을 참아줄 수가 없었다. 도미노 판이 시작되는 게 보일 때마다 성이 나서 뛰어 들어와 판을 뒤집어엎은 뒤 게임 도구를 챙겨 홀로 갖다 놓고, 저 아무짝에도 쓸모없는 인간이 하루 종일 일하는 가난한 사람들을 비웃기라도 하려는 듯 여전히 놀며 즐기는 꼴까지는 못 보겠노라고, 저 뚱땡이를 먹여주는 것으로 충분하다고 선언했다.

셀레스탱 말루아젤과 세제르 포멜은 고개를 숙였지만, 프로스페르 오를라빌은 할멈을 자극했고 그녀가 화내는 걸 재미있어했다.

어느 날 할멈이 평소보다도 더 화가 나 있는 걸 보고서 그가 할멈에게 말했다.

"이봐요! 할멈, 내가 할멈 입장이라면, 어떻게 할지 알겠소?"

할멈은 예의 그 부엉이 눈으로 그를 응시하면서 설명을 기다렸다.

그가 말을 이어갔다.

"영감은 침대에서 나오는 법이 없으니 몸이 화덕처럼 뜨겁잖소. 그러니 나라면 영감에게 알을 품게 할 텐데."

할멈은 놀라서 멍하니 있다가 자기를 놀리고 있다는 생각에 그 촌사람의 야위고 꾀바른 얼굴을 찬찬히 바라봤지만, 촌사람은 계속해서 말을 이어갔다.

"암탉이 알을 품기 시작하는 바로 그날, 영감의 한쪽 겨드랑이에 달걀 다섯 개, 또 다른 쪽 겨드랑이에 다섯 개, 이렇게 갖다 놓겠소. 그러면 동시에 태어날 테니까. 알들이 부화하면 암탉에게 영감이 품었던 병아리들을 갖다줘서 키우게 하고. 그러면 할멈에겐 닭들이 생길 게 아니요!"

깜짝 놀란 할멈이 물었다.

"그게 되겠소?"

남자가 답했다.

"그게 되겠느냐고? 안 될 이유가 뭐가 있겠소? 따뜻한 상자 속에서 달걀들을 부화시키듯이, 침대 속에서도 물론 부화시킬 수 있지."

할멈은 이런 식의 논리에 깜짝 놀라 차분히 생각에 잠긴 표정으로 자리를 떴다.

그로부터 일주일 뒤 할멈이 앞치마에 달걀들을 잔뜩 담아서 투안 영감의 방으로 들어왔다. 그러고는 이렇게 말했다.

"방금 누런 닭을 둥지에 넣고 달걀 열 개를 넣어줬어. 자, 이 열 알은 영감 거요. 깨지지 않게 조심하고."

얼이 빠진 투안이 물었다.

"내게 대체 뭘 원하는데?"

할멈이 대답했다.

"알들을 품으라고, 이 아무짝에도 쓸모없는 인간아."

그는 처음에는 웃었다. 그 다음에는 할멈이 고집을 피우자 화가 나서 버텼다. 그는 자신의 체온으로 부화시켜놓을 이 미래의 닭들을 자신의 두툼한 팔 아래에 놔두기를 단호하게 거절했다.

하지만 격분한 할멈이 이렇게 말했다.

"알을 품지 않는 한 먹을 것도 없어. 무슨 일이 벌어질지는 두고 보자고."

불안해진 투안은 아무런 대꾸도 못 했다.

정오를 알리는 종소리가 들리자 그가 할멈을 불러댔다.

"이봐! 할멈, 수프 다 데웠어?"

할멈이 부엌에서 소리쳤다.

"이 뚱땡이 게으름뱅이야, 당신 줄 수프가 어디 있다고."

영감은 할멈이 농담을 한다고 생각해서 기다렸고, 그 다음에는 빌고 애원하고 욕설을 퍼붓고 절망적으로 "북진", "남진"
를 연신 해댔고, 주먹으로 벽을 두드렸지만 결국에는 왼쪽 옆
구리에 달걀 다섯 개를 들여놓는 걸 체념하고 받아들여야만 했
다. 그러고 나자 수프가 나왔다.

친구들이 도착했고, 영감이 이상하고 불편해 보여서 몹시
아픈 모양이라고 생각했다.

그러고는 매일 하던 그 게임을 시작했다. 하지만 투안 영감
은 아무런 즐거움도 못 느끼는 것 같았고, 아주 느리고 한없이
조심스러운 동작이 아니고서는 손을 앞으로 뻗지도 못했다.

"그러니까 자네 팔이 묶였나?" 오를라빌이 물었다.

투안이 대답했다.

"어깨에 거의 통증이 느껴질 정도라네."

갑자기 가게로 손님이 들어오는 소리가 들렸다. 게임을 중
단하고 다들 입을 다물었다.

면장이 부면장을 데리고 온 거였다. 두 사람은 코냑 두 잔
을 청하고는 마을의 살림살이에 대한 대화를 나누기 시작했다.
두 사람이 낮은 목소리로 대화를 나눴기 때문에, '화주' 투안은
달걀이 있다는 걸 잊고서 벽에 귀를 갖다 대려고 갑작스레 "북
진"을 했고, 그 바람에 오믈렛 위에 누워 있게 되었다.

그가 내지르는 욕설에 투안 할멈이 달려왔고 대참사를 눈치
채고는 눈 깜짝할 사이에 시트를 벗겨냈다. 할멈은 처음에는
남편의 옆구리에 붙어 있는 노란색 찜질 반죽 앞에서 화가 나

서, 너무나 화가 나서 숨이 막힐 지경인지라 말도 못하고 꼼짝 않고 가만히 서 있었다.

그러고는 분노로 부들부들 떨면서 중풍환자에게 달려들어 그 배를 세게 두드리기 시작했는데, 꼭 연못가에서 빨래를 두들겨대는 것 같았다. 할멈의 두 손이 북치는 토끼의 앞발처럼 재빠르게 번갈아 배를 내리쳤고 그때마다 묵직한 소리가 났다.

투안의 세 친구는 숨이 넘어가게 웃다가 기침을 하다가 재채기를 하다가 소리를 질러댔고, 겁에 질린 뚱뚱한 남자는 다른 쪽 옆구리에 놓아뒀던 달걀들을 깨뜨리지 않으려고 조심하며 아내의 공격을 막았다.

III

투안 영감이 항복했다. 그는 알을 품어야 했고 도미노 게임도, 그 어떤 움직임도 포기해야만 했다. 영감이 달걀을 깨뜨릴 때마다 할멈이 사나운 기세로 음식을 빼앗아서였다.

영감은 등을 대고 누워 눈을 천장에 두고 꼼짝도 하지 않았고, 하얀 껍질 속에 들어앉은 미래의 닭들을 자신의 체온으로 따뜻하게 데우기 위해서 두 팔을 날개처럼 쳐들고 있었다.

그는 움직임만큼이나 소리 내는 것도 두렵다는 듯 낮을 목소리로만 말을 했고, 자신과 마찬가지로 알을 품는 동일한 노동을 닭장에서 하고 있는 누런 암탉에게 신경을 썼다.

그가 아내에게 물었다.

"누런 놈은 오늘 모이를 좀 먹었나?"

그러면 할멈은 침대 안과 둥지 안에서 성장하고 있는 어린 병아리들에 대한 염려에 온통 정신이 팔려서 자신의 암탉들에서 자신의 남자에게로, 자신의 남자에게서 자신의 암탉들에게로 오갔다.

이 이야기를 알고 있는 마을 사람들은 호기심과 진지함이 동시에 발동해 투안 영감의 소식을 알아보러 왔다. 사람들은 병자가 있는 곳에 들어갈 때처럼 발소리를 조심하며 들어갔고 흥미진진해하며 물었다.

"그래! 잘 되어가나?"

투안이 대답했다.

"그럭저럭 괜찮네, 그런데 간지럼증이 생겼어. 여기가 워낙 덥잖은가. 개미가 피부 위 여기저기를 기어 다니는 것 같아."

그런데 어느 날 아침, 할멈이 몹시 감동한 얼굴로 들어와 이렇게 말했다.

"누런 놈은 일곱 마리요. 안 좋은 알이 세 개가 있었어."

투안은 심장이 쿵쾅거렸다. 그는 과연 몇 개일까, 영감은?

그가 물었다.

"곧 나오겠지?" 이제 곧 어머니가 되려는 여인의 고뇌가 담겼다.

할멈은 망칠지도 모른다는 두려움에 시달리며 성난 얼굴로 대꾸했다.

"뻔한 걸 뭘 물어요."

두 사람은 기다렸다. 임박했음을 알게 된 친구들도 불안한 마음으로 곧 도착했다.

집집마다 이 일에 대해 떠들어댔고, 서로 이웃집에 알아보러 갔다.

3시경, 투안은 선잠이 들었다. 이제 그는 하루의 절반은 잠으로 보냈다. 투안은 갑자기 오른팔 아래에서 생경한 간지러움을 느끼고 퍼뜩 깨어났다. 그곳으로 왼손을 보내니 뭔가가 손에 잡혔다. 노란색 솜털로 뒤덮인 병아리 한 마리가 그의 손바닥 위에서 꼼지락거리는 것이 아닌가.

어찌나 흥분했는지 소리를 질러대기 시작하며 병아리를 놓아주니, 병아리란 놈이 그의 가슴팍 위를 내달린다. 술집은 사람들로 그득했다. 술꾼들이 급하게 달려와 방 안으로 들이닥치더니 어릿광대를 둘러싸듯 둥그렇게 섰다. 할멈도 들어와 아주 조심스럽게 남편 수염 밑에 웅크리고 있던 병아리를 거두었다.

그 누구도 입을 열지 않았다. 4월의 따뜻한 어느 날이었다. 창문을 통해 누런 암탉이 갓 태어난 병아리들을 불러 모으느라 꼬꼬댁거리는 소리가 들려왔다.

흥분과 고뇌와 불안으로 땀을 뻘뻘 흘리던 투안이 중얼거렸다.

"지금 왼쪽 팔 아래 또 한 놈이 있어."

할멈이 침대 밑으로 그 커다랗고 뼈만 남은 손을 쑥 집어넣어 산파의 조심스러운 동작으로 두 번째 병아리를 끄집어냈다.

이웃들이 그놈을 보고 싶어 했다. 그들은 무슨 대단히 놀라운 일이라도 되는 양 갓 태어난 새끼를 손에서 손으로 넘겨받으면서 찬찬히 들여다봤다.

그 뒤 20분 동안은 잠잠하더니 동시에 네 마리가 껍질을 깨고 나왔다.

그러자 구경하던 사람들 사이에서 커다란 웅성거림이 일었다. 그리고 투안은 자신이 거둔 성공이 만족스러울 뿐만 아니라 야릇한 부성애로 의기양양해져서 미소를 띠었다. 저런 남자를 자주 볼 수 있었던 건 아니지 않은가! 정말이지 별난 남자였다!

그가 떠들었다.

"도합 여섯. 염병, 영세식은 어쩌나!"

사람들 사이에서 커다란 웃음소리가 솟아났다. 다른 사람들도 몰려와서 가게 홀을 메우고 있었고, 또 다른 사람들은 문 앞에서 기다리고 있었다. 사람들이 서로에게 물었다.

"몇 놈이래?"

"여섯."

투안 할멈이 이 새로운 가족을 암탉에게 가져다주자, 암탉은 미친 듯이 꼬꼬댁거리며 깃털을 곤두세우고는 점점 불어나는 새끼들을 보호하려고 두 날개를 활짝 폈다.

"또 한 마리가 있어!" 투안이 외쳤다.

영감이 틀렸다. 세 마리였다! 엄청난 승리가 아닌가! 마지막 놈은 저녁 7시에 껍질을 깼다. 달걀들이 전부 다 싱싱했던 것이다! 그리고 드디어 해방되어 기뻐 미칠 지경이었던 투안 영감은 있는 대로 뽐내며 그 연약한 새끼의 등에 입을 맞췄고, 그러다가 하마터면 그 입술로 새끼의 숨길을 막아버릴 뻔했다. 자신이 생명을 준 이 너무나 자그마한 생명체에 대한 모정이 샘솟은 그는 다음 날까지 새끼를 자기 침대에 데리고 있고 싶어 했다. 하지만 할멈이 영감의 애원은 귓등으로도 듣지 않고 다른 새끼들과 마찬가지로 휙 데리고 가버렸다.

구경하던 사람들은 신이 나서 이 사건을 놓고 이런저런 이야기를 나누며 돌아갔고, 오를라빌은 마지막까지 남아 있다가 이렇게 물었다.

"어디, 말해보게, 투안 영감, 첫 번째로 태어난 놈으로 프리카세 요리를 만들면 날 부를 거지? 그렇지?"

프리카세 요리 생각에 투안 영감의 얼굴이 환해졌고, 그 뚱뚱한 남자는 이렇게 답했다.

"말이라고 하나, 우리 사위, 초대하고말고."

페를 양
(1886)

I

정말이지 그날 저녁, 왜 페를 양을 여왕으로 뽑겠다는 별난 생각이 들었던 걸까.

나는 해마다 오랜 친구 샹탈 씨 집으로 주님 공현 대축일을 보내러 간다. 어려서부터 그와 가장 허물없는 친우였던 아버지의 손에 이끌려 그의 집으로 놀러 간 뒤 계속 그래 왔고, 앞으로도 내가 살아 있는 한, 그리고 이 세상에 샹탈 집안사람이 한 명이라도 남아 있는 한, 아마 그럴 것이다.

한편, 샹탈 집안사람들은 독특한 방식으로 살아간다. 그들은 마치 그라스, 이브토 혹은 퐁타무송 같은 시골에서 살듯 파리에서 산다.

그들은 파리 천문대 옆에 작은 정원이 딸린 집을 한 채 소유하고 있다. 그들은 마치 시골에서처럼 그곳, 자기 집에 들어 앉아 있다. 파리에 대해, 파리의 진면목에 대해 그들은 아무것도 모르고, 아무런 눈치도 못 채고 있다. 그들은 동떨어진 세상에서 살아간다! 정말로 동떨어진! 하지만 가끔씩은 그들도 그곳으로 여행을, 긴 여행을 떠난다. 그 집 식구들 말대로 하자면, 샹탈 부인이 대규모 사재기에 나서는 것이다. 그 행차에 나서는 그들의 모습은 이렇다.

부엌 찬장 열쇠를 갖고 있는 페를 양이(린넨 제품들을 정리해둔 장은 안주인이 직접 관리하니까) 설탕이 간당간당하다고, 저장식품들이 떨어졌다고, 커피 자루가 이제는 바닥을 보인다고 알려온다.

샹탈 부인은 이처럼 기근이 닥쳐온다는 경고를 받으면, 수첩에 적어가며 재고 조사를 한다. 그렇게 수많은 숫자들을 기입하고 난 뒤, 우선은 기나긴 계산에, 그 다음에는 페를 양과의 기나긴 논의에 열중한다. 어쨌든 종국에는 서로 합의를 보고 석 달 치에 해당하는 각각의 양을 결정하기에 이른다. 설탕, 쌀, 자두, 커피, 잼, 완두콩과 강낭콩과 바다가재 통조림, 염장 혹은 훈제 생선 등등.

그 다음으로는 장 볼 날을 정하고, 삯마차를, 위쪽에 짐칸이 있는 삯마차를 타고 다리 건너편의 신시가지에 있는 대형 식료품점으로 향한다.

샹탈 부인과 페를 양은 이 여행을 함께 은밀하게 치러내고 저녁 식사 시간에 맞춰 돌아오는데, 두 사람 다 이사 전용 마차인 양

지붕이 상자와 자루로 뒤덮인 승합마차 좌석에서 흔들린 터라, 여전히 흥분이 가시지 않은 상태이긴 하지만 피로에 절어 있다.

샹탈 가족에게는, 센 강 저편에 있는 파리 지역은 전체가 신 시가지로서, 그곳에서는 이상하고 시끄럽고 그다지 점잖지 않 은 사람들이 낮에는 돈을 물 쓰듯 하고 밤에는 축제로 시간을 보내느라 창밖으로 돈을 뿌려대며 살고 있다. 그래도, 샹탈 씨 가 읽는 신문에서 추천하는 연극이 있다면 가끔씩은 딸들을 극 장으로, 오페라 코믹 극장으로 데려가기도 한다.

딸들은 이제 열아홉 살과 열일곱 살이다. 둘 다 어여쁜 아가 씨들로, 키가 크고 싱싱하며, 아주 잘, 아니 너무 잘 키워놔서, 두 개의 예쁜 인형처럼 있는지 없는지도 모를 정도였다. 내 머 릿속에 샹탈네 아가씨들에게 관심을 갖는다든가 혹은 구애를 해야겠다는 생각이 드는 일은 단 한 번도 없으리라. 어찌나 한 점 때 묻지 않은 존재로 느껴지는지, 두 아가씨에게 말을 걸 엄 두조차 내기 힘들다. 두 아가씨에게 인사말을 건네는 것조차 부적절한 행동일까봐 겁이 날 지경이다.

그 아버지로 말하자면, 매력적인 남성으로 아주 교양 있고 개방적이고 다정하지만, 무엇보다도 휴식과 고요와 평온을 사 랑하고 가만히 고여 있는 물처럼 사는 것을 좋아하여, 가족들 을 이렇게 미라처럼 만드는 데 엄청난 기여를 했다. 그는 독서 를 즐기고 기꺼이 대화를 나누며 쉽사리 감동을 한다. 접촉이 나 어우러짐이나 충돌을 겪지 않고 살아온 터라 그의 외피, 정신적 외피는 아주 예민하고 섬세해졌다. 아주 작은 일로도 감동하고 동요하고 고통을 받는다.

어쨌든 샹탈 가족에게도 교류가 있긴 한데, 이웃에서 엄선한 제한적인 교류이다. 이 가족은 먼 곳에 사는 친척들과 1년에 두세 번 방문을 교환한다.

나로 말하자면 8월 15일과 주님 공현 대축일에 저녁 만찬을 함께 하러 샹탈 씨네로 간다. 이것은 가톨릭 신자들에게 부활절 성체배령이 그렇듯이 내게는 의무에 속한다.

8월 15일에는 초대받은 친구들이 몇 명 있지만 주님 공현 대축일에는 초대받은 외부인으로는 내가 유일하다.

II

그러니까 다른 해와 마찬가지로 이번 해에도 주님 공현 대축일을 축하하기 위해서 나는 샹탈 씨 집으로 저녁 만찬을 하러 갔다.

평상시 습관대로 나는 샹탈 씨 부부와 페를 양의 볼에 키스를 했고, 루이즈양과 폴린 양에게는 정중하게 인사를 했다. 식구들은 내게 온갖 것에 대해서, 시내에서 벌어진 사건들과 정치와 통킹 사건*에 대한 여론과 하원의원들에 대해서 질문을

---

*1873년 프랑스 상인 장 뒤퓌가 베트남 당국의 통행금지령을 무시하고 통킹 평야의 송꼬이 강을 통해 중국과 무역을 시도한 사건. 이로 인해 양국 간의 분쟁이 발

퍼부었다. 샹탈 부인은 뚱뚱한 여성으로, 그녀의 생각들은 전부 다 다듬어진 석재처럼 네모나다는 인상을 내게 주는데, 모든 정치적 논의에 대한 마무리로 이런 말을 하는 버릇이 있었다. "이 모든 건 싹수가 노랗다니까요." 나는 왜 늘 샹탈 부인의 생각은 네모나다고 여겼던 걸까? 그에 대해선 나도 아는 것이 전혀 없다. 하지만 그녀가 하는 모든 말은 내 머릿속에서 그런 형태를 띤다. 네모, 네 긱이 대칭을 이루는 커다란 네모 밀이다. 또 굴렁쇠처럼 둥글고 굴러간다는 느낌을 주는 생각들을 하는 사람들도 있다. 그들이 무언가에 대해 말을 꺼냈다 하면, 그건 구르고 앞으로 나아가며, 열 개, 스무 개, 오십 개의 둥그런 생각들, 내 눈에 지평선 끝까지 꼬리에 꼬리를 물고 달려가는 것이 보이는 크고 작은 둥그런 생각들을 꺼내어 놓는다. 또 어떤 사람들은 뾰족한 생각들을 한다……. 아무튼, 이런 건 그다지 중요한 건 아니다.

평소처럼 모두 식탁에 자리 잡았고, 저녁 식사는 딱히 기억할 만한 말이 나오지 않은 채 끝이 났다.

디저트로는 주님 공현 대축일에 먹는 "왕의 갈레트"를 내왔다. 매년 샹탈 씨가 왕이 됐었다. 그게 계속된 우연의 결과였는지 아니면 가족의 관례였는지, 그에 대해 나는 전혀 알지 못하지만, 샹탈 씨는 자기 몫의 케이크 안에서 어김없이 도자기로

생했고, 베트남이 코친차이나 6성을 프랑스에게 할양하는 것으로 마무리되었다.

196

만든 콩알만 한 인형을 찾아내고, 자기 아내를 왕비로 선포하곤 했다. 그래서 갈레트를 한 입 베어 물다가 아주 딱딱한 뭔가에 하마터면 이가 부서질 뻔한 나는 어안이 벙벙해졌다. 나는 조심조심 입 안에서 이물질을 빼냈고, 그것이 강낭콩보다도 더 크지 않은, 아주 작은 자기 인형임을 알아봤다. 놀라서 "아!"라는 말이 절로 나왔다. 시선이 내게 쏠렸고, 샹탈 씨가 손뼉을 치면서 외쳤다. "이번에는 가스통이네, 가스통이 걸렸어. 국왕 폐하 만세! 국왕 폐하 만세!"

다 같이 따라 하기 시작했다. "국왕 폐하 만세!" 나는 귀까지 빨개졌다. 사람들은 살짝 당황스러운 상황에 빠지면 종종 이유 없이 얼굴을 붉히지 않든가. 두 손가락으로 이 콩알만 한 도자기 인형을 쥔 채, 무슨 행동을 취해야 할지 무슨 말을 해야 할지 알 수가 없어 그저 웃어넘기려고 하면서 두 눈을 내리깔고 있는데, 샹탈 씨가 입을 열었다. "이제 왕비를 골라야지."

그 순간 나는 깜짝 놀랐다. 찰나의 순간에 수천 가지 생각과 수천 가지 예상이 머릿속을 스쳐갔다. 내가 샹탈네 아가씨들 중 한 명을 지목하게 만들려는 건가? 내가 둘 중 누구를 더 좋아하는지를 털어놓게 하려는 방법인가? 부모들이 그 가능성을 고려해본 결혼을 향해 부드럽게, 슬며시, 눈치채지 못하게 밀어대듯이, 이것도 그런 건가? 다 큰 딸아이가 있는 집에서라면 으레 혼인에 관한 생각이 끊임없이 맴돌기 마련이고, 그런 생각은 별의별 형식과 별의별 눈가림과 별의별 방법들을 둘러

쓰기 마련이다. 내가 이 일에 말려들지도 모른다는 끔찍스러운 두려움이 몰려왔고, 또한 루이즈 양과 폴린 양의 늘 완고할 정도로 예절 바르고 내성적인 태도 앞에서 극단적인 소심성도 몰려왔다. 내게 둘 중 한 명을 버리고 다른 한 명을 선택하는 일은 두 개의 물방울 중에서 하나를 고르는 일만큼이나 어려워 보였다. 이 평범한 왕국처럼 차분하고 이목을 끌지 않는 온건한 절차를 밟아나가다가 나의 의사와 상관없이 아주 서서히 결혼에 이르게 되는, 그런 사건 속으로 끌려들어갈지도 모른다는 두려움이 내 마음에 끔찍스러운 동요를 일으켰다.

하지만 갑자기 영감이 떠올랐고, 나는 페를 양에게 그 상징적인 인형을 내밀었다. 처음에는 모두 놀랐지만 곧 나의 세심한 배려와 신중한 처사에 대해 찬사를 보냈던 것 같다. 모두 열렬하게 박수갈채를 보냈기 때문이다. 다 같이 "왕비 만세! 왕비 만세!"를 외쳐댔다.

그 여인, 그 가여운 노처녀로 말하자면, 침착성을 모두 잃었다. 그녀는 겁에 질려 떨면서 더듬거렸다. "안 돼요…… 안 돼…… 그럴 수 없어요…… 나는 말고요…… 제발…… 나는 아니에요…… 제발요……"

그때 나는 내 평생 처음으로 페를 양을 바라봤고, 그녀는 어떤 사람인지가 궁금해졌다.

나는 이 집에서 그녀를 보는 게 익숙했는데, 그건 어린 시절부터 그 위에 무심히 앉아왔기에 한 번도 신경을 써본 적이 없는 낡은 융단 의자들을 보는 것과 마찬가지이다. 어느 날, 한 줄기 햇살이 의자 위를 가로질러서일까, 왜인지는 모르겠지만 갑자기 퍼뜩 이런 생각이 든다. '이런, 아주 흥미롭네, 이 가구는.' 의자의 나무 부분은 어떤 예술가가 정교하게 다듬었고, 의자를 씌운 융단은 놀랄만 한 것임을 발견하게 된 것이다. 그때까지 나는 페를 양에게 주의를 기울였던 적이 단 한 번도 없었다.

그녀는 샹탈 가족의 일원이었고, 그게 다이다. 하지만 어떻게? 무슨 자격으로? 그녀는 키가 크고 마른 여성으로, 눈에 띄지 않으려고 하지만 평범한 존재는 아니었다. 식구들은 집안일 담당 하녀에 비하면 보다 좋은, 친척에 비하면 덜 좋은 대우를 해주면서 그녀를 친근하게 대해왔다. 나는 어투의 수많은 미묘한 차이들을 그때서야 갑자기 포착했다. 그때까지 조금도 관심을 두지 않았었는데! 샹탈 부인은 "페를"이라고 했다. 아가씨들은 "페를 양", 샹탈 씨는 보다 존중하는 듯한 태도로 이름은 부르지 않고 경칭만을 사용했다.

나는 그녀를 주목하기 시작했다. 몇 살일까? 마흔 살? 그래 마흔 정도겠지. 그 여인은 늙은이가 아니라 늙어가고 있는 중이었다. 나는 다음의 사실을 깨닫고 갑자기 충격을 받았다. 그녀는 우스꽝스럽게 머리를 손질하고 옷을 입고 치장을 했지만, 그럼에도 불구하고 조금도 우스꽝스럽지가 않았다. 단순하고 자연스러운 우아함을, 애써 덮어놓고 가려놓은 우아함을 속으로 품고 있었으니까. 정말로, 아주 묘한 존재로구나! 왜 나는 이 여인을 제대로 관찰했던 적이 단 한 번도 없었던 걸까? 우스꽝스럽게도 구닥다리 방식으로 자잘한 웨이브들을 잔뜩 넣어서 괴상해 보이는 머리 모양을 하고 있었다. 이 동정녀 스타일의 머리카락 아래로 넓고 차분한 이마와 그 이마에 패인 두 개의 깊은 주름, 오랜 슬픔이 담긴 두 개의 주름과 커다랗고 온화한 두 개의 푸른 눈이 자리 잡고 있었다. 무척 소심하고 무척 겁이 많고 무척 겸손한 두 눈, 그 아름다운 두 눈은 여전히 몹시도 순진해서 천진한 놀라움과 젊은 감각으로, 그리고 역시 슬픔으로도 가득했는데, 두 눈을 스쳐갔던 그러한 슬픔에도 눈빛은 흐려지지 않았고 그저 부드러워졌을 뿐이었다.

얼굴 전체가 섬세하고 그윽한 것이, 삶의 피로나 감정적 격동으로 인해 닳거나 시드는 일 없이 그저 빛이 꺼져버린 그런 얼굴이었다.

무척 예쁜 입이로군! 이도 쪽 고르네! 무척 예뻐! 그런데 미소를 지을 생각조차 없는 것 같지 않은가!

그러다가 갑작스레, 나는 샹탈 부인과 페를 양을 비교해봤다! 물론 보다 섬세하고 보다 고상하고 보다 의젓한 페를 양이 더, 백배는 더 나았다.

나는 나의 관찰 결과에 어안이 벙벙해졌다. 샴페인을 따라주기에, 나는 아주 공들인 찬사로 그녀의 건강을 기원하며 내 잔을 왕비에게 내밀었다. 눈치로 보건대, 그녀는 얼굴을 냅킨에 파묻어버리고 싶은 모양이었다. 그녀가 샴페인에 입술을 적시자 모두가 소리쳤다. "왕비께서 마신다! 왕비께서 마신다!" 그 순간 그녀는 얼굴이 새빨개지더니 사레가 들리고 말았다. 모두 웃어댔지만, 이 집 식구들이 그녀를 많이 좋아한다는 것이 확실히 보였다.

III

저녁 식사가 끝나자마자 상탈 씨가 내 팔을 잡았다. 신성한 시간, 그러니까 그가 시가를 필 시간이었다. 그는 혼자라면 거리로 담배를 피러 갔지만, 식사 자리에 누군가 와 있는 경우라면 당구실로 올라가, 그곳에서 당구를 치면서 시가를 피웠다. 그날 저녁에는, 주님 공현 대축일이라서 당구실에 불까지 피워놓은 상태였다. 내 오랜 친구가 큐를 잡고서 가느다란 큐에 정성을 다해 초크를 문질렀다. 그러더니 입을 열었다.

"자, 자네가 시작하게!"

그는 내 나이가 스물다섯이나 됐건만 아주 어릴 적부터 나를 봐왔기에 내게 말을 높이지는 않았다.

그래서 내가 먼저 게임을 시작했다. 나는 캐넌 샷을 몇 번 성공시켰고, 또 몇 번은 실패했다. 하지만 페를 양에 대한 생각이 머릿속을 맴돌고 있던 차라 갑자기 질문을 내놓았다.

"그런데요, 샹탈 씨. 페를 양은 친척인가요?"

그는 몹시 놀라서 게임을 중단하고 나를 바라봤다.

"저런, 모르고 있었나? 페를 양의 사연을 모르고 있었어?"

"전혀요."

"자네 부친이 얘기해준 적이 없었다고?"

"전혀요."

"저런, 저런, 별일이군! 아! 설마! 정말 별일이야! 오! 정말 대단한 사건인데!"

그가 입을 다물었다가 다시 말을 꺼냈다.

"하필이면 오늘, 주님 공현 대축일에 그 이야기를 묻는 게 얼마나 야릇한지 자네가 안다면!"

"왜요?"

*

아! 왜냐고! 들어보게. 그러니까 지금으로부터 41년 전 일이야. 주님 공현 대축일인 오늘이면 꼭 41년째지. 당시 우리는 루이르토르에 살고 있었다네. 성벽 지대에. 우선, 자네가 제대로 이해하자면 집 구조에 대한 설명이 필요하겠군. 루이는 언덕 위에 건립됐지. 아니 차라리 초원으로 이루어진 커다란 지역을 굽어보는 언덕 정상이라고 해야겠군. 우리는 그곳에 아름다운 정원이 딸린 집이 있었어. 그 정원은 낡은 성벽 쪽에 붙어

202

있어서 높은 곳에 위치했지. 그러니까 집은 마을에, 거리에 있었고, 정원은 평원을 내려다보고 있었다네. 이 정원에는 들판 쪽으로 나 있는 출입문이 있었는데, 성벽 안으로 내놓은 비밀 계단을 따라서 내려가면 그 출입문이 나오는 거지. 꼭 소설에서처럼 말이야. 그 문 앞으로는 길이 나 있었고, 그 문에는 커다란 종이 달려 있었어. 농부들이 한참을 돌아가는 대신에 그 문으로 물품을 날랐거든.

이제 어떤 장소인지 잘 알겠지? 그런데, 그해 주님 공현 대축일에는 일주일 전부터 눈이 오고 있었다네. 세상이 끝날 것만 같았지. 들판을 내려다보려고 성벽 위에 오르면 영혼까지 얼어붙는 느낌이었어. 하얗게, 새하얗게 얼어붙어 니스를 칠한 듯 반짝이던 그 거대한 땅덩어리라니. 선하신 하느님이 이전 시대 물건들을 보관하는 다락방으로 이 세상을 보내버리려고 온통 흰 천으로 덮어버린 것 같았다니까. 정말이지 아주 음울해 보였어.

우리는 그 당시 온 가족이 모여 있었다네. 그 수가 엄청났지. 아주 엄청났어. 아버지, 어머니, 작은어머니와 작은아버지, 형 둘과 사촌 여동생들 넷. 사촌들이 아주 예뻤어. 난 그중 막내와 결혼했고. 그 많던 식구들 가운데 이젠 고작 셋만 살아 있다니. 아내와 나, 그리고 지금은 마르세유에 살고 있는 형수, 이렇게 셋. 제기랄, 가족이 그렇게 한 명씩 사라져가다니! 그 생각만 하면 몸서리가 쳐진다네! 난 그 당시 열다섯 살이었어.

지금 쉰여섯이니까.

그러니까 우리는 주님 공현 대축일을 축하할 참이었고, 모두 아주, 아주 즐거웠지! 모두가 거실에서 저녁 식사를 기다리고 있는데 자크 형이 갑자기 이런 말을 꺼냈어. "10분 전부터 개 한 마리가 벌판에서 울부짖고 있어요. 가엾게도 길을 잃었나봐."

형이 그 말을 채 끝내기도 전에 정원 쪽 문의 종이 울렸어. 종소리가 성당의 종소리처럼 어찌나 묵직한지 망자들이 생각날 정도였다고. 모두들 소스라쳤지. 아버지가 하인을 불러서 가보라고 시켰다네. 그러고는 모두, 철저한 침묵 속에서 기다렸어. 모두들, 눈이 이렇게 천지를 뒤덮고 있는데, 라는 생각을 했더랬지. 하인이 돌아와서 아무것도 보이지 않았다고 확인해줬어. 하지만 그 개는 여전히 끊임없이 짖어댔고, 그 소리로 보아 그자리에서 전혀 움직이지 않고 있더군.

우리는 식탁에 자리 잡았지만 살짝 동요한 상태였지. 특히 어린 아이들은. 구운 고기가 나올 때까지 잘 나가다가 다시 종이 울려댔다네. 잇따라 세 번. 엄청 크고 엄청 길게. 손가락 끝까지 진동이 느껴졌고 우리 모두는 단번에 숨이 탁 막혀왔지. 우리는 포크를 허공에 둔 채 서로를 가만히 바라보면서 일종의 초자연적 공포에 휩싸여 귀를 쫑긋 세우고 있었어.

어머니가 드디어 입을 열었지. "되돌아와서 종을 울리는 데 그렇게 오래 걸렸다니 이상하네. 바티스트, 혼자 가지 말아요.

이곳 남자들 중 한 명과 함께 가죠."

작은아버지 프랑수아가 일어섰어. 헤라클레스 같은 인물로, 자신의 힘에 대한 자부심이 대단했고 이 세상에 두려울 게 아무것도 없는 사람이었거든. 아버지가 "총을 챙겨라. 무슨 일인지 알 수가 없으니"라고 말했지.

하지만 작은아버지는 막대기만 하나 챙기더니 하인과 함께 곧장 나가버렸다네.

남은 우리는 먹지도 않고 말도 없이 두려움과 불안으로 벌벌 떨고 있었어. 아버지가 우리를 안심시키려고 하셨지. "이제 알게 되겠지만, 구걸하러 온 사람이거나 눈 때문에 길을 잃은 사람일 게다. 처음 종을 울리고 난 뒤 즉각 문이 열리지 않으니, 다시 제 갈 길을 찾아가려고 했겠지. 그러다가 그게 여의치 않으니 종을 울리려 다시 돌아왔을 거야." 이렇게 말씀하셨어.

우리 생각에 작은아버지는 한 시간 정도 자리를 비우셨던 것 같아. 마침내 화가 잔뜩 나서 욕설을 퍼부으며 돌아오셨어. "아무것도 없어. 제기랄. 누군가 장난을 친 게야! 성벽에서 100미터 쯤 떨어진 곳에서 짖어대는 그 빌어먹을 개 말고는 아무것도 없더라고. 총이 있었더라면 그놈을 쏴 죽여서 입을 다물게 했을 텐데."

다시 저녁 식사가 시작되었지만 모두들 마음이 불편했지. 이것으로 끝난 게 아니고 뭔가가 일어날 거라는 느낌이, 조금 전의 그 종소리가 다시 한 번 울릴 거라는 느낌이 너무나 분명히 들었거든.

그리고 주님 공현 대축일 파이를 자르려는 바로 그 순간에 종이 울렸어. 남자들이 모두 다 일어섰지. 샴페인을 마신 작은 아버지 프랑수아가 어찌나 격분하면서 그놈을 때려죽이고 말 거라고 장담을 하는지 어머니와 작은어머니가 달려들어 말려야했다네. 비록 아주 차분한 성격에 살짝 몸이 불편했지만(낙마하면시 다리가 부러진 뒤로 다리를 끄셨거든) 이번에는 아버지도 무슨 일인지 알아봐야겠다며 함께 가시겠다고 선언하셨어. 열여덟과 스무 살이었던 형 둘도 자기 총을 가지러 달려갔고. 그리고 내게 신경 쓰는 사람은 거의 없었기에 나도 정원용 소총을 챙겨 들고 조사단을 따라갈 채비를 했지.

우리는 곧 출발했어. 등불을 든 바티스트와 함께 아버지와 작은아버지가 맨 앞에서 걸어갔지. 자크와 폴 형이 그 뒤를 따랐고, 나는 어머니의 간청에도 불구하고 맨 끝에 따라붙었어. 어머니는 이모와 내 사촌들과 함께 문간에 남으셨다네.

한 시간 전부터 다시 눈이 내리고 있었어. 나뭇가지 위로 눈이 잔뜩 쌓여 있었지. 이 무거운 납빛 옷을 입고 축 처진 전나무들은 흰색 피라미드나 거대한 원추형 설탕 덩어리 같았어. 곱고 빽빽하게 내리는 회색빛 눈의 장막 사이로 보다 덜 무거운 옷을 입고 어두움 속에서 파리하게 빛나는 키 작은 관목들이 어렴풋이 보였고, 눈이 어찌나 촘촘하게 내리는지 열 걸음 앞도 내다보기 힘들었거든. 하지만 랜턴의 불빛이 우리 앞을 환하게 비추었지. 성벽 안에 설치해놓은 나선형 계단을 내려가기 시작하자 난 정말로 겁이 났어. 누군가 내 뒤에서 걷는 것 같았으니까. 지금이라도 그자가 내 어깨를 움켜쥐고 나를 어딘가로 데려갈 것만 같았지. 돌아가고 싶었지만 정원을 다시 가로질러가야만 했으니 엄두가 나지 않았다네.

들판 쪽으로 난 문을 여는 소리가 들려왔어. 곧 작은아버지가 또다시 욕설을 내뱉는 소리도. "제기랄, 또 가버렸군! 그놈, 그 ×자식 그림자만 보여도 절대 놓치지 않을 테다."

들판을 보니 을씨년스럽기 짝이 없었어. 아니, 본 게 아니라 앞에 있는 것이 느껴졌다고 해야겠군. 왜냐하면 위, 아래, 앞, 좌, 우, 그 어디를 봐도 끊임없이 내리는 눈의 장막만이 보였으니까.

작은아버지가 다시 입을 열었어. "얼씨구. 개가 다시 짖는데. 내 사격 솜씨 맛을 보여줘야 하나. 그게 늘 남는 장사지."

하지만 마음씨 좋은 아버지는 이렇게 말했지. "한번 찾아보는 게 더 낫겠다. 배가 고파 우는 불쌍한 동물인데. 도와달라고 짖어대는 거야, 가여운 것. 조난당한 사람처럼 불러대는 게지. 자, 가보자고."

이 장막을 뚫고, 줄곧 빽빽하게 내리는 눈을 뚫고, 다시 걷기 시작했어. 어두움과 대기를 가득 채운 그 거품 같은 눈송이들이 요동치고 펄럭이며 내려오다가 녹아내리면서 살을 얼렸다네. 흰색의 작은 눈송이들이 피부에 닿을 때마다 마치 화상을 입기라도 한 듯 재빠른 통증과 함께 살이 얼어붙었지.

이 차갑고 푹신한 눈밭 속에 무릎까지 빠졌어. 걷자면 다리를 높이 들어올려야만 했지. 앞으로 나아가면서 개가 짖는 소리가 보다 뚜렷해지고 보다 커졌다네. 그때 작은아버지가 외쳤어. "저기 있다!" 우리는 밤에 적과 맞닥뜨리면 그러듯이 개를 관찰하기 위해 멈춰 섰어.

내 눈엔 아무것도 보이지 않았어. 그래서 다른 사람들 옆으로 갔더니 보이더군. 그 개는 보기에도 무시무시한 전설 속 동물 같았어. 그 커다란 검둥개가, 털이 길고 늑대와 흡사한 모습의 목양견이 눈밭 위로 뻗어 나간 등불 불빛이 끝나는 지점에 네 발로 우뚝 서 있었어. 그 개는 꼼짝 않고 서서 짖기를 멈추더니 우리를 바라봤지.

작은아버지가 이런 말을 했어. "이상하네. 앞으로 나서지도 뒤로 물러서지도 않으니. 한 발 쐈으면 꼭 좋겠구먼."

아버지가 단호한 목소리로 반대했지. "안 돼. 사로잡아야지."

그때 자크 형이 말을 보탰어. "그런데 혼자가 아니에요. 옆에 뭔가 있어요."

정말로 뭔가가 개 뒤에 있었어. 분간할 수 없는 회색빛의 뭔가. 모두 조심스럽게 다가갔지.

우리가 다가오는 걸 보고서 개가 엉덩이를 내리고 앉더군. 사나워 보이지는 않았어. 오히려 사람들을 끌어들이는 데 성공해서 만족스러워하는 듯했지.

아버지가 곧장 개에게로 다가가서 쓰다듬어줬지. 개가 아버지의 손을 핥더군. 알고 보니 그 개는 소형 마차, 모직 담요 서너 개로 완전히 뒤덮인 고가의 소형 마차 바퀴에 묶여 있었어. 사람들이 조심스럽게 천무더기를 걷어내고, 바티스트가 바퀴 달린 개집처럼 보이는 작은 마차의 문에 등불을 갖다 대자, 그 안에서 잠이 든 아기가 보였다네.

우리 모두 어찌나 놀랐든지 입에서 아무런 말도 나오지 않더군. 아버지가 먼저 정신을 차렸고, 마음이 넓고 고귀한 면이 있던지라 마차 지붕 위로 손을 뻗으면서 말씀하셨어. "가엽게도 버려졌구나. 이제 넌 우리 식구란다!" 그러고는 자크 형에게 우리가 발견한 것을 앞장서서 끌고 가라고 시켰다네.

아버지는 머릿속에 드는 생각을 큰 목소리로 입 밖으로 꺼내셨지. "잘못된 사랑으로 태어난 아이인가 보다. 그 가여운 어머니가 아기 예수를 생각하며, 주님 공현 대축일인 오늘 밤에 우리 집 문의 종을 울렸겠지."

아버지는 다시 말을 그쳤다가 허공의 네 귀퉁이를 향해 온 힘을 다해서 어둠을 뚫고 네 번 외쳤어. "우리가 아이를 거뒀습니다!" 그러고는 동생의 어깨에 손을 올리며 중얼거리셨어. "네가 혹시라도 개를 쐈더라면, 프랑수아……?"

작은아버지는 아무런 대꾸도 하지 않았지만 어둠 속에서 커다랗게 성호를 그었다네. 작은아버지는 태도가 허풍스럽긴

했지만 신심이 깊으셨으니까.

개를 풀어줬더니 우리를 따라왔어.

아! 집으로 돌아가는 모습은 볼만했지. 처음엔, 성벽 계단을 통해 마차를 올리는 데 무척 어려움을 겪었거든. 어쨌든 성공했고 그 다음에는 현관까지 끌고 갔어.

어머니는 좋기도 하고 놀라기도 해서 희한한 표정이셨어! 그리고 내 어린 사촌 넷(기장 어린 애가 여섯 살이있다네)은 둥지를 둘러싼 네 마리 암탉 같았지. 여전히 자고 있는 아기를 드디어 마차에서 꺼냈어. 약 6주 정도 된 여자아기더군. 그리고 아기의 배내옷 속에서 금화 1만 프랑을 발견했다네. 그래, 금화 1만 프랑! 아버지는 그 돈을 아이 지참금으로 쓰려고 저금하셨어. 그러니까 가난한 사람들의 자식이 아니었던 거지……. 어쩌면 어떤 귀족과 시내에 사는 부르주아 여인 사이에서 태어난 아이였을 수도 있겠고…… 아니면…… 우리는 수천 가지 가정을 해봤지만 아무것도 알 수가 없었어…… 그에 대해서는, 결코 아무것도……. 개를 알아보는 사람도 아무도 없었지. 이 고장에서는 낯선 개였다네. 어쨌든, 우리 집 문의 종을 세 번이나 울리려고 왔던 남자 혹은 여자는 내 부모님을 잘 알았던 모양이야. 그렇게 두 분을 선택했던 걸 보면.

자, 이상이 페를 양이 생후 6주경에 어떻게 샹탈 가문에 들어오게 됐는가에 대한 이야기라네.

페를 양이라고 부르게 된 건 훨씬 뒤의 일이야. 처음에 "마리 시몬 클레르"라는 세례명을 주는 바람에 클레르를 성으로 사용해야 했거든.

거실로 데려온 그 아기가 잠에서 깨어나 초점이 잘 맞지 않는 파란 두 눈으로 사람들과 불빛을 둘러보는 장면은 참 희한했는데.

우리는 다시 식탁에 자리 잡았고 갈레트를 나눴지. 내가 왕이 되었다네. 그리고 난 조금 전 자네처럼 페를 양을 왕비로 뽑았지. 페를 양은 그날 자신에게 주어진 영예에 대해서는 짐작도 못했겠지만.

그러니까 그 아기는 이 가정에 입양되어 자라게 됐지. 아기는 커갔고, 세월이 흘렀다네. 페를 양은 다정하고 다감하고 순종적이었어. 모두 그녀를 좋아했으니, 만약 나의 어머니가 나서지 않았더라면 아이를 지독한 응석받이로 만들었을 거야.

어머니는 질서와 위계를 중시하는 여성이었거든. 어린 클레르를 자신의 아들들과 똑같이 대우하는 데 동의했지만, 우리 사이를 가르는 거리는 분명히 표시하고 상황에 변동이 없기를 원하셨어.

그래서 아이가 이해할 수 있는 나이가 되자마자 아이에게 그런 사연을 알려줬고 천천히, 심지어 다정하게 어린아이의 머릿속에 자신은 샹탈네 가족에게는 입양된, 받아들여진, 그러니까 결국 이방인이라는 사실을 주입시켰다네.

클레르는 이런 상황을 희한할 정도로 영리하게, 놀라울 만

큼 본능적으로 이해했지. 그녀가 어찌나 영리하고 우아하고 상
냥하게, 자신에게 주어진 자리를 받아들이고 그자리에 머물렀
던지 아버지는 감동해서 눈물을 흘릴 정도였거든.

어머니 역시 이처럼 귀엽고 다정한 존재가 열렬한 감사와
불안감이 살짝 섞인 헌신을 보여주자 너무나 감동해서 그녀를
"내 딸"이라고 부르기 시작했고. 가끔은 그 어린아이가 뭔가
선량하고 섬세한 배려를 보여주고 나면 안경을 이마 위로 올리
곤 했는데, 어머니에게 그건 늘 감동을 의미했네. 어머니는 "정
말이지 진주 같은 아이야, 진짜 진주!"라고 되뇌곤 했어. 그 진
주라는 호칭이 어린 클레르에게 남아서 이제 우리에게 그녀는
페를* 양이 되어버렸고.

IV

샹탈 씨가 입을 다물었다. 그는 당구대 위에 올라 앉아 발을 달
랑거리며, 왼손으로는 당구공을 갖고 놀면서 오른손으로는 석
판에 적은 점수를 지울 때 사용하기 때문에 우리가 "분필용 걸
레"라고 부르는 허드레 천을 만지작거리고 있었다. 머릿속에
서 깨어난 옛 추억들과 오래된 사건들을 천천히 가로지르며 추

---

*진주라는 의미이다.

억 속으로 떠나버린 샹탈 씨는, 이제 살짝 붉어진 얼굴과 희미한 목소리로 스스로에게 들려주려고 이야기를 하고 있었다. 그건 마치, 산책을 하다가 자신이 성장한 장소인 오래된 가족의 정원으로 어쩌다가 들어가게 됐는데, 걸음마다 만나게 되는 나무 한 그루, 오솔길, 풀 한 포기, 뾰족한 호랑가시나무, 향기 좋은 월계수나무, 손가락으로 으깰 수 있는 빨갛고 통통한 열매가 달린 주목나무가 우리 지나간 삶의 자질구레한 추억을, 삶의 얼개와 바탕 자체를 이루고 있는 그 평범하면서도 감미로운 자잘한 사실을 떠오르게 하는 것과 마찬가지이다.

나는 벽에 등을 대고 놓고 있는 큐 위에 두 손을 얹은 채 그를 마주하고 있었다.

그가 잠시 뒤 다시 말을 이었다. "이런, 열여덟 살 때의 그녀가 어찌나 예뻤던지…… 우아하고…… 완벽했지…… 아! 어여쁘고…… 어여쁘고…… 어여쁘고…… 선량하고…… 매혹적인 소녀였어……! 그녀의 두 눈은…… 푸르고…… 투명하고…… 맑았지…… 그런 눈은 본 적이 없단 말이야…… 단 한 번도!"

그가 다시 입을 다물었다. 내가 물었다. "페를 양은 왜 결혼을 하지 않았죠?"

그는 나에게가 아니라 지나가는 말, "결혼"이라는 말을 향해 대답을 건넸다.

"왜냐고? 왜냐고? 그녀가 원하지 않았으니까…… 원하지 않았어. 하지만 지참금으로 30만 프랑이나 있었는데. 그리고 청혼도 여러 번 받았는데…… 그녀가 원하지 않았지! 그 시절의 그녀는 슬퍼 보였어. 그 무렵 나는 지금의 아내가 된 사촌 샤를로트와 결혼을 했지. 약혼한 지 6년째 되던 해였다네."

나는 샹탈 씨를 바라보며, 그의 머릿속으로 뚫고 들어간 느낌을 받았다. 정직한 마음들이, 올곧은 마음들이, 나무랄 데 없는 마음들이 겪는 그 보잘것없고 잔인한 비극 속으로, 털어놓은 적이 없고 살펴본 적이 없어서 그 누구도 알지 못했고 심지어는 그 때문에 묵묵히 희생을 받아들였던 사람들조차도 알지 못했던, 그런 마음속으로 뚫고 들어간 것만 같았다.

그러자 갑자기 대담한 호기심이 부추기는 바람에 나는 이렇게 말했다.

"그녀와 결혼했어야 했던 사람은 바로 샹탈 씨군요?"

그는 소스라치더니 나를 바라봤다.

"내가? 누구랑 결혼을 한다고?"

"페를 양하고요."

"어째서 그런 말을."

"그녀를 사촌 여동생보다 더 사랑하셨잖아요."

그가 이상하고 둥그렇고 겁에 질린 눈으로 나를 바라봤다. 그러더니 더듬거렸다.

"내가 그녀를 사랑했다고…… 내가? ……어떻게? ……누가 자네에게 그런 말을 했지?"

"아니, 그야 뻔하죠……. 심지어 사촌이 6년 전부터 당신과의 결혼을 기다리고 있는데도 그렇게 오랫동안 미뤄왔던 것도 폐를 양 때문이 아니었나요."

그는 왼손에 쥐고 있던 공을 놓고 두 손으로 분필용 허드레 천을 쥐더니 거기에 얼굴을 묻고 흐느끼기 시작했다. 몹시 한스러우면서도 우스꽝스럽게, 마치 스펀지를 쥐어짜서 물이 뚝뚝 떨어지듯 눈과 코와 입에서 동시에 눈물을 줄줄 흘렸다. 그러고는 기침을 하고 침을 뱉고 허드레 천으로 코를 풀고 눈을 닦고 재채기를 하고 나서 다시 눈, 코, 입으로 눈물을 쏟아내는데, 목구멍에서는 물로 목구멍을 가실 때처럼 그르르 소리가 났다.

나는 겁도 나고 창피해서 달아나고 싶었고 무슨 말과 무슨 행동을 해야 할지, 어떤 시도를 해야 하는지 알 수가 없었다.

갑자기 샹탈 부인의 목소리가 계단에서 울려 퍼졌다. "시가는 다 피워가나요?"

나는 문을 열고 소리 질렀다. "예, 부인, 곧 내려가겠습니다."

그러고는 샹탈 씨에게로 달려가서 그의 팔꿈치를 잡았다. "샹탈 씨, 이봐요, 샹탈, 내 말 좀 들어봐요, 부인이 불러요. 정신 좀 차리세요, 어서요. 내려가야 합니다. 마음을 좀 추스르세요."

그의 입에서 더듬거리는 말이 흘러나왔다. "그래…… 그

래…… 내려가지…… 가여운 여인……! 내려가네…… 곧 내
려간다고 말해줘."

그리고 그는 이삼 년 전부터 석판 위에 기록한 점수를 몽땅
지워냈던 그 허드레 천을 갖고 얼굴을 꼼꼼하게 닦기 시작했
다. 이마, 코, 뺨, 턱을 분필로 문댄 바람에 다시 드러난 얼굴의
반은 흰색 반은 붉은색이었고, 아직도 눈물이 그렁거리는 두
눈은 부어 있었다.

나는 그의 손을 잡아 침실로 이끌면서 중얼거렸다. "미안
해요, 용서하세요, 상탈 씨, 이런 고통을 드릴 생각은 아니
었는데…… 하지만…… 난 몰랐어요……. 이해…… 하시
죠……"

그가 내 손을 꼭 쥐었다. "그럼…… 그럼…… 힘든 순간들
이 있는 법이란다……"

그가 세면대에 얼굴을 담그고 나서 다시 나왔지만, 여전히
남 앞에 나설 만한 모습은 아니었다. 나는 꾀를 냈다. 그가 거
울을 보면서 불안해했기에 그에게 권했다. "눈에 티끌이 들어
갔다는 이야기를 하시면 될 거예요. 그러면 모두 앞에서 실컷
우실 수 있을 겁니다."

실제로 그는 손수건으로 눈을 문대면서 계단을 내려갔다.
모두 걱정을 하며 각자 티끌을 찾아보려고 했지만 아무것도 발
견되지 않았다. 그러자 서로 이와 유사한 경우였다가 결국 의
사까지 찾아가야했다는 이야기들을 늘어놓았다.

나는 페를 양 곁으로 다가가서 그녀를 바라봤는데, 이제는 불타오르는 호기심이 고통스럽게 여겨질 정도였다. 그녀는 실제로 아주 아름다웠을 게 틀림없었다. 무척 크고, 무척 고요하고, 무척 휘둥그런 그 온화한 두 눈은 다른 인간들과는 달리 한 번도 감긴 적이 없을 것만 같았다. 조금은 우스꽝스럽게, 진짜 노처녀같이 꾸미고 있어서 보기 싫을 정도는 아니었지만 아름다움이 바래었다.

나는 조금 전에 샹탈 씨의 영혼 속을 들여다봤듯이 그녀의 내면을, 그 겸손하고 단순하고 헌신적인 삶을 처음부터 끝까지 전부 보았다는 느낌을 받았다. 그런데도 하나의 욕구로, 그녀에게 질문하고 그녀 또한 그를 사랑했는지를 알아야겠다는 성가신 욕구로 입술이 근질거렸다. 그 누구도 보지도 못하고 알지도 못하고 눈치도 못 채고 있지만 캄캄한 밤에 홀로 침대에 몸을 누이면 흘러나오는, 은밀하고 예리한 그 오랜 번민으로 그녀도 그처럼 고통스러워했을까. 그녀를 바라보니 블라우스 밑에서 가슴이 들썩이고 있었다. 나는 이 유순하고 순진해 보이는 얼굴이 축축한 베개에 얼굴을 묻고 구슬피 울었을지, 달궈진 침대의 열기 속에서 온 몸을 들썩이며 흐느꼈을지 궁금해졌다.

그래서 안에 무엇이 들어 있는지가 궁금해서 보석을 깨뜨려 보는 아이처럼 그녀에게 나지막하게 말을 걸었다. "조금 전에 샹탈 씨가 눈물을 흘리는 모습을 봤더라면 가엽게 여기셨을 겁니다."

그녀가 소스라쳤다. "뭐라고요? 우셨다고요?"

"오! 그럼요, 우셨어요!"

"대체 왜요?"

그녀는 몹시 혼란스러워 보였다. 내가 대답했다.

"당신 때문에요."

"나 때문이라고요?"

"그렇습니다. 예전에 당신을 얼마나 사랑했는지, 당신 대신에 지금의 아내와 결혼하는 것이 얼마나 힘들었는지를 이야기하다가 그만……."

그녀의 창백한 얼굴이 위아래로 살짝 늘어나는 것처럼 보이더니 늘 활짝 열려 있던 두 눈이, 그 고요한 두 눈이 갑자기 너무나 빠르게 내리 감겨서 영원히 닫혀버린 것만 같았다. 그녀가 의자에서 바닥을 향해 미끄러졌고, 스카프가 떨어지면 그랬을 것처럼 부드럽게, 천천히 바닥으로 무너졌다.

나는 소리를 질렀다. "도와주세요! 여기요! 페를 양이 몸이 안 좋습니다."

샹탈 부인과 딸들이 달려왔다가 물과 수건과 각성제를 찾으러 가자 나는 모자를 챙겨 달아났다.

심장이 조여들고 머릿속은 회한과 후회로 가득했지만 성큼성큼 걸어갔다. 물론 또한 가끔씩은 만족스럽기도 했다. 칭찬받을 만하고 필요한 일을 한 느낌도 들었으니까.

218

나는 스스로 묻지 않을 수 없었다. '잘못한 일이었을까? 잘한 일이었을까?'

두 사람의 영혼 속에는 봉합한 상처 안에 납탄환이 남아 있듯 그 일이 간직된 채였다. 이제 두 사람은 더 행복하지 않을까? 두 사람의 고통스럽던 사랑이 다시 시작되기에는 너무 늦었고, 그들이 그것을 애틋하게 추억하기에는 너무 일렀으니까.

어쩌면 내년 어느 봄밤에, 두 사람은 달빛이 나뭇가지를 뚫고 그들이 밟고 선 풀밭 위로 내려앉는 모습에 감동한 나머지 서로 끌어안고 손을 꼭 잡고서, 억눌렀던 그 잔인한 고통을 추억할지도 모른다. 또 어쩌면, 그 짧은 포옹 덕분에 두 사람이 겪어보지 못했을 전율이 살짝이나마 두 사람의 핏줄기를 타고 돌지도 모른다. 그리고 또 어쩌면, 연인들에게는 다른 사람들이 평생 걸려 거둬들일 수 있는 것보다 더 많은 짜릿한 행복을 안겨주는 열정과 도취, 이런 감정이 자아내는 찰나의 숭고한 감각이 순식간에 죽음으로부터 되살아난 두 사람에게서 퍼져나갈지도 모른다.

누가 알겠는가
(1890)

I

하느님 맙소사! 드디어 내게 일어났던 일을 글로 남기려 한다. 그런데 해낼 수 있을까? 내가 감히? 그 일은 너무나도 기이하고 설명할 수 없을 뿐만 아니라, 이해할 수도 없고 비정상적이지 않은가!

만약 내 눈으로 본 것에 대해 확신이 들지 않는다면, 나의 추론에 그 어떤 결함도, 나의 검증에 그 어떤 오류도, 탄탄하게 이어지는 나의 관찰에 그 어떤 누락도 없다는 확신이 들지 않는다면, 내가 그저 환각에 시달린 것이고 이상한 환영의 노리개였던 것뿐이라고 생각하고 말 텐데. 결국, 그 누가 알겠는가?

지금 있는 곳은 정신병원이다. 이곳에 자발적으로 들어왔는데, 미리 조심하려고도 그랬지만 겁이 나서이기도 했다. 꼭 한 명 내 사연을 알고 있다. 이곳 의사다. 이제 그 사연을 글로 쓰려 한다. 굳이 왜 이러는지는 나도 잘 모르겠다. 그 사건을 떨쳐내고 싶어서일까. 내 안에 그 일이 견디기 힘든 악몽처럼 자리하고 있음을 느낀다.

사연은 이렇다.

나는 늘 혼자였고, 꿈꾸기를 좋아했고, 너그러우며 적은 것으로 만족하고 인간이나 하늘에 대해서 그 어떤 앙심도 원한도 품지 않는 고독한 철학자였다. 줄곧 혼자 살았는데, 타인의 존재가 내 안에 자아내는 일종의 거북함 때문이었다. 이것을 어떻게 설명할 수 있을까? 해내지 못하리라. 사람들을 만나서 이야기를 나누고 친구들과 저녁 식사를 함께하기를 거부하는 것은 아니나, 사람들이, 아주 친한 경우일지라도, 너무 오래 내 곁에 있다고 느껴지면 피곤하고 짜증이 나면서, 사람들이 떠나는 것을 보거나 혹은 내가 떠나와서 혼자가 되고 싶다는 욕망이 생겨나고, 점점 커져가는 그 욕망에 시달리게 된다.

이 욕망은 단순한 욕구 이상, 저항할 수 없는 필연이다. 사람들이 계속해서 내 곁에 머문다면, 오랫동안 그들의 대화 소리가 내 귀에 들려온다면, 비록 내가 그들의 대화에 귀를 기울이는 게 아님에도 내게는 영락없이 어떤 일인가가 벌어지고 말리라. 어떤 일이냐고? 아! 그 누가 알겠는가? 어쩌면 그저 기절하려나? 그래! 아마도!

혼자인 걸 너무나 좋아해서 한 지붕 아래 다른 사람들이 이웃해서 산다는 것조차 견딜 수가 없다. 그래서 파리에서는 살수가 없다. 그곳에서는 끝도 없이 극심한 고통에 시달리니까. 그곳에 우글거리는 엄청난 사람들, 잠잘 때조차 내 주위에서 삶을 지속하는 그 엄청난 사람들 때문에 정신적인 죽음을 겪을 뿐만 아니라, 몸도 신경도 극한의 고문을 당한다. 아! 타인의 잠은 그들의 말보다도 더 견디기 힘들다. 이성의 규칙적인 소멸이 일어나는 잠 속에서도 삶들이 지속됨을 알고 있고 느끼고 있으니, 절대 쉴 수가 없는 것이다.

나는 대체 왜 이렇게 생겨먹은 걸까? 그 누가 알겠는가? 그 원인은 어쩌면 아주 단순할지도 모른다. 내 안에서 벌어지고 있는 일이 아닌 그 어떤 것에 대해서도, 아주 쉽게 싫증을 낸다는 사실에서 찾을 수 있지 않을까. 그런데 나와 같은 경우의 사람들이 제법 많다.

지구상에는 두 부류의 종족이 있다. 타인을 필요로 하고, 타인을 통해 즐거움과 관심거리와 휴식을 얻으며, 무시무시한 빙하를 오른다거나 사막을 가로질러 갈 때처럼 고독에 접하면 지치고 기운이 다하고 시들어버리는 사람들이 있다. 그런가 하면 오히려, 타인과 있을 때 싫증 내고 권태와 불편을 느끼고 기운이 쏙 빠지며, 혼자 있으면 차분해지고, 자유롭고 기발한 자신만의 생각을 쫓아가며 휴식에 잠기는 사람들도 있다.

결국, 정상적인 심리 현상으로 볼 만한 측면이 있다. 어떤 이들은 외향적으로 살게 타고났고, 또 어떤 이들은 내향적으로

222

살게 태어난 것이다. 바깥세계에 대한 나의 관심은 순간적이고 빠르게 소진되며, 그것이 한계에 도달하자마자 나의 육체와 나의 지성 전체가 견디기 힘든 불편함에 빠지는 일을 겪게 된다.

그리하여 나는 내게 있어 존재의 중요성을 대신하는 무생물에 많이 집착했고, 지금도 집착한다. 나는 사물들, 가구들, 내 눈에는 사람의 얼굴이나 마찬가지로 친근하고 호의적인 자질구레한 물건들 사이에서 고독하면서도 능동적인 삶을 살았으며, 나의 집은 그런 삶이 펼쳐지는 하나의 세계가 되었고, 지금도 그렇다. 그런 사물들로 차츰차츰 집을 채우고 꾸며나갔고, 집에 있으면 흡족하고 만족스럽고 행복하다고 느꼈는데, 사랑하는 여인의 품에 안겨 이제는 익숙해진 나머지 평온하고 유순한 욕구를 불러일으키는 그녀의 애무를 받는 것과 마찬가지가 아니겠는가.

나는 아름다운 정원 속에 집을 짓게 했고, 이 정원 덕분에 집은 도로와 떨어져 있었지만 도시 초입에 위치했기에, 가끔씩 사교 활동에 대한 욕구가 느껴질 경우 필요하다면 그런 가능성을 도시에서 찾아낼 수 있었다. 하인들은 모두 채마밭 구석 저 멀리에 세워진, 커다란 담에 둘러싸인 별채에서 묵었다.

잎이 우거진 거목 아래 파묻혀 눈에 띄지 않는 외딴 집을 고요함이 감싸고 어두운 밤의 장막이 그 위에 펼쳐지면, 어찌나 편안하고 좋은지 그 상태를 보다 오래 맛보려고 매일 밤 몇 시간이고 잠자리에 들기를 주저하곤 했다.

그날, 도심 극장에서는 〈지그프리트〉를 상연했다. 그 아름답고 몽환적인 오페라를 처음으로 들으면서 아주 생생한 즐거움을 느꼈다.

머릿속은 노랫가락들로 가득하고 눈앞에는 아름다운 환상들이 어른거리는 채로, 경쾌한 발걸음으로 집으로 돌아가는 중이었다. 사방이 캄캄하고 또 캄캄했는데, 어찌나 캄캄한지 대로가 겨우 식별이 될 정도여서 하마터면 길가 도랑으로 굴러 떨어질 뻔한 것이 여러 차례였다.

입시(入市) 세관으로부터 집까지는 1킬로미터 남짓, 그러니까 천천히 걸으면 20분 정도 걸리는 거리였다. 시간은 새벽 1시, 아니 1시 혹은 1시 반 정도였다. 앞쪽의 하늘이 조금 환해지며 달이, 울적한 하현달이 나타났다. 상현달, 그러니까 저녁 네다섯 시쯤에 뜨는 상현달은 환하고, 즐겁고, 은을 입혀놓은 듯한 달이지만, 자정 이후에 뜨는 하현달은 불그스름하고 음울하며 불길하다. 마녀들의 집회 때 뜨는 바로 그 달이다. 야행성인 사람들이라면 누구라도 그런 사실을 지적했을 것이다. 초승달은 실처럼 가늘어도 마음을 기쁘게 해주는 유쾌한 빛을 던지며 땅위에 그림자가 뚜렷이 맺히게 한다. 그믐달은 너무나 흐릿해서 그림자도 맺히지 않을 정도로 시들버들한 빛을 겨우 흩뿌린다.

저 멀리 어두컴컴한 덩어리를 이루고 있는 정원이 보였고, 그 안으로 들어갈 생각을 하니 왜인지는 모르나 불편함이 느껴졌다. 걸음을 늦추었다. 날이 따스했고, 무더기를 이루고 있는 거목들이 집이 묻혀 있는 묘지처럼 여겨졌다. 울타리의 살문을 열고, 양옆으로 백단풍나무들이 늘어서 있으며 그 활처럼 휜 가지들이 서로 맞닿아 천정 높은 터널처럼 궁륭을 이루고 있는 긴 오솔길로 접어들었다. 빽빽한 숲을 가로지르며, 희미한 어두움 속에서 꽃바구니들이 어렴풋한 색조의 타원형 얼룩처럼 보이는 잔디밭을 에두르는 길이었다.

집에 가까워질수록 야릇한 불안감에 사로잡혔다. 걸음을 멈추었다. 아무 소리도 들리지 않았다. 나뭇잎 사이를 지나가는 바람 한 점 없었다. "내가 왜 이럴까?"라고 스스로에게 물었다. 10년 전부터 이런 식으로 귀가했지만 자그마한 불안조차 스쳐간 적이 없었다. 겁이 났던 적이, 밤에조차 겁이 났던 적이 단 한 번도 없었다. 어떤 사내를, 서리꾼이나 도둑놈을 보았더라면 분노가 솟구쳐 올라 망설임 없이 덮쳤을 거다. 게다가 무기까지 갖고 있었다. 내게는 연발 권총이 있었다. 하지만 총에는 손도 대지 않았다. 내 안에서 싹터 오르는 이 두려움이 내게 미치는 영향에 맞서고 싶어서였다.

그건 무엇이었을까? 예감이었을까? 설명할 수 없는 것이 다가오는 것을 보게 될 때 사람들의 감각을 덮쳐오는 그 신비로운 예감? 아마도? 그 누가 알겠는가?

앞으로 나아감에 따라서 피부에 소름이 돋았고, 덧창을 닫아 놓은 거대한 저택의 벽 앞에 도달하자, 문을 열고 그 안으로 들어가기 전에 몇 분 동안 잠시 기다려야 한다는 느낌을 받았다. 그래서 내 거실 창문 아래에 놓인 벤치 위에 앉았다. 살짝 떨면서, 머리는 벽에 기대고 크게 뜬 두 눈으로는 어렴풋한 숲의 형체를 바라보면서 거기 머물렀다. 처음 얼마간은 주변의 이상한 낌새를 전혀 알아채지 못했다. 귓속에서 웅웅 소리가 났다. 하지만 이런 일은 내게 종종 일어난다. 기차가 지나가는 소리가, 종을 치는 소리가, 엄청난 사람들이 걸어가는 소리가 나는 것 같을 때도 가끔 있다.

그러더니 곧 그 웅웅 소리는 좀 더 뚜렷해지고, 좀 더 분명해지고, 좀 더 식별하기가 쉬워졌다. 그것은 평소처럼 동맥에서 나는 웅웅 소리가 내 귓속에서 들려온 게 아니라, 집 안에서부터 나는 아주 특별한, 그럼에도 아주 모호한 소리라는 데 조금의 의심도 없었다.

벽을 사이에 두고 그 소리를, 그 계속되는 소음을 분간해보려고 했는데, 소음이라기보다는 소란이었고, 마치 누군가가 나의 가구들을 몽땅 이리저리 밀어대고 슬그머니 끌고 다니고 그 위치들을 바꾸기라도 하는 것처럼, 수많은 사물들을 움직일 때 나는 희미한 소리였다.

오! 그러고도 한참 동안 나는 나의 청력을 의심했다. 집 안에서 벌어지는 이 야릇한 혼란을 제대로 파악해보려고 덧창에 한참 귀를 대고 있다가, 집 안에서 뭔가 비정상적이고 이해할 수 없는 일이 일어나고 있음을 확신하고 믿어 의심치 않게 됐다. 겁이 나지는 않았다. 하지만…… 이걸 어떻게 설명해야 하나…… 자지러지게 놀랐다고나 할까. 총에 총알을 재지는 않았다. 그게 전혀 필요가 없으리라는 것을 너무나 확실히 예상했으니까. 그저 기다렸다.

그 어떤 결정도 내릴 수 없었던 나는, 명철하지만 미칠 듯이 불안한 마음으로 한참을 기다렸다. 서서 기다리며 계속 귀를 기울였는데, 그 소리는 점점 커졌고, 가끔씩 엄청나게 세지면서 초조와 분노와 미지의 소요가 빚어내는 굉음처럼 변해갔다.

그러다가 갑자기 비겁함이 수치스러워졌고, 그래서 열쇠 꾸러미를 꺼내들고 필요한 열쇠를 골라 자물쇠에 밀어 넣은 뒤, 두 번을 돌리자마자 문짝이 벽에 부딪힐 정도로 힘껏 문을 밀쳤다.

그 소리가 마치 총알이 발사되듯 울려 퍼졌고, 그러자 위층에서 아래층까지 집 전체에서 발생한 엄청난 소란이 이 폭발음에 화답했다. 그것이 어찌나 재빠르고 무시무시하고 귀가 멍멍할 정도로 시끄럽던지 몇 걸음 뒤로 물러섰고, 여전히 쓸데없는 행동임을 알면서도 권총집에서 총을 뽑아들었다.

나는 여전히 기다렸다. 오! 물론, 잠깐이었다. 이제는 발 구르는 엄청난 소리가 계단에서, 마룻바닥에서, 양탄자에서 들려온다는 걸 알았는데, 인간의 신발이나 구두에서 나는 소리가 아니라 목발에서, 나무 목발이나 심벌즈처럼 진동하는 철제 목발에서 나는 소리였다. 그러다가 갑자기 뒤뚱거리면서 내 방 문턱을 빠져나오고 있는 안락의자가, 내 독서용 안락의자가 눈에 띄었다. 그 의자는 앞으로 나가더니 정원을 가로질렀다. 다른 안락의자들, 그러니까 살롱의 안락의자들이 그 뒤를 따랐고, 그 다음에는 키 낮은 소파들이 악어처럼 짧은 다리를 끌면서 갔다. 의자들이 전부 다 염소처럼 폴짝거리며 뛰어갔고, 등받이 없는 의자들은 토끼처럼 깡총거리며 뛰어갔다.

오! 얼마나 가슴이 떨리던지! 나는 숲으로 들어가서 그곳에 쭈그리고 앉아 기구들의 행렬을 계속 지켜봤다. 가구들이 전부 각자의 크기와 무게에 맞춰서 빠르게 혹은 느리게, 꼬리에 꼬리를 물고 지나갔다. 피아노가, 내 그랜드 피아노가 옆구리로 음악을 흥얼거리며 성난 말처럼 달려갔고 자질구레한 물건들은 모래 위를 개미처럼 기어갔는데, 솔, 크리스털 제품, 컵 등이 달빛을 받아 반딧불처럼 반짝였다. 피륙들은 바다 문어가 기어가듯 물웅덩이처럼 퍼지며 기어갔다. 책상이, 지난 세기의 희귀한 골동품이자 내가 받았던 편지들 전부와 내 가슴속 이야기 전부, 내게 그토록 고통을 안겨줬던 그 오랜 이야기가 들어 있는 책상이 모습을 나타냈다! 그 안에는 사진들도 들어 있었다.

갑자기 더 이상 겁이 나지 않았기에 책상을 향해 돌진했고, 도둑놈을 잡듯, 달아나는 여인을 잡듯 그놈을 붙잡았다. 하지만 그것은 굽힐 줄 모르고 계속 달렸고, 아무리 애를 쓰고 화를 내봐도 그 속도를 줄어들게 할 수조차 없었다. 필사적으로 그 무시무시한 힘에 저항하며 그와 드잡이를 하다가 그만 바닥으로 굴러 떨어지고 말았다. 나는 바닥을 구르며 모래 위로 질질 끌려갔고, 그 바람에 그 뒤를 따라오던 가구들이 나를 밟고 가기 시작했다. 짓밟힌 두 다리에는 멍이 잔뜩 들고 말았다. 그러고서야 내가 놈을 놔주자, 말에서 떨어진 병사를 짓밟으며 추격에 나선 기병대처럼, 다른 가구들이 내 몸 위로 지나갔다.

마침내 격렬한 공포에 사로잡힌 나는 몸을 질질 끌며 오솔길에서 벗어나 다시 나무들 사이에 숨었고, 가장 소소하고 가장 자질구레하고 가장 보잘것없으며 내 물건이지만 있는지도 몰랐던 것들이 사라져가는 모습을 지켜봤다.

그러자 멀리에서, 이제는 빈집처럼 소리가 울리는 집 안에서, 문들이 닫히는 무시무시한 소리가 들려왔다. 물건들이 떠나는 모습에 정신이 나가서 열어놓고 나왔던 현관문을 마지막으로, 위층에서부터 아래층에 이르기까지 모든 문들이 쾅 닫혔던 것이다.

나는 시내 쪽을 향해 달아났고, 거리에 들어서서야 밤늦게 귀가하는 사람들을 보며 냉정을 되찾을 수 있었다. 나를 알고 있는 어느 호텔을 찾아가 문간의 종을 울렸다. 손으로 옷을 툭툭 털어서 먼지를 털어내고 난 뒤, 열쇠 꾸러미를 잃어버렸노라고, 하인들은 서리꾼의 방문으로부터 채소와 과일을 지켜주는 울타리 뒤쪽의 외진 별채에서 잠을 자는데 별채 열쇠도 거기 함께 있노라고 이야기했다.

내게 배정해준 침대로 들어가 시트를 눈까지 올렸다. 하지만 잠을 이룰 수가 없어서 가슴이 두방망이질하는 소리를 들으면서 날이 밝기를 기다렸다. 동이 트자마자 하인들에게 기별을 넣어달라고 호텔 측에 미리 일러뒀던 터라, 아침 일곱 시가 되자 시종이 문을 두드렸다.

시종의 얼굴은 당혹스러워 보였다.

"어젯밤에 엄청나게 불행한 일이 발생했습니다, 주인 나리." 그가 말했다.

"대체, 무슨 일인가?"

"누군가 가구들을 몽땅 훔쳐갔습니다. 소소한 물건들까지, 전부 다요."

이 소식은 내게 기쁨을 안겨줬다. 왜냐고? 누가 알겠는가? 나는 감정을 통제했고, 내가 본 것을 그 누구에게도 말하지 말고 은폐하고 숨기고 무시무시한 비밀로서 내 마음속 깊이 묻어야한다는 확신을 가졌다. 그래서 이렇게 대답했다.

"그렇다면, 열쇠 꾸러미를 훔쳐간 놈들과 동일한 자들이겠지. 어쨌든 경찰서에 알려야겠네. 지금 일어날 테니, 조금 있다가 합류하겠네."

조사가 다섯 달 동안 진행되었다. 아무것도 발견되지 않았고, 자질구레한 물건들 중 제일 작은 물건도, 도둑이 남긴 흔적 중 가장 희미한 흔적도 찾아내지 못했다. 제길! 만약 내가 알고 있는 것을 말했더라면…… 그 이야기를 해줬더라면…… 도둑이 아니라 나를, 그런 일을 목격했던 사람을 잡아 가뒀으리라.

오! 나는 비밀을 발설하지 않았다. 하지만 집을 다시 가구로 채우지 않았다. 아무 쓸데없는 일이었으니까. 그랬더라면 똑같은 일이 다시 되풀이 되었을 것이다. 더는 집으로 돌아가고 싶지 않았다. 그곳으로 돌아가지 않을 것이다. 다시 그 집을 보는 일은 결코 없었다.

나는 파리의 호텔로 왔고, 그 통탄할 만한 밤을 겪은 뒤로 나의 커다란 근심거리가 된 신경과민 상태에 대해 의사들의 진찰을 받았다.

그들은 내게 여행을 권했고 나는 그들의 충고를 따랐다.

II

이탈리아부터 들르기로 했다. 햇빛은 내 건강에 긍정적 효과를 미쳤다. 6개월 동안 제노바에서 베네치아로, 베네치아에서 피렌체로, 피렌체에서 로마로, 로마에서 나폴리로 떠돌아다녔다. 그리고는 자연과 기념물들, 그리스인과 노르만인이 남겨놓은 유물들로 감탄을 자아내는 대지, 시칠리아를 두루 돌아다녔다. 아프리카로 건너간 나는 그 누렇고 고요하고 거대한 사막을 평화롭게 가로질렀는데, 그곳에는 낙타와 영양, 그리고 유목부족인 아랍인들이 돌아다녔고, 가볍고 청명한 그곳의 대기에는 강박관념이라고는 낮만큼이나 밤에도 떠돌지 않았다.

마르세유를 거쳐서 프랑스로 다시 들어왔고, 프로방스 지역의 쾌활한 분위기에도 불구하고 햇빛이 줄자 울적해졌다. 유럽 대륙으로 돌아오자, 자신이 나았다고 생각했다가 묵직한 고통을 느끼며 병의 뿌리가 아직 제거되지 않았다는 예감을 갖게 된 환자처럼 기이한 느낌을 받았다.

그러고서 파리로 돌아왔다. 한 달이 흐르자 무료해졌다. 때는 가을이었고, 겨울이 오기 전에 가본 적이 없는 노르망디 지역을 가로지르는 여행이 하고 싶어졌다.

당연히 루앙부터 시작했다. 일주일간, 이 중세 도시를, 고딕풍의 별난 기념물들을 소장한 이 놀라운 박물관 도시를 돌아다니면서 기분 전환을 했고 즐거움과 흥분을 느꼈다.

그러던 어느 날, 오후 4시 무렵에 기괴한 거리로 접어들게 되었는데, 그곳에는 "로벡의 물"이라고 명명된 강이 염료 때문에 시커먼 잉크를 풀어놓은 듯한 모습으로 흘러가고 있었다. 가옥들의 이상야릇하며 고풍스러운 외관에 온통 집중되어 있던 나의 관심은 한 집, 또 한 집으로 계속해서 이어지는 줄줄이 늘어선 골동품 상점들로 대번에 옮겨갔다.

아! 이들은, 이 비열한 고물상들은 장소를 정말이지 잘도 골랐다! 이 괴기스러운 골목에서는 음산한 강물이 흐르고, 기와와 청석돌을 얹은 뾰족 지붕에서는 아직도 과거의 풍향계가 삐걱거리며 돌아가고 있으니.

어두컴컴한 가게 저 안쪽에는 조각된 궤짝, 루앙과 느베르와 무스티에르의 자기, 색을 입힌 조각상, 떡갈나무 조각상, 그리스도와 성모 마리아와 성인들, 교회 장식품들, 상제의(上祭依), 제의, 심지어 성기(聖器), 그리고 신은 예전에 이사 나가버리고 지금은 텅 빈, 금칠한 목제 감실 등이 잔뜩 쌓여 있는 것이 보였다. 오! 이 높이 솟은 가옥들, 지하실에서부터 고미다락방에 이르기까지, 삶이 다한 것처럼 보이지만 새로운 세대에게 골동품으로 팔려나가려고 원래의 주인들이나 자신의 시대나 시절이나 유행보다도 더 오래 살아남은 온갖 종류의 물건들이 꽉 채우고 있는 이 커다란 가옥들과 그 안에 자리한 이상한 동굴들.

이 고가구상 밀집 지역에서 골동품에 관한 애정이 되살아났다. 로벡의 물이라는 이 구역질 나는 물길 위로는 썩어가는 네 개의 널빤지를 얽어 만든 다리가 놓여 있는데, 나는 그 다리 위를 건너다니며 이 상점에서 저 상점으로 성큼성큼 옮겨 다녔다.

하느님 맙소사! 이 어인 충격인지! 나의 제일 아름다운 옷장들 중 하나가 고가구들의 무덤인 지하납골당 입구처럼 보이는, 물건들로 번잡스러운 궁륭 모양 입구에 놓여 있는 것이 눈에 들어왔다. 사지를 떨어대며 다가갔고, 어찌나 떨었는지 옷장을 만질 수조차 없었다. 손을 내밀었다가는 또 망설였다. 하지만, 정말이지 내 옷장이었다. 한번이라도 본 적이 있는 사람이라면 알아보지 못할 수가 없는 루이 13세 양식의 독특한 옷장. 보다 멀리, 이 진열실의 좀 더 어두컴컴한 안쪽으로 문득 눈길을 던지자, 촘촘하게 짠 장식 융단을 씌운 내 안락의자 세 개가, 그보다 더 안쪽으로는 파리에서 보러 올 정도로 정말로 진귀한 앙리 2세 양식의 내 탁자 두 개가 보였다.

상상해보라! 내 심정을 상상해보라!

정신이 멍하고 극심한 충격을 받았지만 앞으로 걸어갔다. 난 용감하니까. 암흑기의 기사가 주술에 걸린 장소로 뚫고 들어가듯 앞으로 나아갔다. 발걸음마다 내 소유였던 것들이 전부 다 발견됐다. 내 샹들리에들, 내 책들, 내 피륙들, 내 무기들, 전부 다. 내 편지들이 보관된 책상만은 코빼기도 보이지 않았다.

어두컴컴한 진열실들로 내려갔다가 다시 위층으로 올라갔다. 나 혼자였다. 사람을 불러봤지만 아무런 대답이 없었다. 혼자였다. 널따랗고 통로가 미로처럼 구불구불한 이 집에 아무도 없었다.

밤이 되었고, 나는 어두움 속에서 내 의자들 중 하나에 앉아 있어야만 했다. 떠나고 싶은 생각이 조금도 없었으니까. 가끔씩 외쳐보았다. "이봐요, 이봐요, 거기 누구 없소!"

그곳에 머문 지 한 시간도 넘었을 때 발소리가, 가볍고, 느릿하며, 어디서 나는지 알 수 없는 발소리가 들려왔다. 하마터면 달아날 뻔했다. 하지만 완강하게 버티면서 다시 사람을 불렀고, 그러자 옆방에서 불빛이 보였다.

"거기 누구요?" 어떤 목소리가 말했다.

내가 대답했다.

"물건을 사러 왔습니다."

상대방이 받아쳤다.

"이런 식으로 상점 안에 들어오기에는 너무 늦었군요."

내가 말을 받았다.

"한 시간도 더 전부터 기다리고 있었습니다."

"내일 오시지요."

"내일 루앙을 떠나야 합니다."

앞으로 나아갈 엄두가 나지 않는데, 그는 이쪽으로 오지 않았다. 그가 들고 있는 촛불의 희미한 빛에, 전장에서 죽은 사람들 위로 천사 둘이 날아다니는 장면이 새겨진 장식 융단이 보였다. 이 융단 역시 내 것이었다. 내가 말했다.

"자, 이쪽으로 오겠습니까?"

그가 대답했다.

"기다리고 있습니다만."

나는 일어서서 그가 있는 쪽으로 갔다.

커다란 방 한가운데에 아주 키가 작은 남자가 있었는데, 키가 작고 아주 뚱뚱한, 끔찍할 만큼 놀라울 정도로 뚱뚱한 남자였다.

노르스름하고 삐죽삐죽한 수염이 드문드문 돋았고, 머리에는 머리카락이 한 올도 없었다! 한 오라기도 없다니? 그가 내 모습을 보려고 촛불을 든 팔을 높이 쳐들었기 때문에 그의 머리통이 고가구들로 번잡한 이 넓은 방에서 작은 달처럼 보였다. 얼굴은 쭈글쭈글하고 부어 있었고, 두 눈은 보이지 않을 정도로 작았다.

나는 내 것이었던 의자 세 개를 흥정한 뒤 그자리에서 거금을 지불하면서, 그저 단순하게 내가 묵고 있는 호텔방 번호를 주었다. 다음 날 9시 전까지 배달해주기로 했다.

그러고서 그곳을 나왔다. 그는 무척 정중하게 나를 문간까지 바래다줬다.

그 길로 경찰서장을 찾아가서 가구들을 도둑맞았는데 방금 그것들을 발견했다는 이야기를 했다.

서장은 이 절도 사건을 심리했던 검사실에 즉각 전보로 정보를 요구하더니, 내게 기다려달라고 부탁했다. 한 시간 뒤 내게는 만족스럽기 짝이 없는 답변이 돌아왔다.

"그 사내를 체포해서 즉각 심문을 해야겠습니다." 경찰서장이 말했다. "그자가 뭔가 의심을 품고 훔친 물건들을 없애버릴수도 있으니까요. 돌아가셔서 저녁 식사를 하시고, 두 시간 있다가 돌아오시면 그자가 여기 잡혀와 있을 겁니다. 선생님 앞에서 새롭게 심문을 받게 하지요."

"기꺼이 그러죠, 서장님. 진심으로 감사드립니다."

나는 묵고 있는 호텔로 저녁을 들러 갔다. 생각보다는 맛있게 식사를 했다. 어쨌든 상당히 흡족했다. 도둑이 잡혔으니.

두 시간 뒤 나를 기다리고 있는 서장을 만나러 갔다.

"이런!" 그가 나를 보자 말했다. "그 사내를 발견하지 못했습니다. 부하들을 보냈는데, 찾아낼 수가 없었다는군요."

아! 실신할 것만 같았다.

"그런데…… 그 집은 제대로 찾아낸 거죠?" 내가 물었다.

"물론이죠. 그자가 돌아올 때까지 감시를 붙이고 지켜볼 예정입니다. 그자는 말이죠, 사라졌습니다."

"사라지다뇨?"

"사라졌습니다. 보통 저녁나절을 이웃 여자의 집에서 보내거든요. 과부 비두엥이라고, 마찬가지로 고가구상이고 괴팍한 여편네죠. 그런데 오늘 저녁에는 그자를 보지 못했고 그자에 대해 줄 수 있는 정보가 없다고 한답니다. 내일까지 기다려봐야겠습니다."

경찰서에서 나왔다. 아! 루앙의 골목들은 음산하고, 불안하고, 귀신이 붙은 듯했다.

나는 악몽에 시달리며 토막잠을 잘 정도로 제대로 잠을 이루지 못했다.

너무 불안해 보이거나 조급해 보일까봐 다음 날 10시가 되기를 기다렸다가 경찰서로 갔다.

상인은 다시 모습을 나타내지 않았고 상점은 닫힌 채였다.

서장이 내게 말했다.

"필요한 모든 절차를 밟아놨습니다. 검찰에서도 사건을 알고 있고요. 함께 상점으로 가서 상점을 열도록 조치를 하지요. 선생의 물건들은 전부 다 알려주셔야 합니다."

다 같이 승합마차를 타고 갔다. 경찰들이 열쇠장이를 데리고 상점 앞에서 대기하고 있다가 문을 열었다.

상점 안으로 들어갔지만, 그 전날에는 발길 닿는 곳마다 내 가구들과 맞닥뜨렸는데, 이젠 나의 집을 채웠던 가구들 중에 옷장도, 안락의자도, 탁자도, 그 어떤 것도, 아무것도 눈에 띄지 않았다.

깜짝 놀란 경찰서장이 처음에는 나를 의심하는 눈초리로 바라봤다.

"맙소사, 서장님." 내가 그에게 말했다. "이 가구들의 실종이 상인의 실종과 희한하게 맞아떨어지는군요."

그가 웃었다.

"맞습니다! 어제 본인 소유의 물건들을 구입한 뒤 돈을 지불한 것이 실수였습니다. 그 바람에 그자가 낌새를 챘나봅니다."

내가 말을 받았다.

"나로서는 이해할 수 없는 것이 내 가구들이 있던 자리마다 이제는 다른 가구들을 채워놨다는 겁니다."

"오!" 서장이 대답했다. "밤새도록 그 일을 했을 테고 공범도 있었겠죠. 이 집은 이웃집들과 연결이 되어 있을 겁니다. 두려워할 건 아무것도 없습니다. 제가 이 사건을 적극 해결해보도록 하죠. 우리가 그놈 소굴을 지키고 있으니 그 강도도 우리 손아귀에서 오랫동안 빠져나가 있지는 못할 겁니다."

아! 내 심장, 내 심장, 내 가여운 심장이 어찌나 세차게 뛰던 지!

보름 동안 루앙에 머물렀다. 그 남자는 돌아오지 않았다. 그 럼 그렇지! 그럼 그렇지! 대체 누가 그자를 당황하게 만들거나 현장에서 붙잡을 수 있었겠는가?

그런데 16일째 되는 날 아침, 도둑맞은 상태 그대로 비워둔 집을 지키고 있던 정원사로부터 야릇한 편지를 한 통 받았다.

주인 나리,

지난밤에 그 누구도, 우리만이 아니라 경찰도 이해하지 못하 는 일이 벌어졌음을 알려드립니다. 가구들이 단 하나의 예외 도 없이, 제일 작은 물건들까지도 전부 다 돌아왔습니다. 이 제 집은 도둑맞기 전날과 똑같은 상태입니다. 얼이 빠질 지경 입니다. 이 일은 금요일 밤과 토요일 사이에 벌어졌습니다. 가구들 전부를 울타리에서 현관문까지 끌고 오기라도 한 것 처럼 길이 패였습니다. 가구들이 사라진 날도 이랬잖습니까. 저는 늘 주인 나리의 충실한 하인으로서, 주인님이 돌아오시 기를 고대하고 있습니다.

필립 로댕

아! 천만에! 천만에! 아! 말도 안 되는 소릴! 절대 돌아가지 않을 것이다.

나는 그 편지를 루앙의 경찰서장에게 가지고 갔다.

"아주 약삭빠르게 반환을 했군요." 그가 말했다. "우리는 꿈쩍도 말고 가만히 있기로 하죠. 조만간 그 작자를 붙잡게 될 겁니다."

하지만 그 작자는 붙잡히지 않았다. 천만에. 경찰은 그자를 체포하지 못했고, 나는 마치 풀려난 야수가 내 뒤를 쫓기라도 하는 것처럼 그자가 두렵다.

찾아내지 못할 것이다! 그를, 둥그런 달처럼 반질거리는 머리통을 가진 그 괴물을 찾아내지 못할 것이다. 절대로 잡지 못할 것이다. 다시는 자기 집으로 돌아가지 않을 테니. 그게 그자에게 뭐가 중요하겠는가. 그자를 만날 수 있는 사람은 나밖에 없는데, 나는 그러고 싶지 않다.

그러고 싶지 않다! 그러고 싶지 않아! 그러고 싶지 않다고!

만약 그가 돌아온다면, 다시 자기 상점으로 돌아온다면, 그 누가 나의 가구들이 그 상점에 있었다고 증명할 수 있겠는가? 그에게 불리하게 작용하는 것은 나의 증언뿐이고 그는 혐의자로 그칠 것이다.

아! 절대 안 된다! 그런 삶을 살 수는 없다. 그리고 나는 내가 봤던 것을 비밀로 묻어둘 수가 없었다. 그런 일들이 다시 일어날지도 모른다는 두려움을 안고서는, 계속 다른 사람들처럼 살아갈 수가 없었다.

나는 이 정신병원을 운영하는 의사를 만나러 왔고, 그에게 모두 털어놓았다.

의사는 오랜 시간을 들여 이런저런 질문을 하고 나더니 이렇게 말했다.

"이곳에 잠시 머무르는 데 동의하십니까?"

"물론이죠, 선생님."

"재산이 있으신가요?"

"그렇습니다."

"따로 떨어진 별채가 좋으시겠어요?"

"그럼요."

"친구들이 방문하기를 원하세요?"

"아닙니다. 누구도 싫습니다. 루앙의 그 남자가 복수를 하겠다고 여기까지 쫓아올 수도 있으니까요."

그래서 3개월 전부터 혼자 있다. 혼자. 정말로 혼자. 이제는 거의 평온해졌다. 내게는 단 하나의 두려움이 있다…… 만약 그 고가구상이 미친다면…… 그래서 사람들이 그를 이 병원으로 데리고 온다면……. 감옥마저도 안전하지 않다니.

무익한 아름다움
(1890)

I

근사한 검은 말 두 마리가 끄는 아주 우아한 사륜마차가 저택의 계단 앞에서 대기하고 있었다. 때는 6월 말, 다섯 시 반쯤이었고, 앞뜰을 둘러친 지붕들 사이로 보이는 하늘은 빛과 따뜻함과 즐거움으로 가득해 보였다.

마스카레 백작부인이 계단 위에 모습을 나타낸 바로 그때, 귀가하던 남편이 마침 마차 출입문에 당도했다. 그는 잠시 멈춰서 아내를 바라봤고, 살짝 핏기가 가셨다. 그녀는 무척 아름답고 날씬했으며, 계란형의 갸름한 얼굴과 황금빛 도는 상아색 피부, 그리고 커다란 회색빛 눈동자와 검은색 머리카락이 어우러져 우아했다. 그녀가 그에게 눈길 한 번 주지 않고 그를 보았다는 내색조차 없이 내딛는 걸음걸이가 어쩌나 기품이 있던지, 오래전부터 그를 집어삼킨 추악한 질투심이 다시금 그의 마음

242

속을 파고들었다. 그가 다가가 그녀에게 인사말을 건넸다.

"산책을 하려던 참인가?"

그녀가 경멸심이 묻어나는 입술 사이로 몇 마디 말을 내보냈다.

"보시다시피!"

"숲으로 갈 건가?"

"그럴 것 같아요."

"함께 가도 되겠지?"

"저 마차는 당신 소유잖아요."

그는 그녀가 대답하는 어투에 놀라는 기색도 없이 마차에 올라 아내 곁에 자리 잡더니, 명령을 내렸다.

"숲으로."

시종이 마부 옆 좌석에 뛰어올랐다. 평소 버릇대로, 말들은 땅바닥을 걷어찬 뒤 거리로 들어설 때까지 고개를 꺼덕거렸다.

부부는 나란히 앉았지만 오가는 말이 전혀 없었다. 남편은 어떻게 대화를 시작할지 고심했지만 아내가 어찌나 고집스럽게 딱딱한 얼굴을 고수했는지 엄두가 나지 않았다.

마침내 그가 백작부인의 장갑 낀 손을 향해 자신의 손을 슬며시 미끄러뜨린 뒤 우연인 것처럼 손을 갖다 댔으나, 그녀가 팔을 빼내면서 보여준 행동은 몹시도 격렬하고 혐오감으로 가득해서, 그는 권위적이고 전제적인 평소의 모습에도 불구하고 초조해졌다.

그래서 중얼거렸다.

"가브리엘!"

그녀가 고개도 돌리지 않고 물었다.

"대체 뭘 원하죠?"

"당신 정말 사랑스럽군."

그녀는 아무런 대답도 하지 않고 기분이 상한 여왕의 표정으로 자기 좌석에 몸을 기댔다.

이제 샹젤리제 대로를 따라서 에투알 광장의 개선문을 향해 올라가고 있었다. 길게 뻗은 대로 끝에는 웅장한 기념물이 붉게 물든 하늘을 배경으로 거대한 아치를 드러냈다. 태양이 지평선에 불꽃들을 흩뿌리며 그 위로 내려앉는 듯했다.

마차들이 동판 위에서, 마구와 등을 장식한 은도금과 수정 위에서 부서지는 빛들로 반짝거렸고, 반짝이는 마차의 행렬은 숲으로 가는 방향과 시내로 들어오는 방향을 향해 두 줄기 흐름을 이루었다.

마스카레 백작이 다시 말을 이었다.

"여보, 가브리엘."

그러자 그녀가 더는 참지 못하고 짜증이 난 목소리로 쏘아붙였다.

"오! 가만 좀 내버려둬요, 제발. 이제 내겐 마차 안에서 혼자 있을 자유조차 없는 건가요."

그는 아무런 말도 듣지 못한 시늉을 하면서 제 말만 했다.

"당신이 오늘처럼 아름다운 적은 없었어."

확실히 그녀는 인내심이 한계에 달한 듯 더는 억누르지 못한 분통을 터뜨리며 응수했다.

"그렇게 느끼는 건 당신 잘못이죠. 맹세하는데, 난 절대, 더는 당신 소유가 아닐 테니까요."

물론, 그는 깜짝 놀라고 당황했고, 그래서 평소의 폭력적 성향이 튀어나오면서 이런 말을 내질렀다. "도대체 무슨 소리야?" 사랑에 빠진 남자라기보다는 폭력적인 주인의 말이었다.

비록 귀가 먹먹할 정도로 덜컹거리는 바퀴 소리 때문에 부리는 사람들이 아무것도 들을 수 없는 상황이지만 그녀는 나지막하게 되풀이했다.

"아! 무슨 소리야? 무슨 소리야? 드디어 내가 아는 모습이 나오는군요! 무슨 소리인지 말해줄까요?"

"그래."

"전부 다?"

"그래."

"당신의 잔인한 이기주의의 희생물이 된 뒤로 내 가슴에 맺혀 있던 것 전부 다?"

백작은 놀라움과 분노로 얼굴이 붉어졌다. 그는 악다문 잇새로 으르렁댔다.

"어서, 말해보지?"

그는 장신에 어깨가 떡 벌어졌고 적갈색 수염이 풍성한 아름다운 남자로서, 신사이고, 완벽한 남편이자 훌륭한 아버지로 통하는 상류층 남자였다.

그녀는 저택을 벗어난 뒤 처음으로 남편을 향해 돌아앉으며 그를 정면으로 바라봤다.

"아! 듣기 싫은 소리들을 듣게 될 텐데요. 하지만 이건 알아 두세요. 난 무슨 일이라도 할 판이고, 그 어떤 일이라도 무릅쓸 테고, 아무것도 두렵지 않다는 걸. 지금은 그 누구보다도 당신이 두렵지 않다는 걸요."

그 역시 그녀의 두 눈을 똑바로 바라보았고 벌써 격렬한 분노에 휘말렸다.

"미쳤군!"

"천만에요. 당신이 내게 모성이란 끔찍한 형벌을 강요한 지도 10년이 넘었어요. 난 더는 그런 형벌에 희생당하고 싶지 않아요."

"다른 모든 여인들도 그렇겠지만 내게는 상류층 여인으로 살 권리가 있고 드디어 그렇게 살려고 해요."

갑자기 다시 얼굴에서 핏기가 싹 가시며 그가 더듬거렸다.

"이해가 안 가는군."

"아니, 당신은 내가 무슨 말 하는지 잘 알아요. 막내를 출산한 지 이제 석 달째지만 난 여전히 아름답고, 당신이 애를 썼지만 몸매가 거의 망가지지 않았죠. 그러니까 당신도 계단 위에 서 있는 날 보면서 그런 사실을 알아차렸던 거고, 이제 다시 아이를 가져야 할 때라고 생각하는 거 아니겠어요."

"말도 안 되는 소리!"

"천만에요. 난 서른 살에 벌써 애가 일곱이죠. 우린 결혼한 지 11년째인데, 당신은 아직도 이런 일이 10년은 더 계속되길 바라요. 그러고 나야 당신의 질투가 가시겠죠."

"당신이 이런 식으로 계속 말하게 내버려둘 것 같아?"

"그래도 끝까지 말하겠어요. 당신에게 해야 할 말을 전부 다 마칠 때까지. 방해하려고 들면 앞에 앉은 하인 둘에게 들리게 목청을 높일 거예요. 내가 당신이 마차에 타게 왜 내버려뒀 게요. 저 앞의 증인들 때문에라도 당신이 어쩔 수 없이 내 말을 들어야 하고 성질을 억눌러야 하니까 그랬죠. 내게 당신은 늘 불쾌했고, 난 그런 마음을 늘 내비쳤어요. 난 거짓말을 한 적은 없으니까. 당신은 내 의사와 상관없이 나와 결혼했고, 형편이 여의치 않은 부모님께 압력을 넣어 날 당신에게 넘기도록 만들 었어요. 당신은 부자니까. 부모님은 날 울리면서까지 내게 그 러도록 강요했고요.

그러니까 당신은 날 산 거예요. 내가 당신 수중에 떨어지자 마자 당신의 질투가 시작됐죠. 협박과 강제를 동원한 당신의 수법들을 잊고, 헌신적인 아내가 되고 최선을 다해 당신을 사 랑해야 한다는 것만 기억하며 당신을 위한 반려가 되려고 마 음을 다스리고 있던 바로 그때에. 이제껏 그 어떤 남자도 그런 식의 질투를 보인 적이 없답니다. 몰래 감시까지 하는 천박하고 비열한 질투인지라, 당신으로서는 품격이 떨어지고 내게는 모욕이 되는 그런 질투였죠. 결혼한 지 8개월이나 됐을까 싶을 때, 당신은 내가 온갖 부정을 저지른다고 의심했어요. 심지어 내게 그런 소리가 들리게까지 했죠. 얼마나 수치스럽던지! 내가 아름다운 걸 어찌할 수 없으니까, 사람들에게 호감을 주며 살롱 그리고 신문에서도 파리에서 가장 아름다운 여인들 중 하나라고 불리는 걸 막아낼 재주가 없으니까, 당신은 내게서 남자들의 은근한 찬사를 떼어놓으려고 온갖 궁리를 다 했어요. 그러다가 모든 남자들이 내게 만정이 떨어질 때까지 나를 끝없는 임신 상태로 살게 만들겠다는 끔찍한 생각을 한 거죠. 오! 아니라고 하지 말아요! 오랫동안 전혀 짐작도 못 했지만, 눈치를 채게 됐으니까. 당신 누이에게 자랑까지 했잖아요. 누이가 내게 말해줬답니다. 당신 누이는 날 좋아하는 데다가, 당신의 상스러운 짓에 분개했거든요.

아! 우리가 어떻게 싸웠는지 떠올려봐요. 문이 부서지고 자물쇠는 망가졌죠! 11년 전부터 내게 어떤 삶을 강요했는지 생각해봐요! 종마 사육장에 갇힌 씨암말의 삶이지. 그러다가 임신만 하면 당신 역시 내게 싫증을 냈고, 임신 기간 동안 모습도 보이지 않았어요. 날 시골에 있는 성으로, 전원으로, 풀밭으로 보내서 배 속의 새끼를 키우게 했지요. 내가 다시 싱싱하고 아름답고 망가지지 않은 모습이 되면, 여전히 매혹적이고 여전히 찬사에 둘러싸여 약간이라도 사교계에 출입하는 젊고 부유한 여인의 삶을 누리기를 바라면, 질투가 다시 당신을 사로잡았고요. 그러면 당신은 또다시 그 비열하고 가증스러운 욕망으로 날 괴롭혀댔는데, 지금도 그런 욕망으로 괴로워하고 있죠. 그런데 그건 나를 갖고 싶어서 그런 게 아니라, 그랬더라면 당신에게 날 허락했겠죠. 날 망가뜨리고 싶어서 그러는 거잖아요.

게다가 가증스러울 뿐만 아니라 너무나 비밀에 싸여 있어서 내가 오랫동안 알아차릴 수 없었던(하지만 난 당신의 행동과 생각을 들여다볼 수 있을 정도로 영리해졌어요) 일도 벌어졌죠. 그러니까 내가 아이들을 밴 동안에는 아이들 덕분에 마음이 푹 놓이니 아이들에게 애착을 갖는 거죠. 나를 향했던 당신의 증오와, 잠시 잦아들었다지만 당신의 비열한 두려움과, 내 배가 부풀어 오르는 것을 볼 때의 당신의 즐거움, 그 모든 것을 갖고서 아이들에 대한 애정을 만들어낸 거예요.

아! 그 즐거움이라니. 난 당신에게서 그걸 느꼈고, 당신의 눈 속에서 만났고, 짐작했죠. 당신은 아이들이 당신의 핏줄이어서가 아니라 당신이 거둔 승리이기 때문에 사랑한 거예요. 그건 나에 대한, 나의 젊음과 나의 아름다움과 나의 매력에 대한, 사람들이 내게 건넸던 찬사에 대한, 그리고 나를 둘러싸고 속삭이면서도 내게 직접 찬사를 건네지는 못한 사람들에 대한 승리죠. 당신은 아이들이 자랑스럽죠. 아이들을 사륜마차에 태워 불로뉴 숲에서 산책을 하고 몽모랑시에서는 나귀 등에 태우죠. 아이들을 데리고 낮에 하는 연극 공연을 보러가서 아이들에게 둘러싸인 당신 모습을 과시하고 '정말 훌륭한 아버지'라는 말이 자꾸 들려오게 만들죠……"

그가 야만스러운 폭력성을 보이며 그녀의 손목을 움켜쥐었고, 어찌나 세게 죄어댔는지 비명을 내지르며 그녀가 입을 다물었다.

그가 나지막하게 그녀에게 말했다.

"난 아이들을 사랑해, 알겠어! 당신이 지금 쏟아낸 말들은 어머니라면 수치스러워할 만한 것들이지. 어쨌든 당신은 내 소유야. 내가 주인이고…… 당신의 주인…… 당신에게 내가 원하는 걸 내가 원할 때 요구할 수 있지…… 법은…… 내 편이라고."

그는 근육이 불거진 두툼한 손목에서 나오는 악력으로 아내의 손가락들을 짓눌러댔다. 그녀는 고통으로 창백해져 자신을 부술 듯 죄여오는 이 바이스에서 손을 빼내려고 애썼지만 허사였다. 고통으로 헐떡이는 그녀의 두 눈에 눈물이 차올랐다.

"제대로 느꼈겠지만 내가 주인이야." 그가 말했다. "강자란 말이지."

그가 죄던 힘을 살짝 늦추었다. 그녀가 다시 말을 이었다.

"내가 신앙심이 깊다고 생각해요?"

그가 놀라서 말을 더듬었다.

"물론."

"신을 믿는다고도?"

"그럼."

"그리스도의 성체를 모신 제단 앞에서 당신에게 거짓 맹세를 할 수 있을 거라고는요?"

"그렇게 생각하지 않아."

"같이 성당으로 가줄래요?"

"그러고 싶다면, 그러지."

그녀가 목소리를 키워 마부를 불렀다.

"필립."

마부는 말들에게서 눈을 떼지 않고 고개만 살짝 트는 품이 귀만 백작부인을 향해 돌리는 것 같았다.

"생필립뒤룰 성당으로 가줘요."

불로뉴 숲 입구에 당도했던 사륜마차는 다시 파리로 방향을 틀었다.

아내와 남편은 이렇게 새로 시작된 여정 내내 더는 말을 주고받지 않았다. 이윽고 마차가 성당 입구 앞에 멈춰 서자 바닥에 내려 선 마스카레 부인이 성당 안으로 들어갔고 남편이 그 뒤를 몇 걸음 떨어져서 따랐다.

그녀는 성가대석까지 멈추지 않고 가서 기도대에 무릎을 꿇고 손에 얼굴을 묻더니 기도를 올렸다. 그녀는 오랜 시간 기도를 했고 그 뒤에 서 있던 그는 그녀가 울고 있음을 마침내 깨달았다. 여인들이 가슴을 에는 엄청난 슬픔에 잠겼을 때 그러듯이 소리를 내지 않고 울고 있었다. 온 몸이 물결치듯 흔들리더니 감추려 애쓴 억누른 흐느낌이 마침내 손가락 사이로 흘러나왔다.

하지만 마스카레 백작은 상황이 너무 늘어진다고 판단했고, 아내의 어깨를 건드렸다.

그녀는 이 접촉에 불에 덴 듯 화들짝 정신을 차렸다. 그녀는 일어나서 그의 눈을 똑바로 바라봤다.

"당신에게 해야 할 말은 이거예요. 난 아무것도 두렵지 않아요. 당신은 당신이 원하는 대로 하겠죠. 그러고만 싶다면 당신은 날 죽일 거예요. 아이들 중 한 명이 당신 아이가 아니랍니다. 꼭 한 명. 이곳에서 내 말을 듣고 있는 하느님 앞에서 맹세해요. 그것만이 당신에 대해, 그 가증스러운 수컷의 폭정에 대해, 당신이 형벌로 내게 내렸던 출산이라는 강제 노동에 대해 내가 할 수 있었던 유일한 복수였죠. 애인이 누구였냐고요? 당신은 절대로 알아내지 못할 거예요! 모든 사람이 의심스럽겠죠. 절대로 발견하지 못할 겁니다. 사랑이니 쾌락이니 하는 것과는 상관없이, 오로지 당신을 배신할 목적으로 그 사람에게 몸을 맡겼어요. 그 사람이 나를 또 어머니로 만들어줬죠. 누가 그 사람 아이냐고요? 당신은 절대로 알아낼 수 없을 거예요. 아이가 일곱이나 되니, 한번 찾아보든가요! 사실 나중에, 아주 나중에서야 이런 이야기를 털어놓을 생각이었는데. 남자가 배신당했다는 사실을 알아야만 그 남자를 배신함으로써 복수한 게 되니까. 그런데 당신이 오늘 억지로 털어놓게 만들었네요.

하려던 말은 이게 다예요."

그러더니 성당 안을 가로질러 길 쪽을 향해 열려 있는 문으로 달아났다. 뒤쪽에서 권위에 도전당한 남편의 빠른 발소리가 들려오는 듯했고, 남편이 내지른 곤봉 같은 주먹을 맞고 보도 위로 쓰러지는 자신의 모습이 보이는 듯했다.

하지만 그녀는 아무 소리도 듣지 못한 채 마차가 서 있는 곳에 닿았다. 단번에 마차에 오른 그녀가 불안해서 긴장한 채, 공포로 헐떡이며 마부에게 소리쳤다. "집으로."

말들이 잰 걸음으로 출발했다.

II

마스카레 백작부인은 방에 처박혀 사형수가 처형 시간을 기다리듯 저녁 식사 시간을 기다렸다. 그가 어떻게 나올까? 집에 돌아왔을까? 횡포하며 갖은 폭력을 저지를 준비가 되어 있을 그가 무슨 궁리를, 무슨 준비를, 어떤 결심을 했을까? 집 안은 고요했고 그녀는 매 순간 추시계의 바늘을 바라봤다. 하녀가 저녁 몸단장을 해주러 왔다가 나갔다.

8시를 알리는 종이 울리자마자 방문을 두 번 두드리는 소리가 났다.

"들어오세요."

집사였다.

"저녁 식사가 준비됐습니다."

"백작께서는 돌아오셨나요?"

"예. 식당에 계십니다."

그녀는 마음속으로 대비하고 있던 비극을 예견하며, 얼마 전에 구입한 작은 리볼버를 챙겨가야겠다는 생각을 잠시 했다. 하지만 아이들이 전부 다 거기 있을 거라는 네 생각이 미치자 기절할 때 사용하는 소금병만 챙겼다.

그녀가 식당에 들어섰을 때, 남편은 그녀의 좌석 옆에 서서 그녀를 기다리고 있었다. 두 사람은 가벼운 인사를 나누고 자리에 앉았다. 그러자 이번에는 아이들이 자리를 잡았다. 아들 셋은 가정교사인 마랭 신부와 함께 어머니의 오른편에 자리 잡았고 딸 셋은 영국인 가정교사 스미스 양과 함께 왼편에 자리 잡았다. 이제 3개월 된 막내만 혼자 유모와 함께 침실에 머물렀다.

딸 셋 모두 금발에, 매혹적인 인형들 같았다. 그중 자그마한 흰색 레이스로 장식된 푸른빛 드레스를 입고 있는 장녀는 열 살이었고 막내딸은 채 세 살이 안 되었다. 벌써 아름다움이 드러난 딸 셋 모두 어머니처럼 미인이 될 것이 확실했다.

아들 셋 중 둘은 밤색이고 아홉 살짜리 큰 아들은 갈색 머리였는데, 셋 다 건장하고 장신에 어깨가 떡 벌어진 남자로 성장할 것으로 보였다. 가족 모두가 튼튼하고 활기찬, 동일한 핏줄을 타고 난 듯했다.

초대받은 손님이 없을 때면 그래왔듯이 신부가 식사 기도를 올렸다. 아이들은 손님이 있을 때엔 식사 자리에 나온 적이 없었다. 식사가 시작되었다.

백작부인은 스스로도 예견하지 못했던 감정이 조여 오자 두 눈을 내리깔았다. 반면에 백작은 때로는 세 명의 사내아이들을, 또 때로는 세 명의 여자아이들을 찬찬히 살피고 있었다. 불안해 보이며 번민으로 혼란스러운 두 눈동자가 이 아이에게서 저 아이에게로 옮겨 다녔다. 그가 갑자기 자기 앞에 굽 달린 잔을 내려놓다가 잔을 깼고, 그 바람에 붉은 색 물이 식탁보에 번졌다. 백작부인은 이 가벼운 사고가 빚은 희미한 소리에 소스라치며 의자에서 벌떡 일어섰다. 두 사람은 처음으로 서로를 바라봤다. 그러고 나자 두 사람은 서로의 눈길이 부딪칠 때마다 혼란에 휩싸이면서도, 육신과 마음의 긴장에도 불구하고 자신들도 모르는 새, 총알처럼 빠르게 간간히 눈길을 교환하기를 그만두지 못했다.

신부는 원인은 짐작이 안 가나 왠지 거북함이 떠도는 분위기를 느끼고 대화를 엮어보려고 애를 썼다. 신부가 이런저런 화제를 연달아 꺼내봤지만 그의 헛된 시도들은 그 어떤 견해로도 피어나지 못했고 그 어떤 말로도 태어나지 못했다.

백작부인이 상류사회 여인의 본능이 시키는 대로 여성 특유의 요령을 발휘하여 두세 번 응대를 해보려고 애써봤으나 소용 없었다. 정신적 혼란에 빠져 적당한 말을 찾지 못했다. 은식기와 접시 달그락거리는 소리만이 작게 들려오는 커다란 식당이 어찌나 고요한지 그 가운데 들려오는 자기 목소리에 거의 겁이 날 지경이었다.

갑자기 남편이 앞으로 몸을 숙이며 그녀에게 말을 건넸다.

"이곳, 아이들이 있는 데에서, 좀 전에 주장했던 내용이 진실이라고 맹세할 수 있나?"

핏줄 속에서 들끓던 증오가 급작스런 분노를 불러왔고, 그녀는 그의 눈길에 맞설 때 그랬듯이 이번에도 남편의 질문을 서슬 푸르게 받아쳤다. 그녀는 양손을 들어 올려 오른손은 아들들의 이마를, 왼손은 딸들의 이마를 향하게 하고는 단호하고 결의에 찬 어투로 흔들림 없이 말했다.

"아이들의 머리에 대고 진실을 말했음을 맹세하죠."

그가 일어나서 격노한 손길로 냅킨을 식탁 위로 패대기친 뒤, 의자를 벽 쪽으로 확 밀어붙이며 몸을 돌려 한 마디 말도 없이 나가버렸다.

그녀는 그제야 한숨을 길게 내쉬며 첫 번째 승리를 거두고 난 양 차분한 목소리로 말을 이어갔다.

"애들아, 마음 쓰지 않아도 돼. 아버지는 오늘 오후에 엄청난 슬픔을 겪으셨거든. 아직도 마음이 많이 아프셔서 그래. 며칠 뒤엔 잦아들겠지."

그러고는 신부와, 스미스 양과 이야기를 나눴다. 아이들 모두에게는 다정한 말, 친절한 말, 그러니까 어린 마음을 부풀게 하는 어머니들 특유의 그 모든 달콤한 사랑을 베풀었다.

저녁 식사가 끝나자 아이들을 모두 거느리고 거실로 건너갔다. 그녀는 큰 아이들의 재잘거림을 받아주고, 어린아이들에게는 이야기를 들려줬다. 취침 시간이 되자 시간을 끌어가며 아이들에게 키스를 했고, 아이들을 잠자리로 보낸 뒤에는 홀로 침실로 돌아갔다.

그녀는 남편이 들이닥칠 것을 의심하지 않았기에 기다렸다. 아이들이 그녀로부터 떨어져 있는 만큼, 상류사회 여인의 삶을 지켜냈듯이 인간으로서 목숨을 지켜내기로 결심했다. 그래서 며칠 전에 구입하여 장전해둔 리볼버를 실내복 주머니 속에 감췄다.

시간이 흘렀고, 시각을 알리는 종이 여러 번 울렸다. 어느덧 집 안에서 나던 소리들이 모두 사라졌다. 거리에서 승합마차가 달려가는 소리가 벽에 바른 두툼한 천을 뚫고서 희미하고 은은하게, 아스라이 들려왔다.

남편을 기다리는 그녀는 투지와 활력이 넘쳤고, 이제는 남편에 대한 두려움에서 벗어나 무슨 일이라도 감행할 태세였고, 거의 승리감에 취하다시피 했다. 남편을 매 순간, 평생 괴롭힐 처벌을 찾아낸 뒤였으니까.

하지만 첫 새벽 빛이 커튼 아래 달린 장식술 사이로 흘러들어오는데도 남편은 침실로 들어오지 않았다. 그제야 그녀는 어안이 벙벙해서 남편은 오지 않을 거라는 사실을 깨달았다. 그녀는 방문을 열쇠로 잠그고 그곳에 설치해둔 안전빗장을 지르고 나서야 침대에 몸을 누이고 두 눈을 뜬 채 생각에 잠겼지만 그가 어떻게 나오려는지 더는 알 수 없었고 짐작도 가지 않았다.

하녀가 차를 가져다주면서 그녀에게 남편의 편지를 전했다. 제법 오래 여행을 떠나려고 한다는 내용이었고, 살림에 필요한 돈은 공증인이 얼마든지 내줄 거라고 추신을 통해 알려왔다.

III

오페라 극장에서 〈악마 로베르〉* 막간 동안의 일이었다. 아래층 전면 관람석에서 남자들이 일어서서 여인들로 빼곡히 들어찬 칸막이 좌석을 바라보고 있었다. 남자들은 모자를 쓰고 조끼를 활짝 열어젖히고 있어서, 그 사이로 금 장신구와 보석으로 만든 단추들이 반짝거리는 새하얀 셔츠가 보였다. 여자들은 어깨와 가슴을 훤히 드러낸 드레스를 입고 다이아몬드나 진주로 치장한 채 이처럼 환하게 불 밝힌 온실 속에서 활짝 피어난 것이, 마치 얼굴의 아름다움과 어깨의 광채가 음악과 인간

*외젠 스크리브와 제르맹 들라비뉴의 공동 대본을 기반으로 자코모 마이에르베르가 전 5막의 그랑 오페라로 만들었다. 1831년 파리 오페라 극장에서 초연되었다.

의 목소리가 어우러진 가운데 시선을 받기 위해 꽃을 피운 듯했다.

오케스트라석을 등지고 친구 두 명이 이야기를 나누면서, 이 우아함이 그득한 관중석을, 진짜든 가짜든 멋스러움이, 보석과 호사와 우쭐거림이 무대 주위로 둥글게 펼쳐진 이 전시회를 오페라글라스로 관찰 중이었다.

그들 중 한 명인 로제 드 살랭이 같이 온 베르나르 그랑댕에게 말했다.

"마스카레 백작부인 좀 봐. 여전히 아름답군."

이번에는 상대방이 정면의 칸막이 좌석 쪽으로 오페라글라스를 돌려 한 귀부인을 관찰했는데, 그녀는 아직도 무척 젊어 보였고, 빛나는 아름다움으로 극장 구석구석에서 눈길을 끌어당기는 것만 같았다. 그녀는 상아빛이 감도는 창백한 피부색 때문에 조각상처럼 보였고, 대조적으로 밤의 어둠처럼 새까만 머리카락에서는 다이아몬드가 점점이 박힌 무지개 모양의 가느다란 머리장식이 은하수처럼 반짝였다.

잠시 그녀를 바라보다가 베르나르 그랑댕이 익살스러운 어조로 진지한 확신을 담아 대꾸했다.

"그럼, 아름답고말고!"

"지금 몇 살이나 됐을까?"

"잠깐. 그건 내가 정확하게 말해주지. 어려서부터 알고 있거든. 사교계에 처음 나왔을 때부터 봐왔으니까. 그러니까……

나이가…… 서른…… 서른여섯 살이지."

"설마, 그럴 리가?"

"틀림없어."

"스물다섯으로 보이는데."

"아이도 일곱이나 된다네."

"믿어지지가 않는군."

"심지어 일곱 명 다 살아남기까지 했어. 아주 훌륭한 어머니지. 저 집에 가끔 들르는데, 아주 쾌적하고, 아주 차분하고, 아주 건전한 분위기야. 이 세상에 가족이란 경이를 몸소 보여줬지."

"그게 이상한가? 저 부인에 대해서는 뒷말이 전혀 없었잖아?"

"전혀."

"그런데 남편은? 그 사람 좀 이상하지 않나?"

"그렇기도 하고 아니기도 해. 둘 사이에 뭔가 작은 갈등이 있는 모양이더라고. 왜, 그 부부 사이의 갈등 있잖아. 눈치로 봐선 그런데, 당사자가 아닌 한 절대로 속속들이 알 수는 없고, 하지만 얼추 짐작은 가는."

"뭔데?"

"나야 모르지. 마스카레는 완벽한 남편이었다가 지금은 아주 향락적인 삶을 살고 있어. 좋은 남편이었을 땐 의심도 많고 까다로운, 아주 끔찍한 성격이었는데, 방탕한 생활을 한 뒤로는 오히려 아주 무신경해지더군. 그런데 근심이랄까 슬픔이랄까, 뭔가 그런 걸로 마음을 갉아 먹히는 사람 같아. 그 사람 팍삭 늙었거든."

그러더니 두 친구는 처음에는 알아차리지 못하고 넘어갔던 성격 차이나 어쩌면 잠자리 문제 때문에, 한 가정에 생겨날 수 있는 은밀하고 알아차릴 수 없는 고통에 대해 사변적인 소리들을 늘어놓았다.

계속해서 마스카레 부인을 오페라글라스로 들여다보고 있던 로제 드 살랭이 말을 이었다.

"저런 여인이 아이를 일곱이나 낳았다니 불가사의한 일이 아닌가?"

"11년 동안 그랬다네. 그러더니 서른 살에 생산의 시기를 마감하고 빛나는 표현의 시기로 들어섰는데, 이 시기가 금방 끝날 거 같진 않아."

"여자들은 참 불쌍해!"

"왜 가엾게 여기는데?"

"왜라니? 이런! 친구, 생각 좀 해보라고! 저런 여인이 11년 동안이나 배가 불러 있었다니! 얼마나 지옥 같았을까! 젊음, 아름다움, 성공에 대한 희망, 찬란한 삶이 표상하는 시적 아름다움이 담긴 이상, 이 모든 것이 정상적인 여인을 새끼 치는 단순한 도구로 만들어버린 그 끔찍스러운 번식의 법칙 때문에 통째로 희생당하지 않느냐 말이야."

"그래서 뭘 어쩌라고? 그런 게 자연인데!"

"그렇지, 그런데 내가 하려는 말은 자연은 우리의 적이어서 늘 맞서 싸워야 한다는 거야. 왜냐하면 자연은 우리를 끊임없이 동물 상태로 돌려놓거든. 지상에 뭔가 청결하고 아름답고 우아하고 이상적인 것이 있다면, 그걸 지상에 놓아둔 건 신이 아니라 인간, 인간의 두뇌지. 창조 행위 안에 약간의 우아함과 아름다움과 미지의 매력과 신비를 집어넣은 게 바로 우리라고. 창조를 노래하고 해석하고 그것을 시인으로서 찬미하고 예술가로서 이상화해줬지. 오류를 범하기도 하지만 참신한 시각으로 다양한 현상의 원인을 찾아내는 학자로서 창조에 대한 설명을 제공해왔다고. 신이 창조해낸 거라고는 병균으로 가득한 야만스러운 존재들뿐이야. 동물다운 활력이 만개했던 몇 년이 지나가버리고 나면 인간 노쇠의 갖은 추함과 갖은 무기력을 드러내며, 병약해져 늙어버리는 그런 존재들 말이야. 오로지, 불결한 번식 행위를 마치고 난 뒤 마치 여름밤의 하루살이들처럼 죽음을 맞으라고 창조를 한 것 같지 않은가. 난 방금 '불결한 번식 행위'라고 했는데, 그 말을 강조하고 싶네. 사실, 번식이라는 그 불결하고 우스꽝스러운 행위보다 더 천하고 더 역겨운 게 뭐가 있겠나? 섬세한 영혼의 소유자라면 지금도, 그리고 앞으로도 영원히 그에 대해 반발하지 않을까? 이 쩨쩨하고 악의적인 창조주에 의해 만들어진 기관들은 모조리 두 가지 목적에 봉사한다네. 그러한 기관들에게 이 신성하다는 임무를, 인간의 기능들 가운데 가장 고귀하고 가장 열광적이라는 그 임무를 맡길 요량이었다면, 신은 왜 조금도 불결하지 않고 더럽혀지지 않은 다른 기관들을 선택하지 않았을까? 입은 양식을 받아들여 육신에 영양을 공급하기도 하지만 말과 사상을 전파하기도 한다네. 입을 통해 육신은 기력을 되찾고, 동시에 역시 입을 통해 사상이 전파된단 말이지. 후각은 폐에 생명의 공기를 불어넣기도 하지만 세상의 모든 향기를, 꽃과 숲과 나무와 바다의 냄새를 뇌로 전달하기도 해. 귀 덕분에 우리는 우리와 같은 다른 사람들과 소통할 수 있는가 하면, 역시 귀 덕분에 음악을 만들어낼 수 있었지. 그러니까, 소리들을 다루어 꿈과 행복과 무한과 심지어 육체적 쾌락까지 창조할 수 있었단 말이야! 그런데 음흉하고 냉소적인 창조주는 남자가 여자와의 만남을 고상하고 아름답고 이상적인 것으로 만들게 하고 싶진 않았던 것 같아. 어쨌든 남자는 사랑을 발견했고, 이는 음흉한 신을 향한 반박인 양 나쁘지가 않더란 말이야. 그래서 남자는 이것을 시적 아름다움으로 치장을 했고, 그 치장이 어찌나 근사했던지 여자는 자신이 어떠한 접촉을 감내해야만 하는지를 종종 잊어버리더라고. 우리들 가운데에서, 사랑의 열정으로 불타오름으로써 스스로를 속이는 일을 할 수 없는 사람들은 타락을 만들어냈고 방탕함에 세련미를 부여하게 됐는데, 이 또한 신에게 야유를 보내고 아름다움에 찬사를, 정숙과는 거리가 먼 찬사를 보내는 방식이라네.

하지만 정상적인 인간이라면 자연법칙을 따라 짝을 이루는 짐승처럼 자식들을 만들기 마련이지.

저 여인을 보라고! 아름다움을 위해, 찬미와 찬사와 숭배를 받기 위해 태어난 저런 보석이, 저런 진주가 자기 인생의 11년을 마스카레 백작에게 후계자들을 낳아주기 위해 보냈다는 건 생각만으로도 끔찍하지 않은가."

베르나르 그랑댕은 웃으며 말했다.

"이 모든 말에는 많은 진리가 담겨 있군. 허나 자네를 이해할 사람은 드물 걸세."

살랭은 점점 더 열기를 띠었다.

"들어보게. 내가 그려보는 신은 우리가 모른다 뿐이지 거대한 생식 기관이어서, 그 신은 단 한 마리의 물고기가 바다 속에 알들을 까듯이 우주 공간에 씨를 뿌려 수백만 개의 세계를 창조했다네. 그는 창조를 해. 왜냐하면 그게 그의 기능이니까. 하지만 그는 자신이 하는 일에 대한 아무런 의식도 없이 그저 멍청하게 다산성을 발휘할 뿐이어서, 자기가 여기저기 흩뿌린 씨들이 만들어낼 온갖 종류의 조합에 대해서는 알지 못하고 있어. 인간의 사고능력은 그의 수태 행위의 우연성이 빚어낸 다행스러운 작은 사건이라고 해야겠지. 국지적이고 순간적이며 예상하지 못한 사건, 하지만 지상세계와 더불어 사라지게 되어 있고, 영원히 다시 시작되는 새로운 조합과 더불어 어쩌면 이곳 혹은 저곳에서, 비슷하게 혹은 다르게 다시 시작되기 마런인 사건. 이 세계가 우리를 위해 만들어지거나 우리처럼 사고능력을 갖춘 존재들을 받아들여 재우고 먹이고 만족시켜주기 위해 준비된 것이 아니라서 우리는 이 세계에서 아주 불행한데, 이건 바로 그 인간 지성과 얽힌 작은 사건에서 비롯된 거야. 우리가 진정 세련되고 문명화된 존재라면 여전히 신의 섭리라고 불리는 것에 맞서 끊임없이 투쟁해야만 하는 것도 역시 거기에서 비롯된 것이고."

그랑댕은 친구의 별난 생각이 안겨주는 번쩍이는 놀라움을 오래전부터 익히 알고 있던 지라, 친구의 말을 귀 기울여 주의 깊게 듣고 있다가 물었다.

"인간의 사고 능력이 신의 맹목적 분만 행위가 빚은 자연발생적 산물이란 말이지?"

"그렇지! 우리 두뇌에 자리한 신경 중추의 우연적 기능이지. 그러니까 새로운 혼합이 자아낸 예견하지 못한 화학작용과 흡사하고, 뜻밖의 인접 혹은 마찰이 빚은 전기 발생과도 흡사하고, 생명체의 무한하며 비옥한 발효작용이 낳은 그 모든 현상들과도 흡사한, 그런 기능이지.

그런데, 이보게, 친구. 그 증거는 자기 주변을 둘러보는 사람이라면 그 누구에게라도 확연히 보인다고. 인간의 사고 능력은 동물의 사고 및 체념과는 너무나 다르고, 까다롭고, 뭔가를 추구하고 동요하고 번뇌하는 모습을 보여주고 있는데, 요컨대 지금과 같은 모습을 띠게 된 인간의 사고 능력이 신이 원해서 그리 된 것이었다면, 오늘날의 우리란 존재를 받아들이기 위해서 창조된 세계가 겨우 작은 짐승들을 가둬두기에나 적합한 이런 불편한 작은 목장, 이런 샐러드 재배지, 숲과 바위로 가득한 이런 구형(球形)의 채소밭이었겠는가. 그러니까 선견지명 없는 신이 우리가 벌거벗은 채 동굴이나 나무 아래서, 우리 형제인 동물들을 죽여 얻은 고기나 햇빛을 받고 비를 맞으며 자라난 생야채들을 먹고 살도록 예정해놓았던, 고작 그런 장소들이었겠는가 말이야.

1초만 생각해봐도 이 세계는 우리 같은 피조물들을 위해 만들어진 게 아니라는 것을 금방 이해할 수 있지. 우리 뇌 속 신경세포들의 기적에 의해 생성되고 전개되는 생각은 지금도, 그리고 앞으로도 쭉 무력하고 무지하고 혼란스럽겠지만, 그래도 그런 생각 덕분에 우리 모두, 지성인들 모두는 이 지상의 영원하고 가련한 추방된 존재들이 된다네.

잘 보라고, 이곳 지상을. 이곳에 살고 있는 사람들에게 신이 주었던 대로의 모습으로 말이야. 이곳 지상은 명백히, 그리고 오로지 동물들을 위해서 조성되고 초목이 자라나는 것 아니겠나? 우리를 위한 것이 무언가 있을까? 아무것도 없어. 그럼, 동물들을 위해서는? 전부 다 있지. 지하 동굴에 나무, 나무 이파리, 샘, 잠자리, 식량, 거기에 마실 물까지. 그러니 나처럼 까다로운 사람들이 거기에서 편안히 지내게 될 리가 절대로 없지. 짐승에 가까운 사람들만이 만족하고 흡족해하는 거라고. 그러

266

면 다른 사람들, 시인이나 섬세한 사람들, 몽상가들, 연구자들, 영혼이 불안한 사람들은? 아! 가엾기 짝이 없지!

난 양배추, 홍당무, 그리고 제기랄, 양파, 순무, 빨간 무를 먹는데, 그건 거기에 익숙해져야, 심지어 그 맛을 좋아해야만 했으니까 그런 거지. 다른 건 자라지도 않잖아. 하지만 그건 토끼나 염소의 먹거리라고. 풀이나 토끼풀이 말이나 암소의 먹거리인 것처럼 말이야. 누렇게 익은 밀밭의 이삭들을 바라볼 때 그게 나의 입을 위해서가 아니라 참새나 종달새의 부리를 위해 땅에서 싹을 틔웠다는 사실에 나로서는 추호의 의심도 생기지 않거든. 그러니까 난 빵을 씹어대면서 새들의 몫을 훔치는 거지. 마찬가지로 닭고기를 먹으면서는 족제비와 여우의 몫을 훔치는 거고. 메추라기, 비둘기, 자고새는 새매의 자연스러운 먹잇감이 아니겠는가. 양이나 노루나 소는 덩치 큰 육식동물들의 먹잇감이지, 돼지들이 특별히 우리 인간을 위해 땅을 파헤쳐가며 찾아냈을 송로버섯과 함께 구워진 뒤 우리의 식탁에 오르기 위해 살을 찌우는 고기는 아니지 않을까?

그런데, 이보게, 동물들은 이곳에서 살아가기 위해 해야 할 일이 딱히 없다네. 동물들은 자기 집에서 먹고 자는 거라서, 풀을 뜯고 혹은 사냥을 하고, 자신들의 본능에 따라서 서로 잡아먹기만 하면 되거든. 왜냐하면 신이 온유함이나 평화로운 풍습을 예정했던 적이 없으니까. 신은 오로지 서로를 파괴하고 서로를 잡아먹는 데 혈안이 된 존재들의 죽음만을 예정하셨단 말이야.

　우리는 어떨까! 아! 아! 뿌리와 돌로 어지러운 이 땅을 얼추 살 만한 곳으로 만들기 위해 우리에게는 노동과 노력, 인내, 발명, 상상력, 근면, 재주와 재능이 필요했지. 그런데 우리가 보잘것없는 방식으로, 그러니까 청결과 안락과 우아함을 가까스로 유지하며 우리에게 걸맞지 않는 방식이나마 정착해보겠다고 자연을 거스르고, 자연에 맞서가며 이루어낸 것 좀 보라고.

　우리가 문명인이 되어가고 지적이고 세련되어질수록, 우리는 우리 내면에서 신의 의지를 대표하는 동물적 본능을 더욱더 굴복시키고 길들여야만 하지.

　우리가 문명을, 문명 전체를, 무수히 많은 사물들, 양말에서부터 전화기에 이르기까지 많고도 많은 온갖 종류의 사물들을 발명해내야만 했다는 걸 생각해보라고. 자네가 매일같이 보는 그 모든 것, 온갖 방식으로 우리에게 편의를 제공해주는 그 모든 것을 생각해보라고.

　짐승의 처지에 놓인 우리의 운명을 완화하기 위해 우리는 온갖 것을 다 발명하고 제작해야 했지. 가옥에서부터 시작해서 진귀한 요리, 소스, 사탕, 케이크, 음료, 술, 피류, 의복, 장신구, 침대, 침대 밑판, 자동차, 철도, 셀 수도 없이 많은 기계 등등. 나아가 우리는 과학과 예술을, 문자와 운문을 발견했지. 그래, 우리는 예술을, 시와 음악과 그림을 창조했어. 모든 이상은 우리로부터 나온다네. 그뿐인가. 삶의 모든 멋스러움도, 그러니까 여자들의 단장이나 남자들의 재능도 마찬가지이고. 이 덕분에, 신의 섭리대로라면 오로지 단순히 번식을 위해 영위되는 우리의 삶이 드디어 살짝이나마 치장을 하고 덜 노골적이고 덜 단조로우며 덜 고달픈 것이 되지 않았나.

이 극장을 보라고. 이 안에는 우리가 창조했고 영원한 신은 예견하지 못했으며 신으로서는 알 수 없는, 오직 우리의 머리만이 이해할 수 있는 인간의 세계가 있지. 멋들어지고 관능적이고 지적이며, 오로지 우리라는 만족을 모르고 불안해하는 작은 짐승을 위해, 그리고 이 짐승에 의해서 발명된 오락거리가 있지 않은가?

저 여인을, 마스카레 부인을 봐. 신은 그녀가 벌거벗은 채, 혹은 짐승 가죽이나 걸치고 동굴에서 살아가게 만들어놨지. 하지만 저 모습이 더 좋지 않은가? 그런데 그건 그렇다 치고, 그 난폭한 남편은 왜, 그리고 어떻게 저런 반려를 곁에 두고서도, 특히 일곱 번이나 어머니로 만들어줄 정도로 교양 없는 촌놈처럼 굴고 난 뒤에, 갑자기 아내를 놔버리고 행실 나쁜 계집들만 쫓아다니게 된 걸까?"

그랑댕이 대답했다.

"아! 이보게, 아마 이게 유일한 이유가 아닐까 싶네. 그러니까 늘 집에서만 관계를 갖는 게 너무 비싸게 치인다는 걸 백작이 마침내 깨달은 거지. 자네가 철학자로서 수립한 것과 동일한 원칙에 그는 가계 관리를 통해 도달한 셈이라고."

마지막 막의 시작을 알리는 종소리가 세 번 울렸다. 두 친구는 돌아서서 모자를 벗고 자리에 앉았다.

IV

마스카레 백작 부부는, 오페라 극장에서 공연이 끝나고 난 뒤 그들을 집으로 데려다주는 마차 안에 나란히 앉아, 입을 다물고 있었다. 그러다가 갑자기 남편이 아내에게 말을 걸었다.

"가브리엘!"

"왜 그러죠?"

"오래 끌었다고 생각지 않나!"

"대체 뭐가요?"

"당신이 내게 내린 끔찍한 형벌. 벌써 6년째야."

"어쩌라고요. 나로선 어쩔 수 없군요."

"어느 애지? 이젠 말해봐."

"절대 안 해요."

"이런 의심에 마음이 갈가리 찢기지 않고서는 아이들을 보는 것도, 아이들이 내 주위에 있는 것도 참을 수 없다는 걸 생각해 봐. 어느 앤지 말해줘. 당신에게 맹세하는데, 다 용서할 테고, 그 아이를 다른 아이들과 똑같이 취급할 테니까."

"그런 일은 할 수 없어요."

"이런 삶을, 나를 갉아먹는 이런 생각을, 아이들을 볼 때마다 나를 괴롭히는 이런 질문을 더는 견딜 수 없다는 게 보이지 않는 거야? 미칠 것 같아."

그녀가 물었다.

"그러니까 몹시 고통스러웠다는 말이죠?"

"끔찍할 정도로. 그렇지 않았더라면 당신 곁에 머무르는 끔찍함을 받아들였을까? 누군지 알 수 없지만 다른 아이들을 사랑하지 못하게 막는 한 명이, 아이들 가운데 그 한 명이 있음을 느끼고 그 사실을 인지하고 있는 끔찍함을, 앞의 것보다 더 커다란 이런 끔찍함을 받아들였을까?"

그녀가 되풀이 말했다.

"그러니까, 진정, 몹시 고통스러웠다는 거네요?"

그가 고통이 서린 억누른 목소리로 대답했다.

"내가 그건 견딜 수 없는 형벌이라고 매일 말하지 않든가. 그렇지 않다면 내가 돌아왔을까? 내가 아이들을 사랑하지 않는다면 이 집에서 당신과 아이들 곁에서 머물렀을까? 아! 당신은 내게 아주 고약하게 굴었어. 내 마음속 유일한 애정은 아이들에게로 향하지. 난 아이들에게는 이전 시대의 아버지이고, 마찬가지로 당신에게는 이전 시대의 가부장 스타일 남편이었지. 난 본능과 자연을 따르는 이전 시대의 남자니까. 그래, 이젠 털어놓지. 당신은 가혹할 정도로 날 질투에 시달리게 만들었어. 당신은 다른 종류의, 다른 영혼의, 다른 욕구를 지닌 여자니까. 아! 당신이 내게 했던 말들, 난 그걸 절대 잊지 못할 거야. 게다가 그날 이후로 나는 당신에게 더는 관심을 두지 않았어. 난 당신을 죽이지도 않았지. 그랬더라면 이 땅 위에서는 우리…… 당신 아이들 가운데 누가 그 아이인지 알아낼 기회를 영원히 날려버렸을 테니까. 난 기다렸어. 난 당신이 그러리라 생각하는 것 이상으로 고통을 겪었어. 더는 아이들을 사랑할 엄두가 나지 않으니까. 어쩌면 위의 두 아이는 아닐 수도 있지만. 더는 아이들을 바라보고, 아이들을 부르고, 아이들을 끌어안을 엄두가 나지 않으니까. '이 아이가 아닐까?'라는 의문을 품지 않고서 아이 하나를 안아 무릎에 앉히는 일도 더는 못 해. 난 6년 동안 당신을 부당하게 대하지 않았고, 심지어 다정하고 너그럽기까지 했지. 진실을 말해줘. 맹세해. 해로운 짓은 하지 않아."

마차 안의 어두움 속에서 그는 그녀의 마음이 움직인 것 같다는 생각이 들었고 드디어 그녀가 입을 열려 한다는 느낌을 받았다.

"제발." 그가 말했다. "이렇게 애원해…….."

그녀가 중얼거렸다.

"난 어쩌면 당신이 생각하는 것 이상으로 죄를 지었는지도 몰라요. 하지만 어쩔 수 없었어요. 임신으로 점철된 그런 가증스런 삶을 더는 살 수 없었어요. 당신을 내 침대에서 내쫓는 방법밖에 없었죠. 하느님 앞에서 거짓말을 했어요. 아이들 머리

272

위에 손을 올리고는 거짓말을 한 거죠. 당신을 배신한 적이 없으니까."

그가 어둠 속에서, 두 사람이 숲으로 산책을 갔던 그 끔찍스럽던 날 그랬듯이 그녀의 팔을 억세게 움켜쥐며 말을 더듬었다.

"사실인가?"

"사실이에요."

하지만 그는 번민이 휘몰아치자 신음을 흘렸다.

"아! 난 이제 더 이상 끝나지 않을 새로운 의심 속에 빠져들겠군! 당신이 거짓말을 한 날이 어느 날일까? 저번일까 아니면 이번일까? 이제 당신을 어찌 믿지? 이런 일을 겪은 뒤 여자를 어떻게 믿을까? 이제 어떻게 생각해야 하는지 절대, 결코 알지 못할 거야. 당신이 '그 아인 자크예요, 아니면 그 아인 잔이에요'라고 말해줬더라면 더 나을 뻔했어."

마차가 저택의 안마당으로 접어들었다. 계단 앞에 멈춰 서자 백작이 먼저 내렸고, 늘 그래왔듯이 계단을 오를 때 아내에게 팔을 내줬다.

2층에 도달하자 그가 말했다.

"잠시 더 얘기할 수 있을까?"

그녀가 대답했다.

"얼마든지요."

두 사람은 작은 거실로 들어갔고, 거실에 있던 시종이 조금 놀라며 초에 불을 켰다.

두 사람만 남게 되자 그가 말을 이었다.

"진실임을 어찌 알까? 당신에게 천 번도 넘게 말해달라고 애원했지만 당신은 입을 꽉 다물었어. 당신에겐 빈틈이 없었고 꿈쩍도 않고 가차 없었지. 그런데 오늘 거짓말을 한 거였다고 말하다니. 어떻게 무려 6년 동안이나 그렇게 믿게 내버려둘 수 있었지! 아니, 당신은 오늘 거짓말을 한 거야. 왜인지는 모르겠지만. 어쩌면 내가 가여워서였을까?"

그녀는 진지하고 확신에 찬 표정으로 대답했다.

"하지만 그러지 않았더라면 난 최근 6년간 아이 넷은 더 가졌겠죠."

그가 소리쳤다.

"이런 말을 하는 사람이 어머니라니?"

"아!" 그녀가 말했다. "난 태어나지도 않은 아이들의 어머니라는 느낌은 조금도 안 생겨요. 지금 있는 아이들의 어머니이고 그 아이들을 내 온 마음을 다해 사랑하는 걸로 충분해요. 나는, 그리고 우리는 문명세계의 여성들이잖아요. 더는 지구상의 사람 수를 늘려주는 단순한 암컷들이 아니고, 그러기를 거부한답니다."

그녀가 일어섰다. 하지만 그가 그녀의 손을 쥐었다.

"한 마디만. 꼭 한 마디만 더, 가브리엘. 내게 진실을 말해줘."

"방금 말했어요. 난 당신을 배신한 적이 없어요."

그가 그녀를 똑바로 바라봤다. 회색빛 두 눈이 차가운 하늘을 닮은 그녀는 무척이나 아름다웠다. 그녀의 칠흑빛 머리카락에서는, 그 검은색 머리카락이 펼쳐 놓은 짙은 밤 속에서는, 다이아몬드가 흩뿌려진 왕관 모양의 머리띠가 은하수처럼 반짝이고 있었다. 그 순간 그는 갑자기 깨달았다.

이 존재는 이제 더는 단순히 그의 가문의 영속을 위해 태어난 여인이 아님을 일종의 직관처럼 깨달았다. 우리의 총체적 욕망이 복잡해지고, 세월의 흐름과 더불어 우리 안에 축적되고, 신이 의도한 원초적 목적으로부터 벗어나서 신비롭고 언뜻언뜻 드러나며 붙잡을 수 없는 아름다움을 향해 옮겨감에 따라서, 이 야릇하고 불가사의한 산물이 빚어진 것이다. 오로지 우리의 꿈을 위해서만 피어나는 이런 여인들이 있기 마련이고, 이 여인들은 문명이 사치의 다른 이름인 시와 우아함을 집어넣어, 그리고 살로 빚은 조각이라 할 이 여인이 관능적 열기만큼이나 비물질적 욕구를 일깨우며 주위에 발산하는 심미적 매혹까지도 집어넣어 버무린 그 모든 것으로 치장을 했다.

남편은 이 뒤늦은 난해한 깨달음으로 깜짝 놀랐고 이전에 자신을 괴롭혔던 질투의 원인을 어렴풋이 느꼈지만, 이 모든 것을 완벽하게는 이해하지 못한 채 그녀 앞에 가만히 서 있었다.

마침내 그가 말을 이었다.

"당신을 믿어. 이제는 당신이 거짓말을 하고 있지 않다는 걸 알겠어. 전에는 사실 늘, 당신이 거짓말 하는 것으로 여겼었거든."

그녀가 그에게 손을 내밀었다.

"그럼, 이제 우린 친구인가요?"

그가 그 손에 입맞춤을 하면서 대답했다.

"그래, 친구야. 고마워, 가브리엘."

그러더니 나가면서도 줄곧 그녀를 바라봤다. 그는 그녀가 여전히 그토록 아름다운 것이 경탄스러웠는데, 지금 그의 마음 속에서 싹터 오르는 이 야릇한 감정은 어쩌면 이전의 단순한 사랑보다도 더 가공할 위력을 지녔을지도 모른다!

〈비곗덩어리〉와
기학학적 균형미

정혜용(번역가)

모파상(1850~1893)은 한국에서 번역을 통한 프랑스 문학의 수용이 시작된 시점인 1894년부터 지금에 이르기까지 가장 활발히 번역된 작가들 중 하나이다. 번역 출판에 관한 통계를 보면 모파상은 지드, 카뮈 다음을 차지하고 있는데, 한국의 번역 문학 시장에서 노벨상 수상작가라는 타이틀이 갖는 후광을 생각해볼 때, 앞의 두 작가에 비해 모파상은 작품의 재미만으로 한국의 독자들을 사로잡았다고 볼 수 있다. 모파상은 동일 작품이 여러 번 번역되기도 했지만, 또한 다양한 작품이 골고루 소개되기도 한 운 좋은 작가이다. 무려 300여 편에 달하는 그의 단편들은 대부분이 한국에 소개되었다고 봐도 무방하다. 이처럼 그와 한국 독자와의 인연은 오래고도 깊어서, 한참 동안 단편소설이 한국의 문학을 이끌었던 특이한 현상의 이면에는 이처럼 활발히 번역되어 들어온 모파상의 단편이 한국 문단에 미친 무시 못 할 영향이 있었다는 지적에 나름의 설득력이 실릴 정도이다.

모파상은 장편소설에서도 뛰어난 역량을 발휘했지만, 어쨌든 그의 본령은 단편이라는 인식이 일반적이다. 이는 아마도 그가 활동했던 시기가 문학 장르로서 단편이 그 정점에 이른 시기였기 때문이리라. 사실, 모파상이 활동하던 시기는 부르주아 사회와 자본주의가 만나면서 신문, 잡지를 위시한 대중매체가 급격히 팽창했던 때로서, 당시의 신문, 잡지는 지금과 달리 독자의 구미에 맞을 만한 연재소설이나 단편소설에 많은 지면을 할애했고, 이를 통해 문학의 유통과 소비 과정에서 중요한 역할을 담당했다. 요컨대 당시 활발히 소비되던 단편의 위상은 지금과는 비교할 수 없을 정도로 높았고, 모파상은 단편에서 그 누구도 따라올 수 없을 재능을 발휘하면서 작가로서 엄청난 대중적 인기를 누리게 된다.

사실, 동일 작가의 단편선이라 해도, 어떤 작품들로 구성되어 있는가에 따라서 그 색채가 확연히 달라질 것이다. 초기 모파상 선집이 주로 자연주의 작가(모파상 본인은 자신을 자연주의 작가로 보는 시선에 질색하곤 했다)로서의 모파상의 면모를 부각시켰다면, 70년대에 토도로프의 환상소설론이 소개된 뒤로는 환상소설 작가로서의 모파상의 면모에 초점이 맞춰진 선집들이 출간되기도 했다. 이번에 선보이는 시공사의 모파상 단편선은 그의 단편들이 보여주는 폭넓은 스펙트럼을 최대한 살리는 방향으로 구성되었으며, 〈비곗덩어리〉를 위시해 총 열세 편의 단편을 실었다.

모파상의 단편선집에는 빠지지 않고 실리는 〈목걸이〉는 그 작가가 누구인지는 몰라도 내용은 누구나 안다는 말이 농담이 아닐 정도로 잘 알려진 작품이다. 교과서에까지 실린 이 단편은 요즘 사람들이 열광하는 '반전'의 진수를 보여준다. 친구에게서 빌린 다이아몬드 목걸이를 잃어버리는 바람에 똑같은 다이아몬드 목걸이를 사서 돌려준 뒤 그 값을 치르느라 혹독한 노동과 내핍의 10년 세월을 보내고 났는데, 우연히 만난 친구에게서 그 목걸이가 가짜였다는 사실을 알게 된다는 이야기는, 이미 그 내용을 알고 읽어도 충격적이긴 마찬가지이다. 인생이란 고약한 놈에게는 우리의 뒤통수치기가 가장 재미있는 심심풀이일지도 모른다는 것을 기어이 보여주고 마는 이 작품에서는 모파상의 염세주의가 송곳처럼 뚫고 나올 것만 같다.

모파상의 단편들 가운데 작가 모파상의 예리함이 가장 빛을 발하는 순간은 그의 염세주의와 부르주아의 위선과 속물성에 대한 그의 혐오가 만나 상승작용을 일으킬 때이다. 아무리 지순한 사랑일지라도 돈이 최고의 가치를 지니고 있는 부르주아 사회에서는 헌신짝만 한 가치도 없음을 끝까지 잔인하게 주지시키는 〈의자 고치는 여인〉이 바로 그런 경우일 것이다.

넉넉지 않은 월급쟁이 가장이 어쩌다가 특근 수당이 생겨서 잠시 허영심을 만족시키려고 말을 탔다가 교통사고를 일으키게 되고 그로 인해 곤란을 겪게 되는 이야기인 〈승마〉에서 역시 인간의 어리석음과 교활함을 비웃는 작가의 염세주의가 느껴지지만, 그 분위기는 〈의자 고치는 여인〉과는 사뭇 다르다. 〈승마〉에는 자해공갈단의 원조라고 할 수 있는 노파가 등장하는데, 모파상의 손을 빌어 생생하게 되살아난 능글맞고 교활한 노파와 그 앞에서 어수룩하기 짝이 없는 무능한 부르주아의 딱한 이야기는 시쳇말로 '웃픈' 이야기의 전형이라고 할 만하다.

또한 노르망디 지역 촌사람들이 등장하는 〈벨옴 씨와 벌레〉나 〈투안 영감〉은 해학과 풍자의 대가 김유정의 작품을 절로 떠올리게 하는가 하면, 〈누가 알겠는가〉는 정상과 광기의 경계를, 현실의 논리와 초현실의 논리의 경계를 묻는 작품으로서 여타의 작품들과는 그 결이 완전히 다르다.

1년 내내 발정 상태인 '헤픈이'라는 이름의 암캐와 우연히 그 개를 맡아 기르게 된 마부의 이야기인 〈헤픈이 양〉이나, 일자리를 찾아 프랑스로 가기 위해 마르세유행 열차에 올랐다가 우연히 한 객실에 타게 된 두 명의 남녀 이탈리아인, 젖이 불어 너무나 고통스러운 여자와 돈이 없어 이틀 전부터 쫄쫄 굶은 남자, 이 두 남녀 사이에 벌어지는 기상천외한 이야기를 담아 낸 〈전원시〉는 기발한 소재의 이야기를 재미나게 풀어놓는 모파상의 이야기꾼으로서의 자질을 엿보게 한다.

마지막으로, 〈페를 양〉이 여성 혐오 발언을 서슴지 않는 모파상이 순정한 사랑 이야기를 들려준다는 점에서 흥미롭다면, 〈무익한 아름다움〉은 모파상이 드물게도 그 당시 유행하던 철학적인 소설을 시도해본 결과라는 점에서 눈길을 끈다.

　사실, 하나의 소재를 제한된 분량 속에서 집중적이고 효율적으로 다루는 단편이라는 장르의 특성상, 특히 그것이 번역된 단편 작품일 경우, 작품 자체의 문학적 아름다움을 음미하기보다는 그 내용이 무엇인지에 대한 궁금증을 푸는 쪽에 더 초점이 맞춰져서 소비되곤 한다. 그런데 모파상의 단편들 안에는 우리에게 즐거움을 주는 여러 가지 요소들이 있다. 이야기의 내용 자체뿐만 아니라 숨 막히게 아름다운 묘사들, 너무나 예리하고 적확한 표현들, 흥미로운 생각들, 이질적인 듯 동질적인 사람 사는 모습 등, 수많은 잔재미들이 빼곡히 들어차 있다. 이번에 공들여 다채롭게 구성한 모파상의 단편선을 세상에 내보내면서 번역가로서의 욕심이 있다면, 원작을 읽으면서 느꼈던 즐거움을 독자도 동일하게 느낄 수 있도록 공들여 번역했으니, 우리 독자들이 여유롭고 느긋하게 즐겼으면 좋겠다는 것이다.

　이 단편선에 대한 작품 해설은 모파상의 작가 인생에 결정적 전환점이 되어준 〈비곗덩어리〉에 대한 작품 분석으로 가름하고자 한다.

*

프로이센-프랑스 전쟁이 프랑스의 참패로 끝나고 나서 10여 년이 흐른 뒤인 1880년, 졸라, 위스망스, 에니크 등 여섯 명의 작가가 프랑스에서는 여전히 민감한 주제였던 프로이센-프랑스 전쟁을 테마로 삼은 단편들을 묶어낸다. 국수주의가 득세하던 시기에, 과장된 애국적 감정과 프랑스 국민의 용맹성으로 덧칠되어 있던 전쟁을 보다 사실주의적인 시각에서 조명해보려는 의도였다. 이리하여 모파상의 〈비곗덩어리〉는 1880년에 출간된 단편모음집 《메당의 저녁나절들》에 실리게 된다.

이 작품집이 나오자 평단은 호오가 뒤섞인 반응을 보인다. 작품집에 대해 긍정적인 평가를 내린 비평가들은 특히 모파상의 〈비곗덩어리〉가 보여주는 독창성에 주목했는데, 훗날 앙드레 지드 역시 중단편에서 발휘된 모파상의 뛰어난 재능을 높이 평가하면서 "특히 〈비곗덩어리〉는 그 분야의 걸작이다"라는 의견을 남겼다.

줄거리만 잠깐 훑어봐도, 〈비곗덩어리〉는 주제의식이 선명하게 부각된 작품임을 알 수 있다. 모파상은 도입부에서 패주하는 프랑스 군대에 대한 풍자적 묘사를 통해 프로이센-프랑스 전쟁이라는 역사적, 시대적 배경을 제시한 후, 프로이센 군대에 점령당한 루앙에서 벗어나 아직 프랑스가 지배하고 있는 르아브르로 가기 위해 한 삯마차에 몸을 싣게 된 다양한 계층의 등장인물들을 소개한다. 작가가 의도적으로 대귀족, 부르주아, 민주투사, 창녀, 수녀 등 다양한 계급 출신을 넣어 구성한 이 그룹은 루앙 사회의 축소판인 셈이다.

제각각의 이유로 여행에 나선 이들은 목적지에 가닿을 때까지 한 공간에서 부대낄 수밖에 없는 상황에 놓인다. 작가는 등장인물들을 이처럼 한정된 공간과 시간 안에 몰아넣은 뒤, 주인공 창녀에게 하룻밤 잠자리를 요구하는 프로이센 장교를 등장시킴으로써 효과적으로 갈등 국면을 조성한다. 프로이센 장교의 요구를 거부하려는 사회 최하층인 창녀의 자존심과 애국심, 그리고 허울뿐인 애국심을 재빨리 내던지고 개인의 잇속을 챙기기 위해서 프로이센 장교의 요구를 들어주도록 압력을 넣는 상류층 인사들의 위선이 맞부딪히면서 갈등은 절정을 향해 치닫는다. 결국, 일행의 끈질긴 회유와 설득에 창녀가 굴복해 버림으로써 갈등이 해소되고 사건은 결말을 맞는다.

모파상은 작품 도입부에서 상당히 많은 분량을 할애하여 인물들의 신체적 특징, 성격, 출신 성분, 계급적 배경에 대한 정보를 충실하게 제공하고 있는데, 이는 앞으로 전개될 이야기의 향방을 상징적으로 보여준다는 점에서 흥미롭다. 포도주 상점 점원 출신으로 지금은 거상이 된 루아조 부부, 방직업계의 거물이자 지역 정치가이기도 한 카레라마동 부부, 유서 깊은 귀족 가문을 대표하는 드 브레빌 백작 부부는 루앙 사회의 '교양 있는 상류층'을 대표하는 인물들이고, 두 명의 수녀는 부르주아 사회를 떠받치고 있는 정신적 지주인 가톨릭 종교를 대표하며, 코르뉘데는 사회 지배층에게는 위협적 존재인 소위 '민주투사'이다. 작가는 한참을 걸려서 이 모든 등장인물들을 충실하게 소개한 뒤, 작품의 주인공 비곗덩어리는 맨 마지막에 등장시킨다.

작가는 비곗덩어리를 상류층 부인들과 수녀들이 줄줄이 앉아 있는 쪽에 앉히지 않고 맞은편 남자들이 앉아 있는 좌석의 맨 끄트머리에 고립된 섬처럼 앉혀놓고서는, "야릇한 우연으로 여자들은 모두 같은 쪽 좌석에 앉아 있었다"라는 의미심장한 문장으로 못을 박는다. 여성이나 여성이 아니라는 이 역설을 통해서 비곗덩어리에게는 불가촉천민의 지위가 상징적으로 부여되는데, 이쯤에 이르게 되면 독자는 이 좌석 배치에 사회의 밑바닥 계층에 속하는 비곗덩어리의 사회적 위치, 그리고 남자들의 세계와 불가분의 관계를 이루고 있는 그녀의 직업을 상징적으로 보여주기 위한 작가의 의도가 들어 있음을 간파하게 된다.

등장인물들 가운데 작가의 노골적 풍자에서 벗어나 있는 인물들이 민주투사 코르뉘데와 비곗덩어리이다. 코르뉘데는 그나마 호오의 감정이 뒤섞인 작가의 양가적 시선을 받고 있는 인물인 반면, 비곗덩어리는 유일하게 작가의 풍자에서 완전히 벗어나 있다. 그 대신 작가는 사회 지배계층의 위선의 희생양이 되는 여주인공에게 동물성과 관능성이라는 두 가지 특질을 부여한다.

나이에 비해 일찍 살이 올라 흐벅지고 통통한 손가락이 짤막한 소시지를 엮어 놓은 듯하며 가슴이 풍만한 여인이면서, 기다란 속눈썹이 눈동자에 그늘을 드리우고 키스를 기다리는 듯한 촉촉한 입술을 가진 비곗덩어리의 모습에는 관능성과 동물성이 절묘하게 결합되어 있다. 그 정점에 있는 표현이 바로 식욕과 성욕의 경계에 놓여 있는 "먹음직스러운"이라는 표현인데, 이 단 한 마디에 비곗덩어리라는 인물의 특질이 압축되어 나타난다. 이 어휘는 그 뒤로 줄곧 비곗덩어리 주위로 형성될 동물성과 관능성으로 촘촘하게 짜일 메타포들의 망을 예고한다.

또한 모파상은 인물 묘사, 풍경 묘사 등에 있어서 청각, 시각, 촉각, 미각 등 온갖 감각에 호소하며 화려한 감각의 향연을 펼친다. 마부가 승객들을 싣고서 루앙으로 떠나기 전에 삯마차의 출발을 준비하는 장면을 잠깐 살펴보자.

마부가 마구간 안으로 들어갔다 나왔다 함에 따라서 그의 손에 들린 등불의 불빛이 보였다 안 보였다 하는 첫 부분의 시각적 묘사를 지나가면 청각적 묘사로 넘어가서, 땅을 구르는 말발굽 소리, 말들에게 명령하고 욕설을 퍼붓는 사람 목소리, 마부가 말에게 마구를 씌우는 동안 들려오는 은은한 방울 소리 등이 연이어 등장한다. 승객들은 마부의 손에 들린 등불의 움직임만으로, 마구간 안에서 들려오는 이러저런 소리만으로 마부의 움직임을 짐작하며 보이지 않는 곳에서 마차의 출발 준비가 진행되고 있음을 짐작할 뿐이다. 마부의 동작을 직접 보여주지 않고서 시각과 청각만을 동원하여 그 움직임을 짐작하게 해주는 이 장면에서 독자는 마치 동 트기도 전에 추위에 떨면서 삯마차를 타려고 모여든 승객들 틈에 섞여든 듯 생생함 현장감을 느끼게 된다.

단편에서 묘사는 작품 중간 중간에 끼어들어 사건 전개의 완급을 조절해주는 역할에서 멈추지 않고 사건 내용과의 유기적 관계 형성으로까지 나아간다. 예를 들어, 갈등이 해소되기 전과 후의, 그러니까 프로이센 장교에 의해 억류된 일행이 비곗덩어리의 희생 덕분에 풀려나기 전과 후에 등장하는 눈의 묘사는 그 기능이 확연히 다르다.

작품 초반부에서 만나게 되는 끝없이 내리는 눈은 지지부진한 여행길과 프로이센 장교라는 걸림돌을 만나게 되어 붙잡혀 있게 될 상황을 암시하듯, 독자에게 눈 속에 빠져서 헤어날 길 없을 것만 같은 절망감을 안겨준다. 이 눈을 묘사하는 문장의 끊어질 듯 끊어질 듯 이어지는 긴 호흡 속에서 떠오르는 것은 절대로 멈출 일 없을 것처럼 조용조용 끝도 없이 눈이 내리며 사람을 질리게 하는 풍경이다. 더 나아가 이 눈에 대한 묘사는 비곗덩어리와 그의 일행들에게 닥칠 앞으로의 상황, 즉 프로이센 장교의 억류 명령으로 앞으로 나아가지 못하고 제자리에 머물러야만 하는 상황과 정확히 조응한다. 그러니까 이 풍경 묘사는 그저 묘사에 불과한 것이 아니라 작가의 의도와 작품의 의미를 전달하는 또 다른 방식인 것이다.

반면 여행이 다시 개시되는 작품 후반부에서는 찬란하게 빛나는 태양과 함께 단단하게 다져진 눈길이 등장하면서 눈은 더이상 여행의 장애물이 아니라 여행의 순조로운 마무리를 돕는 요소가 된다.

그 유명한 마차 안에서의 식사 장면 역시, 코다 부분에서 이미 나왔던 모티프의 변주로 마무리 짓듯이, 여행 첫날과 여행 마지막 날, 작품을 열고 닫는 부분에 두 번 등장한다.

첫 번째 식사 장면을 보면, 정숙함과 윤리의식을 내세우며 비곗덩어리를 없는 존재 취급하던 부르주아들이 배고픔이 극에 달하자 천한 창녀의 호의에 기대어 그녀의 음식을 나눠 먹는다. 조금 더 버티고 말고의 차이는 있을지언정 결국에는 모두 식욕이라는 본능에 굴복하고 실리를 챙기는 지배계급의 모습을 통해 그들이 둘러쓰고 있는 고귀한 윤리의식과 위선 사이의 관계는 동전의 앞뒷면과 같은 관계임을 풍자적으로 보여준다.

첫 번째 식사 장면에 화답하는 두 번째 식사 장면에서는, 이번에 음식을 챙겨온 쪽은 여행 첫날의 배고픔이 안겨준 교훈을 잊지 않았던 나머지 여행객들이다. 이들은 그들을 위해 희생하느라 미처 음식을 챙길 틈이 없었던 비곗덩어리의 사정을 모르는 척, 몸도 빼앗기고 마음도 다친 비곗덩어리의 울음소리가 배경음처럼 깔리는 가운데 아랑곳하지 않고 자기들끼리 음식을 먹는다. 작가는 인간의 기본 욕구 중의 하나인 식욕이라는 본능을 일종의 시험대로 삼는다. 이 시험대에 오른 상류층 인사들의 위선과 비정함은 나란히 시험대에 오른 창녀의 진정성과의 대조 때문에도 더욱더 선명하게 드러난다.

단편이라고 하기에는 조금 길고 중편이라고 하기에는 조금 짧은 듯한 이 글에는 앞에서 살펴본 대로, 수많은 장면들과 다양한 모티프들이 등장한다. 모티프들을 변주하여 반복하고 서로 화답하게 하는 가운데, 정교하게 장면들을 잘라내고 배치하고 연결하는 가운데, 조화와 균형의 아름다움이 지배하는 구조물이 풍성한 울림에 감싸인 채 그 모습을 드러내게 된다. 요컨대 작가의 의도와 무관하게, 무의미하게 그저 존재할 뿐인 구성 요소라고는 찾아보기 힘들다. 분명한 기승전결을 따라서 수미일관하게 진행되고 있는 이 단편에서, 인물, 묘사, 대화, 크고 작은 에피소드들은 내적 필연성의 탄탄한 논리 위에서 부르주아의 위선이라는 주요 테마를 중심으로 일사불란하게 모여들고 있는 것이다.

실제로 〈비곗덩어리〉는 모파상이 남긴 수많은 중단편 가운데 최고봉으로 꼽히며, 시간의 작용에서 빗겨난 긴 생명력을 자랑하고 있다. 이 작품이 지닌 매혹의 원천은 바늘 하나 꽂을 틈 없을 정도로 내용과 형식이 빈틈없이 맞물리면서 생겨나는 기하학적 균형미로부터 나온다. 모파상 문학의 대부인 플로베르가 모파상이 보낸 〈비곗덩어리〉의 교정쇄를 읽자마자 "구성의 걸작"이라고 감탄하며 작품의 불멸성을 예언할 수 있었던 것도, 그 예리한 시선으로 꽉 짜인 구성에서 뿜어져 나오는 아름다움을 알아봤기 때문이 아닐까.

8월 5일, 프랑스 노르망디 지방의 소도시 투르빌쉬르아르크에서 하급귀족인 아버지 귀스타브 드 모파상과 부유한 부르주아 가문의 딸, 어머니 로르 르 푸아트뱅의 장남으로 태어남.	1850
아버지가 파리의 스톨츠 은행에 입사하면서 가족 모두 파리로 이주. 나폴레옹 황제 중등학교 입학.	1859
12월, 계속되는 불화 끝에 부모님이 이혼, 동생 에르베와 함께 어머니를 따라 에트르타로 옮김. 바다와 들판 사이에 자리한 이곳에서 보낸 어린 시절의 추억과 고전문학 특히 셰익스피어에 조예가 깊었던 어머니의 가르침이 작가로서의 인생에 큰 영향을 끼침.	1860
어머니의 희망에 따라 이브토의 신학교에 입학하나 종교교육에 대한 반감 등으로 불우한 학창시절을 보냄.	1863

신학교를 그만두고 루앙 고등학교 입학. 어머니와 외삼촌의 절친한 친구인 작가 플로베르를 만나 평생의 스승으로 삼음.	1868
어머니와 플로베르의 권유로 파리에서 법학 공부를 시작하려 했으나 프로이센-프랑스 전쟁 발발로 중단, 프랑스군에 자원입대함. 이때의 경험이 〈비곗덩어리〉를 비롯한 많은 작품들을 탄생시킴. 패전 후 제대하여 파리에 정착.	1870
해군성에 입사, 생계를 위한 직장 생활과 집필 활동을 병행함. 이 시기는 또한 센 강에서의 보트 타기와 야유회의 나날이기도 함.	1872
1월, 단편 〈박제된 손〉을 지역신문에 조제프 프뤼니에라는 필명으로 발표.	1875
플로베르의 지도하에 본격적인 작가의 길을 걷기 시작. 그의 집을 드나들며 졸라, 위스망스, 도데 등 당대 최고의 문인들과 만남. 졸라의 자연주의 그룹에 참여하는 한편, 〈르 피가로〉 〈질 블라스〉 〈르 골루아〉 등에 기고.	1878
졸라를 중심으로 한 자연주의 작가 6인이 프로이센-프랑스 전쟁을 소재로 하여 쓴 단편집 《메당의 저녁나절들》에 〈비곗덩어리〉가 수록되어 큰 호평을 받음. 5월, 플로베르 사망. 스승의 죽음으로 큰 충격을 받음.	1880
3월, 첫 단편집 《텔리에의 집》 출간. 6월, 북아프리카 여행.	1881 《텔리에의 집》
6년여의 집필 과정을 거쳐 완성된 첫 장편	1883 《여자의 일생》

《여자의 일생》을 발표, 이듬해까지 2만5천 부가 판매될 정도로 큰 호응을 얻음. 톨스토이에게까지 인정받으며 국제적인 명성과 부를 얻게 됨. 조제핀 리첼만과의 사이에 아들이 출생하지만 인정하지 않음. 단편집 《멧도요》《달빛》 출간.

《멧도요》
《달빛》

죽을 때까지 그를 괴롭힌 눈병과 편두통이 시작됨. 8월, 에트르타에 체류하며 두 번째 장편 《벨아미》 집필 완료. 단편집 《해리엇 양》 출간.

1884 《해리엇 양》

4월, 《벨아미》가 〈질 블라스〉에 연재되기 시작. 이후 단행본으로 출간되어 넉 달 동안 37쇄를 찍는 성공을 거둠. 개인 요트를 구입하여 "벨아미"라 이름함. 〈목걸이〉가 포함된 단편집 《낮과 밤의 이야기》와 《투안 영감》 출간.

1885 《벨아미》
《낮과 밤의 이야기》
《투안 영감》

작가로서 큰 인기를 끌면서 신문사와 출판사들이 경쟁적으로 판권을 매입. 뒤마 피스가 모파상을 아카데미 프랑세즈 회원으로 추천. 네 번째 장편 《오리올 산》, 단편집 《오를라》 출간.

1887 《오리올 산》
《오를라》

1월, 튀니지 여행. 두통과 시력 장애가 극심해짐. 장편 《피에르와 장》, 기행문 《물 위》 출간.

1888 《피에르와 장》
《물 위》

8월, 동생 에르베가 정신병원에 입원. 11월, 에르베 사망. 병과 죽음에 대한 공포에 사로잡힘. 장편 《죽음처럼 강한》이 《르뷔 일뤼스트레》에서 연재된 후 단행본으로 출간. 단편집 《왼손》 출간.

1889 《죽음처럼 강한》
《왼손》

1월, 칸, 알제리 체류. 마지막 장편《우리들의 마음》을《두 세계 평론》에 연재. 단편집《무익한 아름다움》출간.	1890	《우리들의 마음》《무익한 아름다움》
건강 악화로 니스에서 요양. 환각과 과대망상 등에 시달림.	1891	
1월, 어머니가 있는 니스에서 자살 시도. 블랑슈 박사의 정신병원으로 이송됨.	1892	
7월 6일, 43세를 일기로 사망. 몽파르나스 묘지에 안장됨.	1893	

옮긴이 정혜용

서울대학교 불어불문학과와 같은 대학 대학원을 졸업한 뒤, 파리 3대학 통번역 대학원 (E.S.I.T.)에서 번역학 박사학위를 받았다. 번역·출판기획 네트워크 '사이에'의 위원으로 활동하고 있다. 지은 책으로 번역의 제 문제를 다룬《번역논쟁》이 있고, 옮긴 책으로는 기 드 모파상의《피에르와 장》, 발레리 라르보의《페르미나 마르케스》, 아니 에르노의 《한 여자》《집착》, 레몽 크노의《지하철 소녀 쟈지》외 다수의 작품이 있다.

세계문학의 숲 051

비곗덩어리

초판 1쇄 발행일 2017년 4월 27일
초판 2쇄 발행일 2022년 1월 17일

지은이 기 드 모파상
옮긴이 정혜용

발행처 ㈜시공사 **주소** 서울시 성동구 상원1길 22, 6-8층(우편번호 04779)
대표전화 02-3486-6877 **팩스(주문)** 02-585-1755
홈페이지 www.sigongsa.com / www.sigongjunior.com

이 책의 출판권은 (주)시공사에 있습니다. 저작권법에 의해
한국 내에서 보호받는 저작물이므로 무단 전재와 무단 복제를 금합니다.

ISBN 978-89-527-7831-4 04860
ISBN 978-89-527-5961-0 (세트)

°시공사는 시공간을 넘는 무한한 콘텐츠 세상을 만듭니다.
°시공사는 더 나은 내일을 함께 만들 여러분의 소중한 의견을 기다립니다.
°잘못 만들어진 책은 구입하신 곳에서 바꾸어 드립니다.

고 전 의 경 계 를 넘 어 내 일 을 여 는 문 학

시공사 세계문학의 숲은 계속 출간됩니다.